Onder gepensioneerden

Jaap Kranenborg

Onder gepensioneerden

Roman

Spectrum

Uitgeverij Unieboek | Het Spectrum bv

Spectrum maakt deel uit van Uitgeverij Unieboek | Het Spectrum bv,
Amstelplein 34
1096 BC Amsterdam

Eerste druk 2023

Omslagontwerp: Moker Ontwerp
Auteursfoto: Anne van Gelder
Opmaak: Elgraphic

Fragmenten van 'Oude Liefde' verschenen in 2002 in de verhalenbundel *Mooi Meegenomen* onder de titel 'Mevrouw Blom'. Fragmenten van 'Eindkapitaal' verschenen in 2002 in *De Tweede Ronde* onder dezelfde titel. Fragmenten van 'Een gaatje in de hemel' verschenen in 2020 in *Het Vogeljaar* onder dezelfde titel.

ISBN 978 90 00 39024 3
ISBN 978 90 00 39025 0 (e-book)
NUR 301

www.spectrumboeken.nl

I'm not trying to cause a big s-s-sensation
I'm just talkin' 'bout my g-g-g-generation

The Who

Het leven kan achterwaarts begrepen worden,
maar moet voorwaarts worden geleefd.

Søren Kierkegaard

1.

Een avontuurlijk stedentripje

Waarom woont een man als jij nog steeds in Nederland? Die vraag werd me toen ik net met pensioen was regelmatig gesteld. De achterliggende gedachte was dat ik daar als ongebonden vrijgezel met een goed pensioen toch niets te zoeken had. Vanwege het weer, de politiek, de drukte, weet-ik-veel. Als ideaal emigratieland werd me doorgaans Spanje aanbevolen. Maar in Spanje is het ook behoorlijk vol. Zeker op de plekken die men dan voor me in gedachten had, namelijk de costa's waar al die gepensioneerden samenklonteren. Ik betwijfel of de politiek daar zoveel beter is dan in Nederland en om nou mijn ouwe dag te slijten tussen leeftijdgenoten die proberen van hun pensioen een soort permanente charterreis vol zon en goedkope wijn te maken, nee, dat leek me een nachtmerrie. Ik kende iemand die naar Bonaire was verhuisd en op sociale media constant benadrukte dat hij de hele dag in zijn zwembroek liep. Daar scheen hij nogal trots op te zijn. Doe vooral waar je zin in hebt, dacht ik, maar verwacht niet dat ik er jaloers op ben.

Natuurlijk, als gepensioneerde kun je gaan en staan waar je wilt, de euro's verschijnen maandelijks vanzelf op je bankrekening, daar hoef je niet voor thuis te blijven. Maar het enige wat verandert als je gaat emigreren is je omgeving en mijn omgeving in Nederland beviel me prima. Ik heb altijd graag gereisd en zal dat ook wel blijven doen zolang ik daartoe in staat ben, maar ik vind het ook fijn om na een reis terug te keren naar de plek waar ik me thuis voel. Ik wil in beweging blijven en emigratie is niet hetzelfde als beweging, elke dag op Bonaire in je zwembroekje paraderen is ook een vorm van stilstand.

Dat doet me aan Douwe denken. Douwe met zijn 'Afscheidsbrief aan Nederland', die hij niet zo lang na het weekend op Texel aan alle deelnemers had gemaild. Het was een nogal pathetische brief, waarin hij alleen maar negatieve redenen opsomde om uit Nederland weg te gaan en helemaal niets meldde over wat hem dan juist naar Thailand trok. Het verbaasde me overigens wel een beetje dat hij Nederland zó zat was, op Texel had ik daar niets van gemerkt, maar wat sprak er veel woede uit die brief! Over de regering, de mensen, het gezeik in het land en zo. Nadat ik het allemaal had gelezen, bedacht ik dat het eigenlijk wel passend zou zijn als hij na zo'n betoog asiel zou aanvragen in Thailand waar het kennelijk allemaal zoveel beter was. Of greep hij zijn vertrek aan om even lekker zijn gal te spuien? Zou op zich wel bij hem passen, voor zover ik hem ken, tenminste. Maar zo goed ken ik hem niet. Vijf jaar geleden alweer, dat lange weekend op Texel waar we ons als aspirant-gepensioneerden zaten voor te bereiden op die nieuwe levensfase onder het motto 'Wat te doen met je pensioen?'. Vijf jaar... Als ik dat bedenk moet ik even slikken, het confronteert me weer met het feit dat de tijd opraakt, tijd die ook nog eens in steeds hoger tempo lijkt te verstrijken, net zoals het laatste restje zand uit de zandloper ook veel sneller lijkt te zakken dan wanneer die nog vol is. Vijf jaar is op onze leeftijd niks op het totaal aantal jaren dat we achter de rug hebben, maar als je ze in de toekomst projecteert slaat de schrik je om het hart. Over twee keer vijf jaar ben ik al over de tachtig. Tachtig!

Maar laatst bedacht ik dat de tijd misschien wel zo snel lijkt te verstrijken omdat je vergeet wat er intussen allemaal is gebeurd. Bijvoorbeeld als ik denk: hé, het is al bijna wéér kerst! komt dat misschien doordat de tussenliggende tijd in mijn hoofd vrijwel blanco is. Pas als ik moeite doe die in te kleuren met gebeurtenissen, activiteiten en ervaringen blijkt dat er sinds de vorige kerst best veel is voorgevallen en lijkt die daardoor een stuk verder in het verleden te liggen. Dus misschien is het gevoel dat de tijd zo snel voorbijgaat als je ouder wordt gewoon een kwestie van geheugen en moet ik bij het terugblikken meer op de details letten.

Op Texel spraken we over onze verwachtingen ten aanzien van ons pensioen en ik herinner me dat Douwe toen vertelde dat hij met al zijn plannen waarschijnlijk een drukkere werkweek zou hebben dan toen hij nog werkte. Ik kreeg het er benauwd van, zo'n pensioen wilde ik niet, ik keek vooral uit naar een leven zonder verplichtingen. Ik herinner me ook nog een gesprek met hem en zijn vrouw, met wie hij samen het pensioenweekend had georganiseerd. Hun huwelijk heeft het pensioen overigens niet overleefd; zijn afscheidsbrief was niet alleen een aanklacht tegen Nederland maar tevens tegen zijn vrouw, het was of vooral zij schuldig was aan alles wat er fout was aan Nederland. Maar op Texel leek alles nog koek en ei. Zijn vrouw vertelde tijdens dat gesprek dat ze vooral graag heel veel lange cruise-reizen wilde maken. Daar zag Douwe ook wel wat in, tussen zijn drukke activiteiten door. Zij vonden het maar raar dat ik als veel-reiziger nog nooit op een cruise was geweest, daar miste ik echt iets, meenden ze. Volgens hen was het de ideale manier van reizen, je zat in een drijvend luxehotel, elke keer als je de deur uit ging was je in een nieuwe spannende omgeving. Ik vroeg of dat varen tussen al die spannende plekken niet gauw saai werd, telkens maar weer die zee. Nou, dat was absoluut niet zo, de zee en de lucht waren altijd weer anders. Dat zal best, maar om nou een hele reis alleen naar een veranderende lucht en zee te kijken... Het varen maakte je hoofd leeg! zeiden ze dan. Dat geloofde ik graag... En er was op zo'n schuit de hele dag vermaak, moest ik weten, er waren restaurants, cafés, je kon er gokken, er waren allerlei optredens, nee, eentonig was het zeker niet. 'Het is toch heel duur?' zei ik maar, maar ook daar had ik het mis, het was immers hotel en vervoer tegelijk, dat vergaten de mensen altijd en het hoefde helemaal niet zoveel te kosten, zij namen altijd hutten binnen in het schip. 'Maar dan zie je de zee toch niet?' zei ik. Dat was zo, maar daar was wat op gevonden, er waren binnenhutten waar de muur helemaal was bedekt met een foto van de zee. Ik viel even stil. 'En die verandert ook de hele tijd?' Nee, dat weer niet, maar ze hadden in de Caraïben ooit een binnenhut gehad met een virtueel balkon. Virtueel balkon? Jazeker, een virtueel balkon. Op een televisiescherm werd een livestream getoond van de zee buiten het schip en dat was misschien nog wel beter dan een echt balkon, want toen ze een keer voor veel geld een buitenhut hadden geboekt met een echt balkon en live uitzicht op zee, konden ze niet slapen van het lawaai. 'Mijn god, wat maakt die zee een klereherrie!' klaagde Douwe.

Ik moest denken aan een Italiaans kustplaatsje waar ik ooit was en waar zo'n cruiseschip aangemeerd lag. Met kleine bootjes werden de opvarenden heen en weer gependeld tussen het schip en het plaatsje. Wat me meteen opviel was de hoge gemiddelde leeftijd van de cruisetoeristen. En buiten de hoofdstraat kwam je ze eigenlijk niet meer tegen, ze zaten hoofdzakelijk enorme maaltijden naar binnen te werken. Met een cruise reis je niet echt, dacht ik toen, je wordt gereisd, en juist het reizen naar je bestemming, de beweging ernaartoe met alles wat dat met zich meebrengt, beschouwde ik als een onmisbaar onderdeel van het avontuur. Als ik verder niets meer kan, boek ik misschien wel eens een cruise, dacht ik. Maar dat heb ik allemaal maar niet tegen Douwe en zijn vrouw gezegd.

Nu ik terugdenk aan dat weekend op Texel vraag ik me af welke pensioenplannen ikzelf naar voren heb gebracht. Ik weet het echt niet meer, waarschijnlijk een vage toekomst met veel reizen en weinig verplichtingen. Dat ik zo veel mogelijk uit mijn pensioen wilde halen en geen tijd wenste te verspillen, geen activiteiten alleen om 'de tijd te doden'. De tijd doden is een trage vorm van zelfdoding, een misdaad tegen het leven, vond ik toen. Zeker als oudere. Op schaars goed moest je zuinig zijn.

Ik kan niet ontkennen dat mijn onzekerheid over hoe dat leven er heel concreet uit zou zien de reden was dat ik me had aangemeld voor dat weekend. Niet dat ik een zwart gat vreesde, maar ik wist nog niet zo goed hoe ik kon voorkomen tussen mijn reisjes door toch bezig te zijn die misdaad tegen het leven te plegen door mijn tijd te verdoen met allerlei flauwekul alleen om iets te doen te hebben. Ik hoopte daarvoor op Texel wat inspiratie te vinden, want je moet zo'n pensioen helemaal zelf regelen, niemand doet dat voor je en de tijd schrijdt onverstoorbaar verder, die heeft lak aan hoe jij 'm besteedt, maar kan zich wel elk moment omdraaien en zeggen: sorry, maar nu is het op voor jou...

Inmiddels ben ik wijzer, maak ik me daar eigenlijk niet druk meer over, want ook mijn werk bij de verzekeringsmaatschappij was lang niet altijd interessant. In feite was ik juist daar een groot deel van de dag bezig de tijd te doden, veel meer dan nu als gepensioneerde. Afgezien daarvan kan het leven, ook in die laatste misschien maar korte fase, per definitie niet voortdurend uit qualitytime bestaan. Tijd vermorsen is nou eenmaal een natuurlijk onderdeel van het menselijk bestaan en soms is het nog leuk ook.

Van een andere deelneemster, Clara, kreeg ik gisteren een mailtje waarin ze een reünie op Texel voorstelde, om te kijken hoe de eerste vijf jaar van het pensioen ons zijn vergaan, of onze plannen en verwachtingen een beetje zijn uitgekomen. Leuk initiatief van Clara. Ik kan me niet veel van haar herinneren, een onopvallende vrouw, beetje grijze muis. Deed iets in de kunst, maar wat precies weet ik niet meer. Ik weet niet of ik zin heb in die reünie, ik heb eigenlijk niet zoveel te melden, vrees ik. Uiteindelijk ging het allemaal vanzelf toen ik eenmaal met pensioen was. De eerste jaren rommelde ik wat aan, tot dat keerpunt drie jaar geleden...

Drie jaar geleden zat ik in de trein. Het was mei en buiten flitste een frisgroen voorjaarslandschap voorbij. Stedentripje van een paar dagen, eerst Bremen, dan Hamburg, steden die ik nauwelijks kende.

Ik deelde de eersteklascoupé met een man die voortdurend luid aan het telefoneren was. Toen ik op het station in Deventer de coupé binnenkwam, keek hij verstoord op van zijn schermpje. Het was zo'n kleine coupé zoals ze die in Duitse treinen hebben en wellicht had hij verwacht die helemaal voor zichzelf te hebben. Zelden heb ik met iemand een coupé gedeeld die zo overtuigend deed alsof ik niet bestond. Hij bleef maar luid praten tegen zijn telefoon en toen ik hem vroeg of dat zachter kon, deed hij of hij het niet hoorde. Gelukkig stapte hij in Hengelo uit.

In Osnabrück moest ik overstappen. Daar vernam ik dat de trein naar Bremen een uur vertraging had opgelopen, volgens de stem over de luidspreker wegens *'Tiere auf die Strecke'*. Wat voor dieren, vroeg ik me af. Muizen? Herten? Paarden? Koeien? Ik heb ooit meegemaakt dat een koe onder de trein kwam waarin ik zat. Jaren geleden in Nederland. Ik zat voor het raam en zag een koe aan komen rennen. Volkomen geluidloos verdween die in de gehaktmolen onder de trein. Die maakte nog geen hobbeltje. Maar het kostte wel uren vertraging. ('Typisch NS,' hoor ik Douwe mopperen. In zijn 'Afscheidsbrief aan Nederland' wijdde hij een lange alinea aan de Nederlandse Spoorwegen.)

Het was druk op het perron in Osnabrück. Ik las wat en mijmerde over mijn reisjes in het verleden. Reizen is al van kinds af aan belangrijk voor me geweest, ik heb altijd geprobeerd iets nieuws te ontdekken, beginnend met een straatje verder lopen dan ik mocht van mijn ouders, later op de fiets veel te ver weg gaan en uitgeput weer thuiskomen. Met de brommer naar de dijk van het toen zojuist drooggelegde Flevoland. De eindeloze rietvelden daar! Nog iets ouder begon ik te liften. Door Europa, Noord-Afrika en Amerika. Ik koester de herinneringen eraan. Toegegeven, soms was het afzien, maar dat hoorde bij het avontuur. De ontmoetingen, het niet weten waar je die avond zou zijn, waar je de nacht zou doorbrengen. Wat een verschil met nu! De rugzak is vervangen door een rolkoffer, de plek in de auto van een willekeurige automobilist door een gereserveerde zitplaats in de eersteklascoupé van de trein, een huurauto of een vliegtuigstoel en de onzekere slaapplek door een vooraf geboekte hotelkamer of appartement waarvan je foto's hebt gezien en recensies gelezen. Wat een verschil! Vroeger heb ik weleens acht uur op een snelwegoprit gestaan voor iemand me meenam. Nee, ik moest niet zeuren over een uurtje vertraging op een vol perron. Al helemaal niet omdat ik een plekje op een van de weinige bankjes had weten te bemachtigen. 'Neem de tijd, je bent met pensioen,' zeg ik weleens tegen mezelf, maar er is een wezenlijk verschil tussen wachten en de tijd nemen. Soms kies ik er gewoon voor een tijdje op een bankje te zitten, te observeren wat er om mij heen gebeurt of te reflecteren op iets wat me dan toevallig bezighoudt. Maar dan is het een keuze, dan ben ik ervoor in de stemming. Wachten daarentegen betekent dwang, onvrijwilligheid. Eigenlijk is dat raar. Wat maakt het nou uit of ik in de trein zit te lezen of op een bankje op een perron. Zolang het boek maar goed is. Het boek dat ik op mijn e-reader las wás goed. Wat maakte het uit of ik een uurtje later op mijn bestemming arriveerde? Er wachtte niemand op me en ik had geen enkele verplichting.

Maar zo werkte het dus niet. Ik voelde een ongeduld in me dat ik vroeger niet had. Niet dat ik vroeger alles maar gelaten over me liet komen, zeker niet, ik herinner me ruzies met reisgenoten die vooral voortkwamen uit ergernis over de primitieve omstandigheden waaronder de liftreizen plaatsvonden. Maar op de een of andere manier accepteerde je veel omdat het er nu eenmaal bij hoorde, alles was onzeker, je kon dat soort reizen niet plannen. Deze vertraging hoorde er ook bij, maar juist omdat alles in mij was voorbereid op de precieze uitvoering van het vooraf strak geregelde reisje, groeide een simpele treinvertraging uit tot een irritante verstoring.

Toen het uur voorbij was kon ik de draad weer oppakken en na vierenvijftig minuten in een coupé vol zwijgende mensen arriveerde ik op Bremen Hauptbahnhof. Mijn telefoon wees me de route van het station naar mijn hotel. Er stond vijf minuten voor. Bij een kiosk op het stationsplein hingen tientallen zwaar beschonken figuren, stuk voor stuk met een fles of halveliterblik in de hand alsof dat het lidmaatschapsbewijs van hun club was. Mijn rolkoffer maakte bovengemiddeld veel herrie op de straatstenen, waardoor ze allemaal naar me keken. Toen de wieltjes van de koffer in een tramrails bleven haken, trok dat opnieuw aandacht. Iemand riep iets naar me, wat ik negeerde. Onwillekeurig schroefde ik mijn tempo op, waardoor de wieltjes nog meer lawaai maakten. Daardoor trok ik aan de overkant van het plein weer de aandacht van andere figuren, jongemannen die met een paar meter tussenafstand tegen puien stonden geleund, schijnbaar doelloos, maar heel alert. Ik was lang niet de enige toerist met een rolkoffer en er liepen sowieso heel veel mensen op straat, maar ik kon me niet aan het gevoel onttrekken dat juist ik alle aandacht trok van deze hangjongens. Maar toen waren de vijf minuten bijna om, nog één voetgangersstoplicht en een paar stappen later verdween het verkeerslawaai achter de dichtschuivende automatische deuren en stond ik in de receptie van het hotel. Mijn kamersleutel lag al klaar, formuliertje invullen, '*Frühstück?*', jazeker! en ook het inchecken was achter de rug en ik kon naar mijn kamer op de eerste verdieping.

Zoals gezegd had ik het hotel zorgvuldig uitgekozen op internet, ligging, prijs en recensies tegen elkaar afwegend. Ik had iets gezocht vlak bij het station en omdat het maar voor twee nachtjes was, had ik voor lief genomen dat er op twee niveaus auto's vlak voor mijn raam voorbijraasden. Want boven de weg die ik zojuist was overgestoken hing ook nog een soort fly-over.

Nog geen kwartier daarvoor was ik uit de trein gestapt en inmiddels had ik me geïnstalleerd in mijn hotelkamer, straks zou ik een biertje drinken, een hapje eten, de volgende dag Bremen verkennen en de dag daarna om zes minuten over tien weer op een gereserveerde plaats zitten in een eersteklascoupé van de trein naar Hamburg. Dieren op het spoor of andere verstorende elementen buiten beschouwing gelaten, wist ik op de minuut af hoe laat ik in Hamburg zou arriveren. Ook daar had ik een hotel op loopafstand van het station. Als ik vroeger op een station in een vreemde stad aankwam, moest ik me eerst oriënteren en dan op goed geluk een hotel vinden dat een beetje aan mijn wensen voldeed. Dat kon je zomaar een uur kosten. Of meer. Maar soms had je geluk en was het meteen raak. Het kon ook gebeuren dat ik met de bus naar een buitenwijk moest en het is voorgekomen dat er niets anders op zat dan in de open lucht te slapen.

Precies zoals ik me had voorgenomen zat ik niet lang daarna achter mijn bier op een terrasje naast het station met uitzicht op het plein. Ik zag nu pas echt hoeveel haveloze mensen er rondhingen; niet alleen de alcoholisten bij de kiosk waar ze hun brandstof kochten, maar ook in een plantsoentje verderop zaten tientallen daklozen, boodschappenkarretjes er ordelijk naast geparkeerd.

Terwijl ik kleine slokjes nam van mijn halve liter pils, dreven mijn mijmeringen terug naar mijn eerste buitenlandse liftreisje. Naar Parijs. Met een vage kennis die beweerde in het centrum een meisje te kennen bij wie we konden logeren. Maar toen we daar rond middernacht eindelijk waren aangekomen, bleek haar naam onvindbaar op de bordjes bij de voordeur. We belden aan bij andere bewoners om via de intercom te vragen of ze haar kenden. Daar werd nauwelijks op gereageerd, de meeste bewoners lagen natuurlijk al in bed en degenen die wel reageerden waren niet zo vriendelijk. Uiteindelijk streken we neer in een plantsoentje. Er stonden gietijzeren bankjes in sierlijke vormen, maar toen ik er eenmaal op lag, voelde ik vooral scherpe punten in mijn vlees. Toch deerde dit mij niet, ik vond het veel te spannend om me daar druk over te maken. En om te slapen. De hele nacht schoten schaduwen voorbij en op een gegeven moment zag ik dat alle bankjes bezet waren. Tegenover me lag een keurige meneer met wijd open mond te snurken, aktetas als hoofdkussen, das losgeknoopt en zijn schoenen keurig onder het bankje, sokken erin. Bij een fonteintje stond iemand zijn tanden te poetsen en alles leek zo vredig, zo normaal en de nacht was zo zwoel, dat ik uiteindelijk toch in slaap moet zijn gevallen. Toen ik mijn ogen opende, was het licht.

'*Il est cinq heures, Paris s'éveille,*' zong mijn reisgenoot in mijn oor.

Ik stond op en maakte mijn gezicht nat bij het fonteintje. Alle bankjes waren leeg, wij waren de langslapers. We begonnen weer te lopen en toen zagen we hem, vertrouwd en bizar als hij is: de Eiffeltoren. We kochten een stokbrood bij de bakker en zagen hoe de stad ontwaakte. Postbodes dronken opgewekt en driftig handenschuddend een café au lait, op straat verschenen mannen met karretjes die geduldig begonnen Parijs schoon te vegen, lange zwarte mannen, afkomstig uit verre uithoeken van het voormalige Franse koloniale rijk. En voor ze klaar waren, kwam het verkeer op gang, eerst voorzichtig, een Renaultje van links een Peugeotje van rechts, maar algauw aanzwellend tot een bijna vertrouwde, stinkende, herrie schoppende stroom. De Lichtstad had een hazenslaapje gedaan.

Ik zal wel geglimlacht hebben bij deze herinneringen, want een man die schuin tegenover me zat, knikte vriendelijk naar me. Ik knikte terug, maar voelde me ook een beetje betrapt. Een van de drinkers bij de kiosk wankelde richting een urinoir, zo'n krul waarvan ik altijd dacht dat je die alleen in Amsterdam had. De afstand die de man moest overbruggen tussen kiosk en krul was hoogstens dertig meter, maar voor hem leek het een bijkans onoverbrugbare afstand te zijn. Het kostte hem zichtbaar moeite om op de been te blijven, hij deed me denken aan een koorddanser balancerend tussen twee flatgebouwen. Zonder de versleten rolkoffer, die hij achter zich aan sleepte en waar hij soms op steunde, zou hij allang gevallen zijn. Aan zijn arm bungelde een rugzakje, en de bierfles in zijn andere hand hield hij vast alsof het de hand van zijn moeder was bij zijn eerste stapjes. Eenmaal aangekomen bleef hij minutenlang tegen de ingang van de krul hangen alsof hij op adem moest komen. Daarna zag ik alleen nog zijn voeten, die schoven langzaam verder naar binnen, de rolkoffer parkeerde hij half in het plasgedeelte van het urinoir. Het duurde nog eeuwen voor er een straal op de stenen kletterde. Op dat moment werd mijn aandacht ruw weggetrokken door een oorverdovende herrie vlak bij mijn rechteroor. Daar stond een zo te zien dakloze man met een trompet. Hij toeterde iets waar ik Il silenzio in meende te herkennen, zo hard dat ik vingers in mijn oren moest steken. Anderen op het terras deden dat ook. Voor de man geen reden iets zachter te spelen, hij maakte het nummer af en ging meteen daarna de tafeltjes af voor een beloning. En al voelde het een beetje als chantage wat de trompetter deed, ik gaf hem toch een euro. Als enige. Ik geloof niet dat de anderen op het terras dat waardeerden. Als hij nou maar niet als dank een toegift ging spelen, dacht ik opeens, speciaal voor mij, maar dat deed hij gelukkig niet. De man in het urinoir was intussen uitgepist en zat nu op zijn rolkoffer in het plasgedeelte van de krul, het rugzakje lag ernaast op de grond. Een meneer in lichtblauw pak met rode stropdas liep nietsvermoedend de krul binnen, maar deinsde achteruit toen hij de dronken man zag zitten. Ik hoorde hem iets roepen en als een trage reactie op zijn woorden kwam de ander in beweging, zijn benen strekten zich en tergend langzaam kwam hij tevoorschijn, keek een paar seconden verwilderd om zich heen, strompelde richting het station, het rugzakje weer om zijn arm, de fles in de hand en de rolkoffer met veel lawaai achter zich aan slepend. Hij leek nu wel koers te kunnen houden maar het duurde maar heel even voor hij opnieuw begon te zwalken. Pas na vele minuten verdween hij in de stationshal en hoorde ik alleen nog zijn rolkoffer.

Mijn gedachten gleden weer naar mijn avontuurlijke reizen van vroeger, deze keer naar mijn eerste grote liftreis alleen. Door Noord-Afrika. Na een succesvolle lifttocht naar Marseille was ik met de boot in Algiers gearriveerd, waar het me uren kostte om een betaalbare slaapplaats te vinden. Alleen de allerduurste hotels hadden kamers vrij, maar voor dat soort hotels had ik het geld niet. Ten slotte mocht ik voor een paar dinars in de kelder van een vervallen hotel in de medina overnachten, een muffe ruimte met een paar kleine bovenraampjes. Het lag er vol hotelmeubilair en oude matrassen en op zo'n oud matras ging ik liggen. En al hoorde ik de hele nacht geritsel van kruipend gedierte en moest ik regelmatig iets van me afslaan, ik voelde me innig tevreden. Ik was in Algerije! Nu begon mijn avontuur pas echt! En zo viel ik in slaap tot de oproep tot gebed het begin van de dag inluidde. Eerst in de verte, maar steeds dichterbij, tot het me aan alle kanten omringde. Van oost naar west gleed bij het ochtendschemer een koor van menselijke stemmen over Noord-Afrika, als vogelgezang met de zonsopgang meereizend. Eenmaal buiten spatte het zonlicht me in het gezicht. In

Algiers scheen een andere zon dan thuis, deze verblindde me en deed zelfs de grauwe gebouwen rondom me schitteren. Was voor mij als onbereisde Marseille al een verre wondere wereld geweest, Algiers lag op een andere planeet. Wat de vorige avond stille stegen waren geweest, bleken nu drukke gangen vol gesluierde en getulbande mensen in lange gewaden, die me aanstaarden alsof ik een attractie was. Dat was ik natuurlijk ook, zoals ik daar stond met mijn lange blonde haar en mijn rugzak, gehypnotiseerd door het stof, de herrie, het licht, de geuren, de zwaarbeladen ezeltjes die tegen me aanbotsten, er was geen zintuig dat niet werd aangesproken...

Ach, hoelang was het niet geleden dat ik het leven gewoon op me af liet komen zonder alles gedetailleerd te plannen? Ik had een onbegrensde hoeveelheid tijd tot mijn beschikking en toch waren mijn reisjes als deze tot in de puntjes gepland. Voor ik mijn biertje bestelde had ik al enkele restaurants bekeken en besloten dat ik bij de Italiaan naast mijn hotel zou eten. Ik zou daar een glaasje rode wijn bij drinken, wist ik. Daarna zou ik misschien nog wat wandelen, dan terug naar de kamer, filmpje kijken op Netflix, hoofdstukje lezen en rond elf uur slapen. En waarom ontregelde een bellende medereiziger of een uurtje vertraging me eigenlijk al een beetje? Waarom beschouwde ik zoiets niet meer als een natuurlijk onderdeel van het reizen? Was dit nou wat ik ooit bedoelde met alles uit je laatste levensfase halen? Ging ik werkelijk tot het gaatje?

Ik moest opeens denken aan de oude man die ik als

middelbare scholier regelmatig met een klein koffertje aan de kant van de weg had zien staan liften. Ik had toen gedacht: dat lijkt me de ideale ouwe dag. Maar nu ik in mijn eigen oude dag was gearriveerd, zag die er heel anders uit. Wanneer was het erin geslopen, dat planmatige reizen? Wanneer had ik het avontuur ingeruild voor een strak plan? En waarom? Als bijna levenslange vrijgezel kon ik de oorzaak niet bij een echtgenote of kinderen zoeken. Nee, het was een proces in mijzelf. Kwam zo'n behoefte aan zekerheden die feitelijk schijnzekerheden waren vanzelf met het ouder worden? Doofde de drang naar avontuur dan gewoon uit? Of was het een erfenis van de regelmaat bij de verzekeringsmaatschappij waar ik bijna een halve eeuw werkte?

De volgende ochtend aan het ontbijtbuffet zat ik daar opnieuw over te prakkiseren, intussen stiekem broodjes en beleg in mijn rugzak wegmoffelend. Voor de lunch. Ik smeerde een broodje en telkens als de vrouw die het buffet bestierde even de andere kant opkeek, deed ik er een servetje omheen en stopte ik die snel in mijn rugzakje. Ik weet eigenlijk niet waarom ik het deed, want voor een paar euro kon ik een lunch in de supermarkt kopen. Ik kon ook gewoon een lunch in een restaurant bestellen. Dat kon ik makkelijk betalen. Was het de zuinige Hollander in mij of het laatste restantje van mijn avontuurlijke leven? Van het spel om zo veel mogelijk te doen met zo weinig mogelijk geld? De vrouw aan het tafeltje naast me had mij in de smiezen. Ze smoesde met haar man, die met enige vertraging ('Niet meteen kijken...') zijn hoofd in mijn richting draaide. Nu had ik moeten blozen, maar in plaats daarvan wekte het juist een rebels gevoel in me. Waarom me iets aantrekken van zo'n burgerlijk stel! Ik pakte de appel die ik eerder naast mijn bord had gelegd en stopte die demonstratief in mijn rugzakje, dronk mijn koffie op, knikte naar het stel, pakte bij het passeren van het buffet nog snel drie in plastic gesealde muffins en een croissant en verliet de ontbijtruimte.

Die dag rondde ik de geplande museumbezoeken in Bremen af, wandelde door de stad, zat een tijdje op een bankje in een park, dronk opnieuw een biertje op het terras, at mijn avondmaaltijd in een vooraf uitgezocht restaurant met een glaasje wijn erbij, keek een filmpje op mijn iPad, las nog wat op de kamer en ging om elf uur slapen. Maar er was wel een verschil met de vorige avond. Want ik had een besluit genomen. Een belangrijk besluit: ik zou de volgende dag afwijken van mijn strakke plan. In plaats van de gereserveerde trein naar Hamburg zou ik ouderwets gaan liften. En als ik niet in Hamburg terechtkwam? Jammer dan. Ik had mijn gereserveerde hotelkamer geannuleerd, want ik zou ter plekke een hotel zoeken, zoals ik dat vroeger deed. Nu ik dat eenmaal had besloten staken de herinneringen heftiger dan ooit de kop op.

Vlak buiten Algiers stond ik in de gloeiende zon te liften. De stank van een schapenkadaver in de berm deed me bijna kotsen, maar het was de beste plek langs de weg. Veel automobilisten beantwoordden mijn opgestoken duim met een uitbundig zwaaien, maar niemand stopte. Een politieauto reed tergend langzaam voorbij, de agenten namen me van top tot teen op. Ik voelde mijn hartslag versnellen toen de auto enkele tientallen meters verder tot stilstand kwam. Er klommen vier agenten uit de Peugeot en ze slenterden op me af. Een warme windvlaag sloeg de stank van het dode schaap in mijn gezicht. De agenten wierpen een misprijzende blik op het kadaver en hieven hun pet bij wijze van groet. Wat ik daar deed?

'*Faire l'autostop*,' antwoordde ik.

De agent die me had aangesproken overlegde kort met zijn collega's. Een van hen drukte zijn pet voor zijn ogen, stapte de weg op en hield de eerste de beste automobilist aan. Er werd wat gesproken, heftig gegesticuleerd en toen gebaarden de agenten dat ik in kon stappen. De chauffeur was niet erg spraakzaam, vijandig zelfs, ook al bood ik diverse malen mijn excuses aan voor het feit dat de agenten me hadden opgedrongen.

Maar verder verliep de reis gesmeerd. Niet alleen kreeg ik makkelijk een lift, vaak in de laadbak van een pick-up, maar er volgde vrijwel altijd een drankje, vaak een maaltijd en soms boden automobilisten me aan bij hen thuis te overnachten. Zoals die keer dat een man me meenam naar zijn piepkleine bovenwoninkje, waar het wemelde van de kinderen. Zijn vrouw deed haastig een sluier om en verdween in een zijkamertje. Mijn komst bracht het hele woninkje in rep en roer. De man nam me mee naar een restaurantje in hetzelfde gebouw waar hij woonde, betaalde mijn couscous en teruggekomen bleek de woning een metamorfose te hebben ondergaan. Overal in het huis lagen matrassen en tussen die matrassen stond een tafel waaraan ik moest gaan zitten. Er werd thee ingeschonken. Van alle kanten staarden kinderen me aan, de vrouw had haar sluier afgedaan en vuurde de ene vraag na de andere af in het Berbers. Haar man vertaalde het in het Frans. Of ik baklava wilde? Fruit? Of ik was getrouwd? Wanneer ik dan ging trouwen? En ze wilde alles weten over Nederland. Na uren, de kleinsten waren al in slaap gevallen, was het eindelijk bedtijd. De meeste matrassen waren bezet door de kinderen en ik vroeg me af welke voor mij was bedoeld. Geen van alle, bleek algauw, de hele familie zou op de matrassen in de kamer slapen en ik kreeg een eigen kamer, die vrijwel geheel in beslag werd genomen door een tweepersoonsbed. Ik voelde me schuldig, maar sliep als een roos in de echtelijke sponde.

Dat deed ik niet in het hotel in Bremen. Mijn wilde plannen hielden me op een niet onprettige manier in een dromerige halfslaap waarin mijn vroegere belevenissen zich mengden met de verwachtingen van het avontuur dat de volgende dag zou beginnen. Na een laat ontbijt (waarbij ik opnieuw een lunchpakket samenstelde) nam ik de bus naar de rand van Bremen. Ik had op Google Maps opgezocht waar ik het beste kon liften voor Hamburg en vervolgens gekeken hoe ik het eenvoudigst bij die oprit kon komen. Toegegeven, dat was niet helemaal zoals ik dat vroeger deed, toen moesten er kaarten worden geraadpleegd of informatie worden ingewonnen bij toeristenbureaus of toevallige voorbijgangers, maar desondanks voelde ik me al een halve eeuw jonger! Dit had ik veel eerder moeten doen! In de bus naar de snelweg moest ik denken aan Douwe en zijn toenmalige vrouw met hun cruiseverhalen. Dit was toch echt wel het andere uiterste. Het tegenovergestelde van avontuurlijkheid was een cruiseschip, gniffelde ik. Een meisje schuin voor me keek op van haar telefoon. Ik glimlachte naar haar en ze keek gauw weer weg. Eindelijk deed ik wat ik me als scholier al een beetje had voorgenomen toen ik de oude man zag staan liften: als ik zo oud was als hij, zou ik dat ook gaan doen. Die man had een kleine zwarte koffer bij zich. Hij was ook helemaal in het zwart gekleed, meende ik me te herinneren. Een zwart pak en een wit overhemd, ik wist het weer! En een zwart hoedje op zijn hoofd. Zo zag ik er niet uit, nee, ik droeg een lichte zomerbroek, een blauw overhemd en een blauwe jekker. En ik had een rolkoffer. Geen rugzak, zoals vroeger, maar je mocht toch wel een beetje met je tijd meegaan!

De tocht naar de snelweg duurde veel langer dan ik had verwacht. Ik stapte uit bij de verkeerde halte, waardoor ik nog een heel eind moest lopen en een paar keer de weg kwijtraakte. En dat een rolkoffer minder praktisch is dan een rugzak, merkte ik zodra ik de oprit van de snelweg op liep waar de rolkoffer bleef hangen in het lange gras van de berm of vastliep in de zachte bodem. Op het asfalt lopen was te gevaarlijk, want het was een smalle oprit, dus droeg ik de koffer maar. Het mocht de pret niet drukken, dat soort ongemakken hoorden erbij. Ik stelde me op voor het bord dat het begin van de snelweg aangaf. Ik heb ooit een boete van vijf mark gehad omdat ik in Duitsland achter zo'n bord stond te liften. Dat was omdat de hele oprit vol stond met lifters en ik niet zoveel keus had. Maar nu was ik de enige. Je zag eigenlijk zelden lifters meer. Er waren tegenwoordig ongetwijfeld veel meer goedkope alternatieven voor jongeren. En misschien was de moderne jeugd ook wel minder avontuurlijk. Automobilisten waren het natuurlijk ook niet meer gewend, dus misschien stopte er wel niemand voor me. En wie nam er nou een liftende oude man mee? Een oude man met een rolkoffer. Misschien zou ik vandaag Hamburg helemaal niet halen... Maar dat gaf niet, bedacht ik, want dan vond ik wel ergens anders een hotel. Dat was nou juist het avontuurlijke! Welgemoed stak ik mijn duim op.

Aanvankelijk wilde het niet vlotten bij de oprit in Bremen. Niet dat er geen auto's langskwamen, er passeerden er honderden, ze stopten alleen niet. Veel automobilisten leken niet eens te zien dat ik daar stond en bij degenen die wel naar me keken bespeurde ik vooral verbazing. Ik liet me daar niet door ontmoedigen, wist maar al te goed dat ook dit er gewoon bij hoorde, dat juist het leuke van liften het onverwachte was, dat alles altijd anders liep dan je dacht te kunnen voorspellen. Ik denk dat ik er al bijna twee uur stond, toen een oude Ford Focus de berm in reed en vlak voor me stopte. Pas op dat moment drong het tot me door dat het op deze oprit voor automobilisten moeilijk was om mij op te pikken, want er was geen vluchtstrook. Terwijl ik naar de auto liep, werd het rechterportier al geopend. Een harde radiostem schalde naar buiten. Een vriendelijke bejaarde man, minstens tien jaar ouder dan ik, lachte me toe en zei in het Duits dat dit niet de meest geschikte plek was om te *trampen*. Trampen, zo heette liften in het Duits, ja, ik was het helemaal vergeten. We schudden handen en hij stelde zich voor als Helmut. Waar ik dan wel heen wilde. Hamburg? Nee, zo ver ging hij niet. Hij woonde in een dorp iets buiten Bremen. Het kon me niet schelen, al was het maar een paar kilometer, dit was wel het startschot van mijn nieuwe liftavontuur.

'Je ziet ze bijna nooit meer, lifters,' zei Helmut, 'en zeker geen ouderen die het doen.'

De conversatie verliep moeizaam, ook omdat de radio zo hard stond en hij geen aanstalten maakte die zachter te zetten. Ik moest vrijwel alles meerdere keren herhalen. Ik vertelde hem over mijn weerzin tegen geplande tripjes en mijn voornemen weer een keer als vroeger te gaan reizen. Het was duidelijk dat hij die redenering niet helemaal kon volgen. Ik begreep dat hij had gedacht dat ik ook ergens aan de rand van Bremen woonde en door omstandigheden genoodzaakt was mijn duim te gebruiken om weer thuis te komen. Iets wat hij misschien zelf ook zou doen in zo'n geval. Maar bewust grotere afstanden gaan liften, nee, dat vond hij duidelijk maar raar. Misschien zelfs wel een beetje verdacht. Ik had het idee dat hij mij had willen helpen, maar er vrijwel meteen spijt van had dat hij me had meegenomen. Het was trouwens ook geen pretje om bij hem in de auto te zitten. Afgezien van de radio reed hij veel te langzaam op de snelweg, slingerde regelmatig naar de linkerbaan, hetgeen achteropkomende *Auto-*

bahnraser gevaarlijke capriolen deed uithalen. Het riep déjà-vu's op van dronken bestuurders met wie ik vroeger had meegelift; wat dat betreft kreeg ik het verleden op een presenteerblaadje. Vroeger was ik natuurlijk weleens bang geweest, maar toch voelde ik me toen op de een of andere manier een stuk onsterfelijker. Nu niet, integendeel, ik heb me zelden zo sterfelijk gevoeld als in de auto bij Helmut.

Dat gevoel duurde gelukkig niet lang, want Helmut zette me al spoedig onderaan een afrit af. Daar stond ik dan, aan de rand van een bedrijventerrein. Terwijl ik een drukke weg overstak naar de oprit aan de andere kant, voelde ik een paar regendruppels. Ik had voor ik besloot te gaan liften zorgvuldig verschillende weersites gecheckt en allemaal gaven ze aan dat het vandaag droog zou blijven, met een aangename temperatuur. Ik voelde me bijna een beetje verraden door die regendruppels, alsof ze zich niet aan de afspraak hielden die ik met de weersites had gemaakt. Maar vroeger dan, zei ik tegen mezelf, vroeger waren de weersvoorspellingen nog veel vager en onbetrouwbaarder, je had ze niet vierentwintig uur per etmaal tot je beschikking, nee, je moest een krant kopen of de radio beluisteren. Ik pakte mijn telefoon en zag via Weeronline dat er een onweersbui op komst was. Die zou in een halfuurtje passeren en daarna zou het droog blijven. Een eindje verderop lag een fastfoodrestaurant, dus misschien moest ik daar maar even gaan schuilen. De lucht boven me betrok in sneltreinvaart, verschoof van lichtgrijs naar donkergrijs en de druppels vermenigvuldigden zich in hoog tempo. Ik moest weer door de berm met mijn rolkoffer en dat kostte me behoorlijk wat inspanning, temeer daar ik met mijn andere arm mijn parapluutje boven mijn hoofd moest houden. Pas het laatste stukje kon ik over een trottoir lopen, de eerste bliksemflitsen sneden door de lucht en natter dan ik verwacht had te worden met het parapluutje liep ik het restaurant binnen.

De onweersbui en de daaropvolgende regen duurde veel langer dan de weersite had aangegeven, pas na uren was het weer droog. Na opnieuw een tocht door het gras dat nu kletsnat was en nog meer tegenstand bood aan de rolkoffer, stond ik eindelijk weer bij de snelweg. Het was er druk, veel vrachtwagens, maar ook personenauto's waarvan er geen enkele aanstalten maakte om te stoppen. Hier was genoeg ruimte om mij op te pikken, dus daar lag het niet aan. Zag ik er onbetrouwbaar uit of zo? Of had ik een bordje moeten maken met 'Hamburg', zoals ik dat vroeger zou hebben gedaan? Maar waar haalde ik zo gauw een stuk karton en een viltstift vandaan? Na zo'n anderhalf uur, ik begon serieus te overwegen het hele project op te geven, stopte er een zwarte Mercedes. De bestuurder, zestiger in pak, stapte uit, liep om de auto heen, opende het rechterportier voor me en gebaarde me in te stappen. Kijk, hier deed je het voor! Hij legde mijn koffer in de bagageruimte en nam weer plaats achter het stuur, draaide zich in mijn richting, stak zijn hand uit en stelde zich voor als Otto.

'*Wohin kann ich Sie bringen, Gerhard?*' vroeg hij, nadat ook ik me had voorgesteld. Het lukte hem niet mijn naam correct uit zijn mond te krijgen, al had ik op zijn dringende verzoek enkele malen herhaald hoe je 'Gerard' in het Nederlands uitspreekt.

Naar Hamburg ging hij niet, maar wel een eind in de richting. 'Ik vond het zo leuk dat ik u daar zag staan. Ik nam vroeger altijd lifters mee, maar ze zijn er niet meer. En zeker geen ouderen. Ik heb het als jongen heel veel gedaan. Ik ben heel Europa *durch getrampt*!'

Terwijl hij de snelweg op reed en direct met volle snelheid de linkerbaan opeiste, vertelde hij uitgebreid over zijn liftervaringen. Ik hoefde niets terug te zeggen, alleen maar te knikken. Als toegift vertelde hij dat hij naar Andalusië zou emigreren als hij over twee jaar met pensioen ging. Hij had daar een huis gekocht. Zijn vrouw zat daar al regelmatig, die was voortijdig gestopt met werken. Er viel een korte stilte. Toen vroeg hij: 'Waarom lift u eigenlijk?'

Ik vertelde hem mijn verhaal, dat ik vroeger op meerdere continenten had gelift, dat ik al een eersteklastreinticket naar Hamburg had gekocht, maar dat ik het avontuurlijke reizen van vroeger miste en daarom hiertoe had besloten. Hij moest er hard om lachen.

'Was für eine tolle Idee, Gerhard! Das möchte ich auch mal machen!'

Intussen leken de auto's op de rechterbaan stil te staan, zo snel haalden we ze in.

'Het past misschien niet zo bij uw tempo,' probeerde ik lachend.

'Haha. Misschien niet nee, maar dan accepteer ik alleen liften in snelle auto's. Haha!'

‘Zoveel keuze heb je niet. Ik heb er anderhalf uur gestaan voor u stopte.’

‘Echt waar?! Dan ben ik er misschien toch te oud voor! Haha! Maar ik vind het geweldig sympathiek dat u het doet!’

En opnieuw begon hij te vertellen over zijn liftreizen door het ‘*kommunistische Osten*’, hoe gastvrij de mensen daar waren geweest, dat ze hem in hun kleine flatjes het beste bed aanboden. Ik wilde vertellen over mijn nacht in de echtelijke sponde in Algerije, maar ik kwam er niet tussen. En opeens waren we er. Tenminste, hij moest de snelweg af, want hij was bijna in zijn woonplaats. Het liep inmiddels tegen de avond en ik had wel zin in een biertje en hapje. Ik vroeg hem of er een hotel was in zijn woonplaats en hij bood aan mij daar voor de deur af te zetten. Zo geschiedde. Een paar minuten later stopte hij in een klein dorp voor een Gasthof, stapte uit, haalde mijn koffer uit de bagageruimte, schudde mijn hand, wenste me veel succes met mijn verdere liftavontuur, stapte weer in en zoefde weg.

Op het terras van de Gasthof zaten mensen te eten en te drinken. Hier was ik naar op zoek! Geen voorgeprogrammeerde toestand, maar gewoon toevallig op een leuke plek belanden. Met de rolkoffer, die intussen wel een beetje smerig was geworden, ging ik de Gasthof binnen. Het duurde even voor ik werd geholpen, een man en een vrouw renden heen en weer met borden en glazen. Maar toen de vrouw eindelijk tijd voor me had en ik vroeg naar de prijs van een kamer, schudde ze heftig haar hoofd. Nee, kamers verhuren deden ze al een paar jaar niet meer. Ik kon eten als ik wilde, maar dan moest ik wel opschieten, want de keuken ging zo dicht. Was het al zo laat? Ze wilde alweer wegrennen, maar ik slaagde erin nog te vragen of er misschien een hotel in het plaatsje was dat wel kamers verhuurde. Nee, daarvoor moest ik naar de volgende plaats, vijf kilometer verderop. Daar waren er twee. Of er een bus naar die plek was, vroeg ik nog en ze knikte. De man die net langskwam met twee pullen bier en een bord eten, hoorde het en zei dat de bus niet zo vaak ging. Nou, dan ga ik wel weer liften, dacht ik stoer, vijf kilometer maar, dat moest toch lukken. Het was nog wel even licht. Nu eerst bier en eten.

Ik vond een plekje op het terras, waar de gesprekken stilvielen. Was er iets mis met me? Oké, de rolkoffer was smerig en de wieltjes haperden nu en dan doordat er vuil tussen zat en dat maakte een beetje lawaai. Maar ik had geen zin om dat er nu tussenuit te peuteren. Pas nadat ik eenmaal zat, mijn bier had besteld en de menukaart had gevraagd, kwamen de gesprekken weer op gang. Kennelijk kende iedereen hier elkaar en was ik de vreemde eend in de bijt. Ik herkende het van vroeger als ik in Duitse dorpjes belandde. Mijn lange haar en baard vielen in die dorpjes niet altijd in goede aarde. Ik herinner me dat ik een keer aan de bar zat van zo'n Gasthof en mannen om me heen mijn uiterlijk begonnen te becommentariëren. En dit zonder dat ook maar iemand me rechtstreeks aansprak. Wat dat betreft was het stilvallen van de gesprekken zojuist eigenlijk wel een beetje nostalgie die keurig paste in het liftavontuur waaraan ik die dag was begonnen. Ik bestelde *Schweinehaxe*, zo'n vette varkensknie met heel veel mals vlees, met *Salzkartoffeln und Salat*. Het smaakte me uitstekend, het weer zag er goed uit, de vogels zongen. Ik droomde weg en herinnerde me weer allerlei details over vroegere liftavonturen, de Duitse hotelletjes waar ik had geslapen, met van die dekbedden van een halve meter dik, de vrachtwagenchauffeur bij wie ik acht uur lang in de cabine zat, zonder dat er een woord werd gewisseld, maar die me wel helemaal van Arnhem naar Bazel bracht, de mensen die me maaltijden aanboden of zelfs een slaapplek, de keurige Zwitserse dame in de cabrio die mij liet instappen maar daar meteen spijt van leek te hebben en alleen maar zenuwachtig reageerde als ik iets zei, de Fransman die seks met me wilde en me toen ik daar niet op inging op een onmogelijke plek afzette, waar ik in gesprek raakte met een lifter die door dezelfde man was afgezet, de dronken chauffeur in Joegoslavië die in slaap dutte en woedend reageerde toen ik het stuur greep om een frontale botsing te voorkomen of de Amerikaan die me subiet uit de auto gooide toen ik zei dat hij wat mij betrof wel wat langzamer mocht rijden. Ja, hoewel het soms afzien was, maakte je veel mee bij het liften.

Toen ik afrekende stond de zon al aardig laag. Ik vroeg de vrouw hoe laat de bus naar het dorp met de hotels ging, maar dat wist ze niet. Toen ik het aan iemand anders vroeg, schudde die alleen maar zijn hoofd. Wisten ze het echt niet of wilden ze het niet zeggen?

'Waar bent u eigenlijk naar op weg?' vroeg de vrouw.

'Waar het avontuur me brengt,' lachte ik. Ja, het bier

was me een beetje naar het hoofd gestegen. Ze keek me niet-begrijpend aan. Ik vertelde haar over mijn liftavontuur, dat ik weer eens wilde proberen te reizen zoals ik dat een halve eeuw geleden had gedaan. Ze haalde haar schouders op, intussen druk in de weer met iets anders.

'En het heeft u de hele dag gekost om vanuit Bremen hier te komen?' vroeg ze hoofdschuddend en wenste me nog heel veel succes met mijn 'verdere spannende avontuur'.

Terwijl mijn rolkoffer over de straatstenen ratelde voelde ik de ogen van de terraszitters in mijn rug. Hun gesprekken zullen wel weer stilgevallen zijn. Ik hoorde ze in elk geval niet praten, maar dat kwam ook door de koffer. Eenmaal ver genoeg van ze verwijderd, wurmde ik met een stokje het vuil en de om de as gedraaide grasprieten los. Dat kostte wel wat tijd en moeite. Terwijl ik daarmee bezig was, passeerde een bus met de naam van het plaatsje waar ik heen wilde op de display. Ik zwaaide naar de chauffeur, maar die reageerde niet. Toen ik eindelijk arriveerde bij de bushalte een eindje buiten het dorp, zag ik dat de bus die zojuist langsreed de laatste van die dag was.

Tja, dat was wel even crisis... Een beetje dizzy van het bier en de inspanning met de koffer ging ik in het bushokje zitten. Hoe zou ik dat vroeger hebben opgelost? Allereerst zou ik mijn duim hebben opgestoken en dat deed ik dus maar, al had ik er eigenlijk niet zoveel zin meer in. Veel verkeer kwam er niet langs, om de paar minuten een auto, waarvan de inzittenden me aanstaarden of deden of ze me niet zagen. Eén man wees omlaag, het gebaar dat ik van vroeger kende waarmee werd bedoeld dat de chauffeur op zijn plaats van bestemming was aangekomen of daar vlakbij was. Dat voelde in ieder geval een beetje als een erkenning.

Intussen vormde plan B zich in mijn hoofd. Plan B was door te lopen naar het bos dat ik een eindje verderop langs de weg zag liggen, daar een nestje voor de nacht maken en het de volgende ochtend opnieuw proberen. Ik zou dan ook de eerste bus van tien over zes kunnen nemen en op een gunstigere liftplek uitstappen. Het klonk niet echt aanlokkelijk, maar het hoorde natuurlijk wel bij het avontuur waaraan ik was begonnen. Hoewel ik de keren dat ik vroeger in een bos had geslapen wel een tentje bij me had.

Een plan C doemde ook op. Een taxi bellen en me laten afleveren bij een hotel. Hoewel dit mij een aangenaam alternatief leek, wilde ik er toch niet aan. Niet om het geld, dat was het probleem niet, maar omdat dit vroeger niet eens in me zou zijn opgekomen. Dat was natuurlijk ook omdat vroeger het geld wél een probleem was. Anders had ik het toen misschien gewoon gedaan. De gedachte ontwikkelde zich geheel autonoom verder: zou ik vroeger überhaupt hebben gelift als ik genoeg geld had gehad...?

Ik pakte mijn telefoon, gewoon om te kijken of er hier überhaupt taxibedrijven waren en ontdekte tot mijn schrik dat mijn telefoonbatterij leeg was. Morsdood. Was ik vergeten die afgelopen nacht op te laden? Nou, ik stond echt wel even te vloeken, hoor. Terug naar de Gasthof om daar een taxi te bellen vond ik geen optie. Zeker niet na wat ik had verteld over mijn avontuur. Afgezien daarvan was het waarschijnlijk al dicht tegen de tijd dat ik daar zou aankomen, want ze waren al bezig met opruimen toen ik er wegging. En aanbellen bij een willekeurige woning wilde ik ook niet, de mensen waren tot dusver niet zo aardig tegen me geweest en bij alle huizen werd gewaarschuwd voor de hond.

Bleef plan B over.

Het kostte me twintig minuten om bij het bos te komen. Kennelijk was het privégebied, want het was omgeven door een hek waarin ik geen enkele ingang kon ontdekken die niet was afgesloten. Gelukkig was het hek op één plek maar een meter hoog, dus daar kon ik er wel overheen klimmen. Dat het waarschijnlijk verboden terrein was, maakte het avontuur alleen maar groter, zei ik tegen mezelf, maar het voelde niet echt meer zo. Ik tilde mijn koffer over het hek en zette het aan de andere kant neer. De koffer viel onmiddellijk om en dat doodde op slag de nog springlevende twijfel, want nu kon ik er niet meer bij en moest ik er dus zelf wel achteraan. Dat kostte me meer moeite dan ik had gedacht, ik bleef haken aan een scherp puntje met de binnenkant van mijn broek, vlak bij mijn kruis. Ik moest daarom rare capriolen uithalen om ernstigere schade te voorkomen. Als er op dat moment iemand langs was gekomen, had die een oudere man in een heel rare houding zien pogen zijn benen over het hek te krijgen, met zijn ene hand voor zijn kruis en met de andere steun zoekend op het hek. Maar ik kwam eroverheen en dat vervulde me toch met enige trots. In de verte hoorde ik een auto aankomen, daarom haastte ik me het bos in, de rolkoffer achter me aan slepend. Omdat dit moeilijk ging, tilde ik die op en verborg me achter een struik tot de auto was gepasseerd. Op de strook waar ik me bevond was het bos wat opener, geen bomen maar struiken van verschillende hoogtes. Een eindje verderop vond ik zelfs een plek met alleen wat grassen en andere lage planten. Hier kon ik mooi de nacht doorbrengen. Het was nu bijna donker en omdat ik geen enkele vorm van verlichting had met die lege telefoon, maakte ik gauw een kussen van wat kleren, ging languit op het gras liggen, trok een trui aan, legde mijn jas over me heen en sloot mijn ogen. Ik was moe, om niet te zeggen uitgeput. Misschien was ik te oud voor dit soort geintjes, maar het kon me op dat moment niets schelen. Langzaam begon ik me te ontspannen. Het was nog veel meer een avontuur geworden dan ik had durven hopen. Een merel zong zijn laatste deuntje, ik voelde wat gekriebel in mijn nek, veegde een beestje weg, een auto passeerde, de merel hield zijn snavel, een andere vogel nam diens taak over, melodieus vol harde en zachte klanken. Zijn lied wiegde me in slaap.

Ik wist niet hoelang ik had geslapen, maar toen ik wakker werd was het pikdonker en was ik kletsnat. De tonen van de vogel waren vervangen door het snelle tikken van druppels op bladeren. Ik was niet wakker geworden van de eerste druppels, nee, ik moet zover weg zijn geweest dat ik pas ontwaakte nadat de jas waaronder ik lag, de kleren die ik aanhad en het bundeltje waarop mijn hoofd lag volledig doorweekt waren. Ik sprong overeind, viel bijna over de koffer die ik open had gelaten en nu vol water zat. Op de tast keerde ik hem om, zodat het water eruit kon lopen en propte mijn natte spullen, na ze zo goed en kwaad als dat ging uitgewrongen te hebben, weer in de koffer. Veel nut had dat uitwringen niet, want het plensde zo hard dat alles onmiddellijk weer even kleddernat was als daarvoor. Met moeite sloot ik de koffer, alles was zo gezwollen dat het er nauwelijks meer in paste. De koffer was loodzwaar, al wist ik niet zeker of ik in het pikdonker alles wel had meegenomen. Ik droeg de koffer naar de rand van het bos waar het iets minder donker was door de straatverlichting vlakbij. Ik zag maar één oplossing: het bushokje. Daar kon ik schuilen. Maar voor ik daar was, moest ik de lage plek in het hek terugvinden, daaroverheen en dan nog helemaal naar dat bushokje. Hoewel de afstand eigenlijk niet veel uitmaakte, want natter kon ik niet meer worden. In het schijnsel van de lantaarnpalen vond ik de lage plek vrijwel meteen, maar toen ik de koffer naar de andere kant van het hek tilde, viel die op de straatstenen erachter en sprong open. Zelf kwam ik er ook niet zonder kleerscheuren overheen. Letterlijk. Mijn ene broekspijp werd opengereten en hing in flarden langs mijn been toen ik eenmaal naast de weg stond. Mijn been bloedde ook, voelde ik. Daar stond ik. In een soort trance. Ik hoorde een auto aankomen. De auto stopte en het raampje zakte omlaag. Een oudere vrouw keek me bezorgd aan en boog naar het portier om het voor me te openen. Ik schudde mijn hoofd en zei dat ik veel te nat en vies was. Maar ze drong aan, stapte uit, hielp me de zware, smerige rolkoffer te sluiten en in de bagageruimte te leggen. Daar lag een plastic vuilniszak die ze glimlachend op de passagiersstoel legde met de woorden: ‘Zo, nu zijn we allebei tevreden.’

Maar ik bleef me generen en wist niet zo goed wat te zeggen. Dus zweeg ik. Ze ging achter het stuur zitten, pakte haar telefoon, terwijl ze tegen me bleef praten. Ik verstond er maar weinig van, maar hoorde toch herhaaldelijk het woord *Obdachlose* en *Übernachtungsstätten*. Toen drong tot me door dat ze dacht dat ik een dakloze was en dat ze zocht naar de dichtstbijzijnde nachtopvang om me daarheen te brengen. Het was heel begrijpelijk dat ze dit dacht, maar het rukte me wel uit mijn lethargie. Ik stamelde dat ze me alleen maar naar een hotel hoefde te brengen. Ze keek op van haar telefoon en staarde me aan. In mijn beste Duits vertelde ik over mijn mislukte poging avonturen uit mijn jeugd te herbeleven. Toen ik was uitverteld, bleef ze me nog een tijdje zwijgend aankijken, alsof ze me niet geloofde. Toen barstte ze in lachen uit en startte de motor.

‘Nou, nou, wijsheid komt niet altijd met de jaren.’

En daar moest ik weer om lachen.

Om een lang verhaal kort te maken, dit alles speelde zich dus drie jaar geleden af. De vrouw in de auto was Renate uit Hamburg, toen al zeven jaar weduwe en ongeveer even oud als ik. Ook zij heeft in haar jeugd de halve wereld bereisd, grotendeels liftend. Ze stond erop me mee te nemen naar haar huis, waar ik spoedig weer helemaal de oude was. Het klikte zo goed tussen ons dat we veel tijd met elkaar gingen doorbrengen, afwisselend bij mij in Nederland en bij haar Duitsland. Inmiddels wonen we al bijna een jaar samen in Hamburg. Ben ik toch nog geëmigreerd! Maar zonder 'Afscheidsbrief aan Nederland'. Zo nu en dan plaagt ze me met mijn uit de hand gelopen liftavontuur. Ik zeg dan maar dat als ik dat niet had ondernomen, we elkaar nooit hadden ontmoet, dat óns avontuur dan ook nooit had plaatsgevonden. Dan omhelst ze mij.

Binnenkort gaan we op een cruise. Op de Middellandse Zee. Dat is een oude droom van Renate. En daarbij wil ik niet in de weg staan. Sterker nog, ik verheug mij erop. Het is iets heel nieuws, iets wat ik nog nooit eerder heb gedaan. Een echt avontuur dus.

2.

Eindkapitaal

Ach ja, die stip aan de horizon van het werkzame leven, de stip van de dag dat je pensioengerechtigd bent en de geldpotten openspringen. Bij de een zit daar wat meer in dan bij de ander. Meer dan bij Barend en mij, bijvoorbeeld. Als kunstenaars hebben we vrijwel altijd voor onszelf gewerkt, cursusje links, workshopje rechts, af en toe een subsidietje, opdrachtje of expositietje. Voor Barend was de AOW-leeftijd een doffe stip of misschien zelfs een blinde vlek, als ik het ter sprake bracht, mompelde hij altijd iets van: 'Ach Clara, dat merk ik wel als mijn AOW wordt bijgeschreven.' Mijn stip daarentegen flonkerde en lokte, al was ik me er maar al te goed van bewust dat me geen pot met goud stond te wachten. Het aanvullend pensioentje dat we in de loop van ons werkende leven hadden opgebouwd voldeed net om de AOW een beetje naar boven af te ronden en spaargeld hadden we nauwelijks. Niet dat we hebben lopen lanterfanten tijdens dat leven, maar het geld vertrok aan de achterdeur even snel als het aan de voordeur binnenkwam. En we leefden niet in luxe, het was gewoon niet zo druk bij die voordeur.

Waar anderen met het klimmen der jaren een soort paniek voor sluitingstijd ervaren en geschrokken omkijken naar waar ooit hun jeugd was, keek ik juist uit naar een hogere leeftijd met een vrijblijvender en rustiger leven dan het gesappel als zzp'er in de kunst. De kunst waarop ik allang was uitgekeken. En alleen al het idee een regelmatig inkomen te hebben maakte me zó blij! Als ik dat tegen anderen zei, vroegen die soms waarom ik dan niet meer vastigheid zocht in een betaalde baan. Ik heb inderdaad een onderwijsbevoegdheid Beeldende Vorming en heb als twintiger een paar jaar op een middelbare school gewerkt, daar dank ik mijn aanvullende pensioentje aan, maar ik heb er ook geleerd dat ik totaal ongeschikt ben voor het onderwijs aan pubers. Dat was eens maar nooit weer. En het soort werk dat verder op mijn leeftijd binnen mijn bereik lag, had me vast ook niet gelukkiger gemaakt. Dus ging ik maar door met de beeldhouwcursussen en -workshops voor welwillende dames op leeftijd. Barend is iets ouder dan ik en kreeg dus eerder zijn AOW, maar dat veranderde weinig aan zijn activiteiten, hij ging vrolijk verder met schilderen, exposeren en cursussen geven. Heel anders dan bij mij is zijn creativiteit nog lang niet aan pensioen toe. Maar zijn AOW was van harte welkom, dat zal duidelijk zijn.

Ten slotte brak de dag aan dat ook ik de stip bereikte. Dolgelukkig was ik. Maar verblind door de flonkering ervan, had ik nauwelijks nagedacht over de invulling van het leven dat mij nu wachtte. De eerste maanden had ik geen moeite met de leegte die ik aantrof achter de heldere stip, maar naarmate de tijd vorderde begon die me toch een beetje te beklemmen. Gelukkig zag ik toen die advertentie voor de cursus 'Wat te doen met je pensioen?' op Texel. Dat is inmiddels al weer vijf jaar geleden. Ik denk er vaak met een zekere weemoed aan terug, aan de duin- en strandwandelingen, de intensieve contacten, de inhoudelijke gesprekken, de intieme gezelligheid die begon zodra ik vrijdagmiddag het bungalowpark binnenstapte en duurde tot het afscheid maandagavond. Zoiets had ik al zó lang niet meegemaakt!

Hoe zou het gaan met Thomas en zijn stugge vrouw Jeanet? denk ik dan. Met piekeraarster Coby, met dat relaxte echtpaar Laura en Sjaak of die twee vogelaars die er telkens tussenuit knepen? Met Gerben die zo'n zin had in het schrijven van zijn memoires. En natuurlijk met Douwe, die het weekend samen met zijn vrouw had georganiseerd. Douwe vond ik een inspirerende man en ik ben wel een beetje jaloers op hem. Ik zou ook wel een tijdje in Thailand willen wonen. Niet voorgoed, niet zo definitief als hij, dan krijg ik heimwee, maar voor een paar maanden lijkt zoiets me heel erg fijn. En hoe zou het gaan met zijn ex met wie hij vijf jaar geleden zoveel leuke plannen had, voor hij zijn 'Afscheidsbrief aan Nederland' verstuurde dat meer een afrekening met haar was dan met Nederland.

De meeste deelnemers op Texel hadden een afbetaald huis en gunstige pensioenregelingen. Daar zat ik dan, met onze huurwoning en magere pensioentje. Ik moest dan telkens weer denken aan de tijd dat ik in het kraakpand woonde achter de Maliebaan. Het was een oud schoolgebouw en de kerkelijke stichting die het in bezit had, wilde er wel van af. Ze boden ons aan het te kopen tegen een zeer schappelijke prijs, in feite hoefden we alleen de grond te betalen, het gebouw kregen we er gratis bij. En al was het ietwat vervallen, het bleef een koopje, iets meer dan een ton. In guldens, welteverstaan. Het was in de jaren dat ik docent was op die middelbare school en ik was de enige van de bewoners met een regelmatig inkomen. Dat betekende dat het koopcontract en de hypotheekverplichtingen op mijn naam zouden komen te staan. Ik overwoog in die tijd al te stoppen met mijn docentenbaan en zag het eigenlijk ook niet zo zitten financieel verantwoordelijk te zijn voor het huis en zijn ongeregelde bewoners. Ik scharrelde al met Barend en in plaats van het schoolgebouw te kopen, besloten we om samen de etage in Oudwijk te huren waar we tot op de huidige dag wonen. Ik fiets nog weleens langs het voormalige kraakpand, het is volledig opgeknapt en verdeeld in appartementen die voor torenhoge prijzen zijn verkocht. Tja, denk ik dan, dat had mijn eindkapitaal kunnen zijn. Dan was er ook nog het vage uitzicht op een ander eindkapitaal, dat van de postzegelverzameling die mijn vader voor mij en mijn zus had aangelegd. Mijn vader leefde toen nog, maar ooit zouden mijn zus en ik de opbrengst van die kostbare verzameling mogen incasseren, zoals hij vroeger niet naliet voortdurend te herhalen.

Maar goed, het eindkapitaal van het kraakpand had ik

laten schieten en dat van de postzegelverzameling verborg zich toen ik op Texel zat nog ergens in de toekomst. Daarom lagen veel van de plannen en ideeën van de andere deelnemers aan de pensioencursus, zoals cruises of de aanschaf van een camper, buiten mijn bereik. Op een camper zat ik niet te wachten, maar zo'n cruise leek me wel wat, Douwe kon er erg enthousiast over vertellen.

Maar belangrijker was hetgeen we op Texel gemeen hadden. Niet alleen stonden we allemaal voor de opgave een zee van vrije tijd te temmen, we waren tevens in een soort slotfase van ons leven beland. En de meesten van ons hadden ondanks veel wilde plannen nauwelijks een idee hoe ze hiermee om moesten gaan.

Ik heb nog wel even over deelname aan het weekend getwijfeld vanwege de prijs, maar Barend zei: 'Doe het nou gewoon, je zult zien dat je er wat aan hebt.' En gelijk kreeg hij. Ik kwam terug met een hoofd vol ideeën en plannen, variërend van vrijwilligerswerk tot sport en een volkstuin. Op zich niets opzienbarends, maar Texel gaf me net even dat duwtje dat ik kennelijk nodig had. Het waren zinvolle bezigheden via welke ik ook nieuwe contacten zou kunnen leggen. Dat laatste vond ik erg belangrijk, want ons sociale leven was de jaren voor onze pensionering steeds schraler geworden.

Toen ik me realiseerde dat het weekend op Texel in juni vijf jaar geleden is, heb ik de deelnemers een mail gestuurd met het voorstel voor een reünie. Ik ben echt benieuwd hoe het iedereen is vergaan, wat er wel en niet van de plannen terechtgekomen is. En ik wil ze ook graag vertellen hoe het míj is vergaan, want, dat vond ik zo fijn, de meesten vertelden graag maar konden ook heel goed luisteren en vragen stellen. Dat is een combinatie die je niet zo vaak tegenkomt. Douwe was wel een uitzondering. Douwe was vooral verteller, maar dat gaf niet, ik luisterde graag naar hem en liet me inspireren door zijn levenslust en positieve houding, al was van dat laatste in zijn afscheidsbrief weinig meer over. Als hij nog steeds in Thailand zit, zal hij wel niet op de reünie komen en dat vind ik echt jammer. Ik wil graag weten waarom hij Nederland zo definitief de rug heeft toegekeerd en of hij inmiddels zijn positieve levenshouding terug heeft gevonden.

Niet zo heel lang na het weekend, openbaarden zich bij Barend de eerste symptomen van zijn spierziekte. Dat was natuurlijk enorme pech, in de eerste plaats voor hem, want het is een vreselijke ziekte die het hem steeds moeilijker maakt zich creatief te uiten en van workshops geven is al helemaal geen sprake meer. Voor mij betekent het dat ik steeds meer mantelzorger word. Van alle plannen waarmee ik terugkwam van Texel heb ik alleen het idee van het volkstuintje uitgevoerd. Meteen na terugkomst meldde ik me aan bij een drietal verenigingen en na een paar maanden had ik al beet. Dat was behoorlijk mazzel, want meestal zijn de wachttijden veel langer. De kavel ligt wel pal naast de oprit van de snelweg, de huur is ook niet echt laag en natuurlijk moet je van alles aanschaffen voor zo'n tuin, maar we konden het bekostigen. Die tuin is het beste wat me in jaren is overkomen. Als ik voorheen mensen in volkstuintjes zag zwoegen, was ik altijd blij dat mij zoiets bespaard bleef, nu doe ik zelf eigenlijk niets liever. Een deel van het perceel heb ik ingericht als moestuin, maar als de groenten die ik daar oogst op ons bord liggen, kan ik niet nalaten te denken aan die vieze uitstoot van al dat voorbijrazende verkeer, maar ja, de groenten uit de supermarkt hebben vast ook wel een en ander doorgemaakt. Met een aantal medetuiniers heb ik het heel gezellig, regelmatig beginnen we een werkdag met koffie en iets lekkers. Alleen dat bestuur! Het ergst is de penningmeester, een klein mannetje met een wat kunstmatig uitziend blond kapsel die we Trumpje noemen. Hij is een dankbaar onderwerp bij de koffierondjes met mijn tuinvrienden. Trumpje sluipt voortdurend rond met als enige doel te controleren of er geen regeltjes worden overtreden. Probleem is dat de regeltjes nogal algemeen geformuleerd zijn. Trumpje beroept zich altijd op vage begrippen als 'goed onderhoud' en 'het tegengaan van verwildering'. Zo is de klimop in mijn appelboompje geklommen, zonder dat die daar zichtbaar onder lijdt. Maar Trumpje kwam me vertellen dat dit echt niet kon. Toen ik hem vroeg waarom niet, kon hij dat niet uitleggen, maar gromde weer iets over 'verwildering'. Ik stuurde hem een artikel waarin werd betoogd dat klimop geen parasiet is en dat niet is aangetoond dat het schadelijk is als klimop in een boom kruipt. De volgende dag kwam hij langs om te vertellen dat het daar niet om ging, maar dat het er 'gewoon niet uitzag'. De klimop heb ik lekker in het appelboompje laten zitten en nu heeft Trumpje als hij langs sluipt steevast iets anders op te merken over de staat van onderhoud van mijn tuin. Door de ziekte van Barend heb ik helaas steeds minder tijd voor die tuin, maar morgen ga ik de heg bijsnoeien. Die is 'weer véél te hoog!', beweert Trumpje al een hele tijd. Ik denk dat hij het vervelend vindt dat hij er niet meer overheen kan gluren. Anderen beginnen er ook al over te klagen, ik vermoed dat Trumpje zijn aanhang tegen mij aan het mobiliseren is. Ik heb geen zin dit te veel op de spits te drijven, dus ik zal de heg bijknippen. Een paar mensen begonnen ook al te zeuren over een overhangende boom.

Zo verloopt mijn leventje met de zorg voor Barend en de tuin. Nu maar hopen dat de anderen ook zin hebben in een weerzien op Texel, want ik heb er behoefte aan iets langer van huis te zijn. De zus van Barend heeft al aangeboden dan voor hem te zorgen. Barend vroeg gisteren of ik wel zin heb om allerlei succesverhalen van anderen aan te horen, terwijl wijzelf in zo'n moeilijke situatie zitten. Maar het is maar de vraag of wij de enigen zijn met problemen en afgezien daarvan gun ik anderen hun geluk en ga ik ervan uit dat mij een luisterend oor wordt gegund. Ik ben oprecht benieuwd naar wat de anderen de afgelopen jaren hebben meegemaakt en in hoeverre hun plannen, voornemens en verwachtingen zijn uitgekomen. Want hoe je ook tegen de toekomst aankijkt, of je die precies probeert uit te stippelen of gewoon afwacht wat die je te bieden heeft, de werkelijkheid zal altijd proberen je een poets te bakken, daar kunnen Barend en ik over meepraten. En hoe moeilijk het ook kan zijn, je zult je erop moeten instellen dat dingen anders lopen dan je had verwacht of gehoopt. Ik moet dan altijd denken aan die postzegelverzameling van mijn vader. Op de reünie wil ik dat verhaal graag vertellen.

Als kind was ik gek op postzegels, op het postkantoor plunderde ik prullenbakken bij het loket *Poste Restante*, op zoek naar exotische zegels op de vaak haastig opengescheurde enveloppen. Thuis stoomde ik de zegels los boven de fluitketel, waardoor ze opbolden, kromtrokken, verbleekten en niet zelden zwaar beschadigd raakten omdat ik niet kon wachten tot ze helemaal los waren geweekt. Daarna gingen ze in een schriftje, schots en scheef.

Mijn vader kocht postzegels, ongestempeld, per serie. Een oneffenheid, verkleuring of onregelmatigheid, slechts te constateren met de loep, leidde onverbiddelijk tot verbanning. Helaas niet naar mijn verzameling, maar naar de winkel of naar de postzegelmarkt. Beschermd door plastic hoesjes bewaarde mijn vader zijn zegels in albums met lederen omslagen. Als het mensen waren geweest, sliepen mijn zegels onder bruggen en leefden de zijne in luxe hotels.

Heel soms had mijn vader de postzegels zorgvuldig uitgestald op zijn bureau. Er hing dan een gewijde stilte in zijn kamer, die alleen werd verstoord door zijn ademhaling en het ritselen van de bladzijden van de catalogus. Ik durfde er nooit lang dichtbij te staan, bang als ik was om overvallen te worden door een onverhoedse niesbui.

'Later is dit allemaal voor jullie,' zei mijn vader dan.

Na zijn dood, bedoelde hij. Mijn zusje en ik wisten dat we nooit tegelijk de verzameling en een vader zouden bezitten. 'Als jullie ze verkopen, krijgen jullie er een kapitaal voor! Nu zijn er nog veel van, maar later zullen ze zeldzaam zijn.' En hij legde me uit wat schaarste was.

Ooit werd mijn blik getroffen door een blauwe rechthoekige zegel met een globe erop en vol lettertekens die ik niet kon lezen. Op de globe stond alleen de naam 'Europa'. Op school had de meester eens een klasgenoot belachelijk gemaakt door hem de globe van Europa te laten halen bij de conciërge. Pas toen de jongen met lege handen terugkwam, doorzag hij zijn blunder. Op deze zegel stónd de globe van Europa. Mijn vader legde me uit dat het een Europazegel was. Veel landen hadden Europazegels, vertelde hij, want veel landen rekenden zich graag tot iets wat groter was dan zijzelf. De zegel kwam uit Griekenland. Griekenland wilde graag bij Europa horen.

'Ik ben Europeaan,' vertrouwde hij me toe. Ik was trots op mijn vader, ook hij hoorde bij iets wat groter was dan hijzelf. Met zijn pincet haalde hij voorzichtig de zegel met de globe van Europa uit het plastic hoesje en bestudeerde die onder zijn loep.

Plotseling slaakte hij een kreet alsof hij zich bezeerde. Haastig hield hij de postzegel tegen het licht en bewoog aandachtig de loep heen en weer.

'Deze is beschadigd!' riep hij uit. Hij liet mij zien dat het karteltje in de linkenbovenhoek kleiner was dan de andere kartels.

'Gaat de zegel nu weg?' vroeg ik.

'Zoiets kan ik niet in mijn verzameling houden. Dan krijgen jullie later een dode mus!'

Ik begreep zijn beeldspraak niet helemaal, maar het leek me geen prettig vooruitzicht.

'Postzegels zijn geld, Claartje. En net als goede wijn worden ze steeds meer waard.'

'Mag ik hem hebben?' vroeg ik gespannen.

Hij keek me even aan, dacht diep na en hield de zegel weer onder de loep.

'Misschien valt de beschadiging wel mee,' mompelde hij.

Hij moet mijn teleurstelling gevoeld hebben. 'Ach... vooruit, voor deze keer dan, jij mag hem hebben.'

Voorzichtig pakte ik de zegel aan, waarbij mijn vader me geërgerd maande postzegels alleen met een pincet aan te raken. Om het onderste uit de kan van mijn geluk te halen, pakte ik een catalogus uit zijn boekenkast. Ik wilde alles over de Europazegel weten. Pas in de vijfde catalogus vond ik hem. De vreugde benam me bijkans de adem toen ik vaststelde dat de zegel meer dan vijftien gulden waard was! Ik rende naar mijn vader. Zijn gezicht betrok. Eerst wilde hij me niet geloven. Toen stond hij op, mopperde er opnieuw over dat ik de zegel gewoon in mijn vieze vingers hield, pakte loep en catalogus, stelde vast dat ik gelijk had wat het bedrag betrof, twijfelde een moment of het wel de juiste zegel was, moest toegeven dat ik ook hierin gelijk had, bestudeerde de zegel grondig, concludeerde dat de beschadiging op de hoekkartel te verwaarlozen was en keek me peinzend aan.

''t Is voor later,' zei hij zachtjes. 'Voor later als ik er

niet meer ben. Je moet het zien als een spaarpot. Een spaarpot voor jou en je zusje. Per ongeluk heb ik iets uit die spaarpot aan jou gegeven. Ik wist niet dat die zegel zoveel waard was.'

Hij keek me aan alsof hij verwachtte dat ik iets zou zeggen. Ik wist wat hij wilde horen, maar ik hield mijn lippen stijf op elkaar.

'Het spijt me heel erg. Het is mijn fout. Maar ik moet de zegel terugnemen...'

Terugnemen noemde hij het! Afpakken was het! Eens gegeven, altijd gegeven! De zegel was van mij!

'Ik weet wel wat jij nu denkt,' ging hij verder. 'Jij denkt: waarom mag ík die zegel niet bewaren. Voor later.'

Ik dacht dit niet, maar vond het wel een slim idee. Dus knikte ik.

'Ik zou dat ook overwegen, als ik wist dat jij zegels voorzichtig behandelt. Als ik wist dat jij ze alleen met een pincet beetpakt en ze netjes in een echt postzegelalbum steekt. Maar...' hij grinnikte veelbetekenend, '...we weten allebei dat jij nogal slordig met je verzameling omgaat. En als je de zegel zou beschadigen, zou die zijn waarde verliezen...'

Hij dacht even na.

'Het lijkt me het beste dat ik de postzegel bewaar. Voor jou. Voor later. Zodat jullie hem goed kunnen verkopen.'

Hij overtuigde me. Ik was inderdaad te jong en te roekeloos om de verantwoordelijkheid van schatbewaarder te kunnen dragen. Ik wilde de zegel niet eens meer.

Ik vond het een geruststellend idee dat hij die bewaarde. Toen hij me als troost een drietal postzegels uit zijn verzameling gaf waarvan we allebei zeker wisten dat ze niets waard waren, was ik tevreden en blij. Want ook al waren het alledaagse zegels – de meeste had ik zelfs dubbel – ze kwamen uit de collectie van mijn vader en ze glansden keizerlijk tussen de verfomfaaide zegels in mijn schriftjes. De Griekse Europazegel verdween veilig in zijn album. Voor later.

Niet zo lang na het weekend op Texel brak dat 'later' aan. Na mijn moeder moesten we ook mijn vader begraven. Die Griekse zegel was ik intussen helemaal vergeten, postzegels spelen al zo lang de rol in mijn leven waarvoor ze ooit bedacht zijn: om op poststukken te plakken...

Na het overlijden van mijn moeder, ging mijn vader zijn collectie nog intensiever beheren. Dat beheer bestond uit bezoeken aan postkantoren, postzegelmarkten of -winkels, uit het lezen van filatelistische tijdschriften en natuurlijk uit een dagelijkse ronde door de albums. Toen het uitgaan onmogelijk werd en het lezen steeds moeilijker, restte ten slotte de verzameling, ook al voldeed de loep niet langer bij het vaststellen van eventuele afwijkingen.

Zijn laatste levensjaren lagen de postzegels onbekeken in het kastje naast zijn bed. Dat kastje bevatte zijn laatste spullen. De collectie, een paar fotoalbums en enkele persoonlijke kleinigheden. Meer kon hij niet meenemen naar het tehuis. Mijn zus en ik hadden die laatste spullen voor hem uitgekozen, zelf had hij niets meer nodig.

Op een dag waren de albums dus van ons. Op de omslagen lag stof, maar de zegels zagen er piekfijn uit. Het voelde bijna oneerbiedig ze aan het daglicht bloot te stellen. Ik heb de Griekse Europazegel teruggevonden. Mijn naam stond erbij gekrabbeld. Pas toen herinnerde ik me het voorval.

Mijn zus en ik besloten de verzameling te verkopen. Zoals hij altijd had gewild. We ontdekten dat niet alleen het postzegelgebruik aan het uitsterven was, maar dat hetzelfde gold voor de postzegelverzamelaars. Na enige moeite vond ik op internet een paar postzegelhandelaren. Ik ging langs bij de handelaar die het meeste bood en hij maakte een deskundige maar uitgebluste indruk, alsof hij was vastgelopen in wat eens een hobby was. Met een zuinig gezicht bladerde hij door mijn vaders verzameling.

'Het zijn heel gewone zegels,' mompelde hij. 'Daarvan zijn er nog veel te veel in omloop, die worden nooit meer iets waard.'

Tweehonderd euro wilde hij me voor de hele verzameling geven. Tweehonderd euro! Het eindkapitaal.

Mijn zus en ik hebben er langdurig over gesproken. Ten slotte hebben we de albums maar verdeeld. Om te bewaren als tastbare herinnering aan onze vader. Maar ik wist dat mijn vader ze niet verzameld had om ons een aandenken na te laten. Hij wilde dat we ze zouden verkopen. Alleen de Europazegel bewaarde ik, de rest bracht ik naar de postzegelhandelaar. Het ging immers niet om het bedrag maar om zijn wens. Al kan ik niet ontkennen dat ik het geld best kon gebruiken. Met de recentere Nederlandse zegels lag het moeilijker. Mijn vader wilde dat we de hoogste prijs zouden krijgen. Volgens de postzegelhandelaar zouden die zegels bij verkoop niet eens de waarde opbrengen die erop gedrukt stond.

'Sommige zijn nog geldig. U heeft er het meeste aan als u ze gewoon op een brief plakt,' zei hij.

Ik weet nog goed hoe ik de eerste brief postte met een postzegel uit de verzameling. Na een lichte bevochtiging hechtte de zegel zich als een magneet aan het papier. De gaafheid vloekte met het grauwwit van de enveloppe. Vlak voor ik hem in de brievenbus stopte, aarzelde ik. Mijn hart bonkte. Heel behoedzaam, als met een pincet, schoof ik de brief in de gleuf. Er klonk geen sirene en er was geen onzichtbare hand aan de binnenkant die hem terugduwde. Hij gleed gewoon naar binnen.

3.

Een gaatje in de hemel

Niet altijd heb ik vogels geassocieerd met de dood. Aanvankelijk vond ik ze alleen maar lastig en lelijk, zoals die duiven die toen ik klein was elk voorjaar ons balkonnetje in Den Haag wekenlang blokkeerden door er hun nest te bouwen. De eerste keer was dat nog wel spannend, vooral toen er eieren kwamen, maar daar kropen na een tijdje vieze, kletsnatte monstertjes uit. Wat waren die duivenjongen lelijk! Heel anders dan de donzige eendenkuikens die ik weleens in de gracht voorbij had zien komen. Maar lelijk of niet, met de dood hadden ze weinig te maken, integendeel, op ons achterbalkonnetje ontstond elk voorjaar nieuw leven. De dood kwam pas in beeld toen ik ging logeren op de boerderij van een oom in Groningen. Ik zal een jaar of acht zijn geweest. Het eerste wat me daar opviel waren de vogels. Het waren er ontzettend veel en ze zagen er heel anders uit dan in de stad. Stuk voor stuk veel mooier dan die stomme balkonduiven. En de geluiden die ze voortbrachten! Ik herinner me de licht schurende en tegelijk fluwelen klanken van vogels die op ronde, brede vleugels rondzwierden en soms zo gevaarlijk dichtbij kwamen, dat je de kuif op hun kop kon zien wapperen. Er waren vogels die eruitzagen als reusachtige langpootmuggen en voortdurend iets riepen als: grutto! grutto! Volgens mijn neven waren dat grutto's.

Jaja, dat zal wel, dacht ik, zo kan ik het ook. Kleinere versies van die reuzenmuggen vlogen er ook rond, met felrode poten. Hun geluid klonk als: tuubuubuubuub! Toen ik vroeg of dat soms tububuubs waren, zeiden ze dat ze het niet wisten. 'Maar we worden wel tureluurs van hun herrie,' grinnikten ze. Dat snapte ik niet en toen ik vroeg wat ze bedoelden, begonnen ze alleen maar harder te lachen. Maar het mooiste geluid vond ik de eindeloze stroom rond elkaar kringelende tonen, zonder uitschieters omhoog of omlaag en toch heel gevarieerd dat ergens uit een onzichtbare bron hoog in de lucht kwam en het lege landschap van een permanente basistoon voorzag.

Mijn neven spraken niet zo positief over vogels. Ze schoten er liever op. Dan pakten ze hun buks en vuurden op alles wat vloog, bij voorkeur op de kraaien die in de bomen rond de boerderij zaten. Het frustreerde hen mateloos dat ze nooit iets raakten. Ze vonden dat ik het als stadsjongetje ook maar eens moest proberen en omdat ik geen zin had om op kraaien te schieten, richtte ik recht omhoog, op een stipje hoog boven me in de lucht.

Dat raak ik toch nooit, dacht ik. Terwijl mijn neven giechelden om de onhandige manier waarop ik de buks vasthield en rondom mij de weidevogels hun luidruchtig concert opvoerden, drukte ik af. Een harde knal, een hapering in de kakofonie, een plofje in het gras. Mijn neven keken me sprakeloos aan en raapten het doorboorde lijkje op. Het was de eerste keer dat ik een veldleeuwerik van dichtbij zag. Iets groter dan een mus, vergelijkbare kleuren en grote donkere ogen die me dof aanstaarden. Op zijn kop een kuifje dat er slapjes bijhing. Het ergste vond ik de rode druppels die uit het snaveltje sijpelden, als zichtbare laatste tonen van zijn in bloed gesmoorde zang. Want terwijl de andere vogels de draad weer oppakten, hoorde ik heel goed welk geluid eraan ontbrak; het was dat krachtige, ononderbroken lied ergens ver boven mijn hoofd. Met één schot had ik de grondtoon uit de lucht geschoten...

Mensen die zich herinneren dat het voorjaar op het platteland vol veldleeuweriken was die hoog in de lucht hun minutenlange liedjes al fladderend en draaiend ten gehore brachten, hebben intussen net zoals ik de pensioengerechtigde leeftijd wel bereikt. Dat fatale schot mocht me dan het respect van mijn neven hebben opgeleverd, achteraf lijkt het wel alsof het een startschot was. Sindsdien is het aantal veldleeuweriken met maar liefst 95 procent afgenomen. In de herfst is er nog weleens een kleine opleving als noordelijke vogels hier op doorreis zijn, maar zangvluchten voeren die helaas niet uit. Soms moet je tevreden zijn met wat je nog hebt. Het is het eentonige en sombere verhaal van een landbouwontwikkeling die elk onrendabel leven uit onze weilanden heeft gezuiverd.

Toch zou je kunnen verdedigen dat die veldleeuwerik niet helemaal voor niets was gestorven, want zijn dood wekte mijn fascinatie voor die rare vliegende en zingende wezens, die honkvastheid met vleugels combineren, die ergens in de Sahel overwinteren en in het voorjaar weer dezelfde nestplaats opzoeken als het jaar ervoor, onder dezelfde dakpan, in dezelfde boom. Ik ontdekte de louterende schoonheid van hun gezang en stond soms voor zonsopkomst al in het park te zwijmelen op de elkaar aflossende en aanvullende vogelklanken. De vroege zanglijsters met hun nerveuze geroeptoeter, de plotselinge overmacht aan merels, elkaars echo spelend, elkaar overstromend, de mezen en de duiven, vol levenslust duikend in de dichtvloeiende gaten van het concert, het sijpelende liedje van de roodborst, het weemoedig lispelen van de fitis en het monomane gedram van de tjiftjaf. Als afsluiting het uitgeslapen mussenvolk, brabbelend tot diep in de ochtend. Het raakte mij diep, zoals mijn bukskogeltje de leeuwerik had getroffen. Maar dat is misschien wat bombastisch geformuleerd. Tegelijk vond ik het vogelkijken een beetje onbevredigend. Mijn vriendjes verzamelden postzegels, munten, autoplaatjes of speldjes, allemaal heel tastbaar, je kon het vol trots aan anderen laten zien. Vogels kun je niet inplakken of opspelden, ik moest het doen met de plaatjes in een vogelboek en wat lijstjes van soorten die ik had gezien of gehoord.

Op een dag zag ik een koolmees rondfladderen met een vleugel die er een beetje bij hing. Gebroken, diagnosticeerde ik. Ik wist hem te vangen en probeerde het vleugeltje te spalken met behulp van luciferhoutjes, die ik vastzette met plakband, maar het beestje verzette zich zo hevig, dat ik per ongeluk een pootje brak. Ook dat spalkte ik, maar de volgende ochtend lag de mees morsdood in het kooitje waarin ik hem had neergelegd. Vol schuldbesef begroef ik hem onder een laagje bladeren in een plantsoen. Weken later ging ik er kijken en vond ik een fraai schedeltje. Het was het begin van de volgende fase van mijn vogelliefde: schedels als souvenir van die ongrijpbare vogels. Voortaan was mijn blik niet langer omhooggeheven, maar omlaag gericht naar de grond. Als ik een dode vogel vond, sneed ik met mijn zakmes de kop eraf en nam die mee naar huis. In een steelpannetje kookte ik de soms halfvergane vogelkoppen net zo lang uit tot alles loszat. Met een pincet peuterde ik de huid van de schedel, pulkte de ogen eruit en meestal was ik wel even bezig met het via het achterhoofdsgat verwijderen van de tot moes gekookte hersenen. Als de schedel schoon was, legde ik die in een bakje met bleekwater en uiteindelijk had ik een helderwit idee van een vogel dat ik met velpon op een stuk karton plakte met een labeltje eronder. In de plaats van vage observaties van wegvluchtende dieren ontstond er een tastbare verzameling.

Ik ontdekte dat een jongen uit de buurt ook schedels spaarde en samen gingen we op kadaverjacht. Wat waren we blij toen we erachter kwamen dat we koppen van allerlei gevogelte en van konijnen, hazen en reeën gewoon bij de poelier konden halen. Ons hoogste doel was een mensenschedel. Voor hem was het slechts een kwestie van geduld, vertelde hij, een oom had beloofd zijn schedel na zijn dood aan hem ter beschikking te stellen. Met de komst van de puberteit en de daarmee veranderende interesses stierf mijn jeugdige enthousiasme voor vogels, die met de schedelverzameling in feite al in een terminale fase was geraakt, zwijgend een definitieve dood.

Decennia heb ik niet naar ze omgekeken, maar tijdens de begrafenis van een oud-collega, een jaar of twaalf geleden, kwamen ze opnieuw tot leven. De man was een fervent vogelaar die altijd enthousiast over zijn passie vertelde en omdat mijn in de kindertijd opgedane kennis niet geheel was vervaagd, praatte hij er graag met mij over. Op zijn begrafenis was het prachtig weer, de eerste mooie lentedag, alsof de natuur hem op die manier een laatste eer wilde bewijzen. Ook de vogels waren in groten getale aanwezig; merels, vinken, mezen, een winterkoning, een zanglijster. Toen de kist langzaam het graf in daalde, verstomde hun gezang op slag alsof een van hen een seintje had gegeven, om ongeveer een minuut later weer op gang te komen. Die daar zo aanwezige vogels zorgden niet alleen voor een heftig déjà-vu, het werd een soort wederopstanding. Hun gezang wekte opnieuw het voorjaar in mij, bespeelde dezelfde gevoelige snaar die mij als kind vroeg deed opstaan om naar het ochtendkoor te luisteren. Gevoelige snaren mogen met het vorderen der leeftijd vaak wat verslappen, deze stond meteen als vanouds strakgespannen.

Alsof er niet een heel leven tussen heeft gezeten zwerf ik opnieuw met een verrekijker door parken, velden en natuurgebieden. Geen schedels nu, geen associaties met de dood, nee, ik kijk weer omhoog, naar levende vogels.

Een tijdje terug werd ik vóór zonsopgang wakker gezongen door een merel die ons slaapkamerraam als zangpost had uitgekozen. Doorgaans ben ik niet blij als ze me zo vroeg wekken, maar nu lag ik stilletjes te genieten van de volle, melodieuze zang die door de kamer galmde, intens dankbaar dat een van de fraaist zingende vogels ervoor heeft gekozen met de mens samen te leven. Hetty, naast me, sliep er dwars doorheen. Ooit schuwe bosvogels zijn ze vertraagd met ons mee verstedelijkt, samen met een heleboel andere soorten, zoals de muzikaal wat minder begaafde mezen en houtduiven. Het schijnt dat stadsmerels kortere, dikkere snavels hebben dan bosmerels, want doordat wij overal voedsel voor ze klaarleggen of achteloos dumpen, is een pincet om de kleinste insectjes los te peuteren minder noodzakelijk. Nee, de evolutie houdt geen adempauze.

Het is raar, maar tijdens mijn leven heeft een omkering plaatsgevonden. Woonwijken behoren tegenwoordig tot de gebieden met de grootste rijkdom aan vogelsoorten, mede door de verwoestijning van het boerenland dat in mijn jeugd krioelde van het vogelleven en waar ik mijn eerste intense vogelervaringen opdeed. Helaas gaat het ook al jaren niet goed met de merel, hun aantallen nemen dramatisch af, ook in de ooit zo groene stadswijken waar door een gemakzuchtige modetrend steeds meer tuinen worden versteend. Hopelijk vergaat het de merel niet zoals de veldleeuwerik.

Want een lente zonder merelgezang is geen lente meer.

Laatst hoorde ik voor het eerst in jaren weer een veldleeuwerik zingen. In een polder waar hier en daar weidevogels meer tijd en ruimte wordt gegund om jongen groot te brengen. Hoog boven me zag ik het stipje. Het was of er een gaatje in de hemel zat waardoor vergeten klanken omlaag sijpelden.

Mijn hervonden vogelliefde kwam door mijn pensionering pas echt tot bloei. De vogels nemen nu voor een belangrijk deel de plaats in die voorheen voor mijn werk als accountant was gereserveerd. Meerdere malen per week zwerf ik met een verrekijker urenlang door natuurgebieden en ik kijk nu niet meer alleen naar ze, ik tel ze ook. Het vogelonderzoeksinstituut Sovon heeft een speciaal telprogramma waarmee je via een appje op je telefoon overal in het land de vogelstand van het moment kunt inventariseren. Niet alleen draag ik hiermee mijn steentje bij aan de kennis over de verspreiding van de verschillende soorten, het verdiept tevens mijn vogelervaringen. Door het tellen blijf ik alert en word ik fanatieker bij het determineren.

Behalve aan genoemde telling neem ik ook deel aan de MUS-telling, elk voorjaar drie keer een vaste wijk. Nee, dan worden er niet alleen mussen geteld, MUS staat voor Meetnet Urbane Soorten. Vogels in woonwijken dus. Omdat ik niet de zonderlinge buurman wil zijn die met een verrekijker tussen de huizen sluipt, tel ik niet in mijn eigen buurt, maar anoniem in een wijk aan de andere kant van Alphen aan den Rijn.

Voor deze telling moet ik twee keer heel vroeg opstaan, want vogels zijn rond zonsopgang het meest actief, dan verzamelen ze voedsel en in het voorjaar zingen ze. Vogelgezang is serenade en scheldpartij tegelijk. Dezelfde klanken palmen mogelijke partners in en intimideren rivalen. Gewoon spierballenvertoon dus. De telling moet bij voorkeur in het weekend worden gedaan, omdat er dan minder achtergrondherrie is. Dat is belangrijk, want veel tellers zijn al wat ouder en hebben net als ik soms moeite om alle hoge tonen en roepjes op te vangen. Om vijf uur opstaan kost een beetje moeite, maar door de uitgestorven straten fietsen is wel een bijzondere ervaring, de hele wereld lijkt op zo'n vroege zondagochtend in de lente te zijn overgenomen door merels, vinken, winterkoninkjes, lijsters en andere zangers. Pas tegen het eind van de telling, zo rond een uur of zeven, komen de eerste mensen hun huis uit, meestal omdat de hond dat van ze eist. Ik groet altijd vriendelijk, maar doorgaans wordt die groet maar dunnetjes beantwoord. Van een veilige afstand wordt voortdurend omgekeken naar die verdachte man met zijn verrekijker. Ik heb ooit een groen hesje gekregen met daarop in grote witte letters *Ik tel vogels voor onderzoek,* maar daar ga ik voor die paar hondenbezitters niet mee rondlopen. Dat doe ik bij de laatste van de drie MUS-tellingen wel, want dat is een avondtelling en dan ziet iedereen je bezig. Er zijn tien telpunten in de wijk en op elk punt moet ik vijf minuten lang elke vogel die ik zie of hoor turven. De laatste keer was ik net op mijn eerste telpunt begonnen, toen er een man zijn huis uit kwam en een sigaret opstak. Na een paar trekjes kuierde hij in mijn richting, las de woorden op mijn hesje en ging zwijgend naast me staan roken. Toen mijn vijf minuten om waren en ik aanstalten maakte verder te gaan, vroeg hij:

'Tel je die grasparkieten ook?'

'U bedoelt de halsbandparkieten? Die tellen ook mee, ja.'

Er vlogen er twee krijsend door de boomtoppen.

'Rotbeesten, die grasparkieten! Ze verjagen andere vogels!'

'Dat schijnt wel mee te vallen.'

'Vindt u dat gekrijs van die grasparkieten soms mooi?'

'Nee, een merel zingt mooier.'

Hij nam nog een trekje van zijn sigaret en zweeg verder. Verbeeld je nou maar niets, mafkees, zeiden zijn ogen, mij verbeteren en een beetje de wijsneus uithangen. Met je groene hesje!

Mijn laatste telpunt ligt op een klein parkeerterreintje aan het einde van een doodlopend woonerf. Terwijl ik luisterde, rondkeek en de aantallen op mijn telefoon invoerde, verscheen een oudere vrouw voor het raam van het huis vlak naast me. Ik zwaaide en al tellend draaide ik mijn rug in haar richting zodat ze de tekst op mijn hesje kon lezen. Toen ik opnieuw keek, had haar man zich bij haar gevoegd en staarden ze me allebei argwanend aan. Ik knikte ze vriendelijk toe, draaide me weer om en wees opnieuw op de tekst op mijn rug, maar het hielp niet. Iedereen kan wel zo'n hesje aantrekken, zag ik ze denken. Hun hoefde je niks wijs te maken, ze kenden de trucjes wel van de misdaadprogramma's op televisie.

Toen we allebei net met pensioen waren, ging Hetty nog weleens met me mee vogels kijken. Er zijn dagen dat de ene na de andere interessante vogel zich meldt, maar veel vaker moet je het doen met wat merels, koolmezen en alledaagse meeuwensoorten. Gek genoeg ging Hetty altijd op dat soort dagen mee. Zelf vond ik het niet erg, maar ik gunde haar meer. 'Misschien ben jij wel een vogelverschrikker,' grapte ik dan maar. Erg handig met de verrekijker was ze trouwens niet. Ooit in de uiterwaarden van de Lek wemelde het in de bomen van de koperwieken en kramsvogels, maar het lukte haar niet er één scherp in de lens te krijgen en toen er even later een ijsvogel voorbij glinsterde, keek ze net de andere kant op. Maar het ligt ook aan de manier waarop ik met haar vogels kijk. Als ik alleen ben, blijf ik regelmatig staan, loop weer terug, ga ergens zitten, geniet van de stilte of juist van de geluiden uit de natuur; kortom ik neem de tijd om de omgeving af te speuren, een vogel te determineren en kijk rustig hoe die bezig is met foerageren, baltsen, vechten of wat dan ook. En het hoeven echt geen zeldzaamheden te zijn, ik kan tijden zoet zijn met een stel meerkoeten, want bij hen is er altijd gedoe. Ik heb een klapstoeltje in de auto liggen en soms zit ik ergens een uur te luisteren en te kijken. Ik ben een echte vogelslenteraar, maar met mijn vrouw erbij slenter ik niet en zit ik niet op klapstoeltjes, dan wandelen we en blijven we alleen staan als ik zeker weet dat er iets te zien is waarvan ik denk dat het voor haar de moeite waard is. Ik wil haar mijn trage gekuier niet aandoen, want ik weet dat zij alleen naar vogels kijkt om mij te plezieren. Dat vind ik heel lief van haar en om iets terug te doen speel ik meer op safe, let ik meer op bijzondere vogels, want ik wil haar niet vermoeien met een uitgebreide gedragsstudie van, pak 'm beet, ruziënde pimpelmezen. Het is geven en nemen in het huwelijk, ook bij het vogelen. Omdat ik moeite heb met hoge frequenties van zang, roepjes en alle andere geluiden die een niet direct zichtbare vogel verraden, slagen veel exemplaren erin aan mijn aandacht te ontsnappen. Hetty hoort vogelgeluiden die mijn gehoor te boven gaan. Wat dat betreft vullen we elkaar mooi aan. Zij als mijn gehoorapparaat, ik om de vogel voor haar te determineren.

Ik ken overigens nauwelijks mensen met wie ik naar vogels kan kijken op de manier zoals ik dat zelf graag doe. Met Tim kon ik dat, die had dezelfde intense manier van vogelslenteren als ik. Dat was op Texel, alweer vijf jaar geleden. Tijdens een weekend met andere aanstaande pensionado's. 'Wat te doen met je pensioen?' of zoiets heette het. Hetty wilde daar graag heen. We stonden in die tijd allebei voor dat pensioen en het leek haar nuttig om ons daar als echtpaar op voor te bereiden. Na de jaren van regelmatig werk op een administratiekantoor, vreesde ze het 'eindfasegevoel' en de 'pensioenparadox', zoals ze dat noemde. Met dat laatste bedoelde ze het idee te beschikken over een eindeloze hoeveelheid tijd gecombineerd met een gevoel van schaarste, je wist immers niet hoeveel tijd je nog restte in het leven. Ik geloof dat ze daarover een boek had gelezen. Natuurlijk, we zijn oud, we weten niet wat ons te wachten staat, maar ik heb niet zoveel zin daar aandacht aan te besteden. Ik leef meer bij de dag. Afgezien daarvan weet ik al een leven lang niet beter dan dat alles opeens zomaar voorbij kan zijn.

Over dat soort dingen ging het ook op Texel. Iemand zei: 'Je moet de gordijnen niet al dichtdoen terwijl het nog licht is,' en dat was me uit het hart gegrepen. In het begin had Hetty die neiging een beetje, ze was voortdurend bezig met wat er allemaal aan narigheid kon gebeuren als je eenmaal onze leeftijd had bereikt. En natuurlijk werd er dat weekend veel gepraat over dat beruchte zwarte gat na het pensioen. Maar ik wist dat er voor mij geen zwart gat zou zijn, ik zou me echt wel vermaken. De spil van mijn dagen zouden mijn vogelactiviteiten zijn, daar was ik van overtuigd. En zo is het gegaan. Ik kom tijd tekort. Hetty nu overigens ook, ze komt om in haar vrijwilligerswerk. Overigens vond ik het leukste van die dagen op Texel het vogelkijken samen met Tim. Die was ook door zijn vrouw meegesleept. Af en toe knepen we ertussenuit met onze verrekijkers. Texel is nou eenmaal een prachtig vogeleiland. Douwe, de man die het organiseerde, heeft ons daar nog een keer op aangesproken, zo half schertsend ('Jullie hebben een groot deel van mijn verhaal gemist'), half serieus ('Het is een totaalprogramma, hoor').

Hetty had het erover dat ze een reünie willen organiseren van dat weekend. Ik vind het prima om daarheen te gaan, tenminste als Tim er ook is en zijn verrekijker niet vergeet.

Als ik mensen vertel hoe ik mijn pensioendagen vul,

denken ze algauw dat ik als een soldaat in oorlogsuitrusting door natuurgebiedjes sluip met een buitenmodel telelens in de aanslag. Dat is kennelijk het beeld dat de buitenwereld heeft van vogelaars. Ik vertel ze dan dat ik geen camouflagepak draag, maar gewoon in mijn dagelijkse kloffie rondloop en dat ik ook niet beladen ben met camera's, lenzen, statieven, telescopen en weet ik wat al niet meer. Nee, ik heb slechts een verrekijker aan een koordje om mijn nek. Vogels bestuderen door mijn verrekijker is mijn ultieme doel. Dat klinkt blijkbaar saai, want regelmatig wordt me gevraagd waarom ik niet probeer vogels te fotograferen. Ik zeg dan maar dat dit me te veel gedoe is. Ik snap wel dat de uitdaging groot is met de technische mogelijkheden van nu, vroegere vogelfotografen konden niet dromen van moderne geheugenkaarten, ze hadden filmpjes met zesendertig foto's die bovendien eerst nog ontwikkeld moesten worden voor je het resultaat kon zien. Het is ook niet zo dat ik zelf geen gebruik maak van de moderne technieken, want waar ik vroeger stond te hannesen met een zwaar vogelboek, beschik ik nu over allerlei appjes en bestanden met determinatiegegevens en vogelgeluiden op mijn telefoon.

Die Tim had het niet zo op de vogelfotografen, hij noemde ze fotocommando's en vogelpaparazzi. Hij snapte niet waarom ze zoveel moeite deden om een vogel digitaal te vangen. Wat was toch de kick? Om thuis te bekijken wat je in de natuur 'live' had kunnen zien? Of ging het om de likejes die je kon binnenharken als je je plaatje na bewerking op sociale media had geplaatst?

Hij vergeleek ze met toeristen die alleen maar door de lens van hun camera kijken naar de toeristische hoogtepunten, in plaats van er rechtstreeks van te genieten.

'Het is al herinnering voor het goed en wel is gezien! Jammer voor ze dat vogels zo beweeglijk zijn, anders konden ze selfies met ze maken!'

Nu heb ik niets tegen mensen die vogels graag fotograferen, ik gun iedereen zijn plezier en als je graag als 'fotocommando' de natuur in gaat, mijn zegen heb je. Voor mij is kijken door de verrekijker genoeg. Voor veel vogelfotografen begint het dan pas, de verrekijker dient om te kijken of iets de moeite waard is om vast te leggen.

'En intussen neerkijken op serieuze vogelaars zoals wij, die alleen maar een verrekijker hebben!' Dat zei Tim ook nog. 'Is dat zo?' vroeg ik toen. Ik had daar nooit zoveel van gemerkt. Maar niet zo lang daarna betrad ik in Flevoland een vogelkijkhut waar zich al wat van die zwaarbewapende fotografen hadden geïnstalleerd. Mijn groet werd nauwelijks beantwoord nadat in een flits was vastgesteld dat ik slechts een verrekijker bij me had. Een amateurtje. Voor het eerst werd ik me bewust van een soort hiërarchie onder vogelaars. Met hun overdadige apparatuur monopoliseerden ze niet alleen de beste plekken in de kijkhut, hun spullen eisten tevens zoveel ruimte op dat ik blij mocht zijn überhaupt een marginaal plekje te vinden. Intussen vlogen de vogelnamen me om de oren, werden er weetjes uitgewisseld zoals motorliefhebbers dat kunnen doen over technische details van hun voertuigen. Een van hen meldde tussen neus en lippen door dat de aldaar gesignaleerde slangenarend pas na vieren zou komen, alsof hij de officiële woordvoerder van die slangenarend was. Zelf ontdekte ik vanaf mijn marginale plekje een roerdomp die zwijgend in het riet stond en ik vroeg of ze die al hadden gezien. Dat hadden ze niet, maar het kostte merkbaar moeite dat toe te geven. Natuurlijk moest de roerdomp wel vastgelegd worden en dat ging niet zonder een complete interne verhuizing van apparatuur. Ik zat duidelijk in de weg, mijn marginale plekje was ineens goud waard, maar ik bleef lekker zitten.

Met die hiërarchie werd ik ook geconfronteerd toen ik in het doorgaans rustige Waverhoek opeens rijen mannen in het riet zag staan, als een vuurpeloton, de telelenzen op scherp, zo te zien allemaal in de weer voor een zelfgeschoten plaatje van een bijzonder vogeltje. Ik vroeg aan een man met zo'n potente telelens wat er te zien was. Voor hij antwoordde monsterde ook hij mijn uitrusting of liever, het gebrek daaraan.

'Steltstrandloper,' zei hij toen en hij voegde daaraan toe, intussen weer door zijn lens turend: 'maar hij zit nogal ver weg, ik denk niet dat jij die kunt zien.'

Later las ik dat deze Noord-Amerikaanse strandloper delen van de vogelaarswereld op stelten had gezet door hier neer te strijken in plaats van op Cuba, waar ze de winters plegen door te brengen. Nou, hij heeft het geweten. In zijn eigen continent mag hij dan een doorsnee vogeltje zijn, hier was hij op slag een beroemdheid die zelfs de landelijke pers haalde.

Ik zag hem trouwens prima met mijn verrekijker die

16 keer vergroot en een ingebouwde stabilisator heeft tegen het trillen waarvan je bij dat soort sterke vergrotingen zonder statief gauw last krijgt. Ik zag een onopvallend vogeltje dat wat onzeker rondkeek op zijn lange poten. Volgend jaar maar weer naar Cuba, heeft het vast gedacht.

Overigens heb ik doorgaans plezierige contacten met medevogelaars, ook met die zogenaamde vogelcommando's en merk ik niets van een hiërarchie. Iedere vogelliefhebber houdt op zijn eigen wijze van vogels, twitchers zijn vooral geïnteresseerd in zeldzame soorten op hun lijstje, fotografen in een plaatje, de vogelslenteraar in wat hij 'live' meemaakt en vaak zijn het maar accentverschillen, want je kunt gerust alle drie tegelijk zijn. Wat bindt is de fascinatie voor die mooie beesten die (nog) vrijwel overal te zien of te horen zijn, die levendigheid en schoonheid toevoegen aan de omgeving en aan het leven.

Tim wond zich erg op over 'vogelpaparazzi' die met al hun spullen dwars door kwetsbare terreinen klossen, zelfs midden in de broedtijd.

'In natuurgebieden blijf je op de paden, dat weet iedereen! Maar voor het plaatje moet alles wijken! Dat noemt zich vogelliefhebber!'

Ik heb toen mijn mond maar gehouden, want ik heb mij daar ooit op een nogal dramatische manier schuldig aan gemaakt. Dat was in de Groene Jonker, een voormalig slootjeslandschap waar men de waterstand heeft verhoogd. In landbouwstaat Nederland mag je blij zijn dat er tussen de uitgewoonde akkers en weilanden af en toe kleine oases liggen waar de natuur een beetje op adem mag komen, voor zover dat mogelijk is met alle gifstoffen, stikstof en grondwaterverlaging vlakbij. De Groene Jonker is een soort uitgaanscentrum voor vogels, er is altijd volk.

Ik was dus in dat uitgaanscentrum en hoorde vlakbij het gekrijs van een waterral. Dat hoor ik daar wel vaker, maar nu meende ik ook iets te zien bewegen. En ik had nog nooit een waterral gezíen. Dus ging ik van het pad af naar de waterkant, in de hoop de waterral daar te betrappen. Geconcentreerd – met mijn jachtinstinct aan het stuur – sloop ik door het riet. Rietzangers, karekieten en blauwborsten hielden abrupt hun zang in (ja, het was broedtijd), van schrik, maar misschien ook wel omdat ze wisten wat er komen ging en daar niets van wilden missen. Want opeens stond de wereld op z'n kop, zag ik de rietstengels vlak voor mijn neus uit de modder omhoogschieten en lag ik op de bodem van het rietveld, mijn benen diep in de dunne, maar zuigende modder van een voormalige sloot. Mijn dure verrekijker verdween zelfs helemaal in de drab. Verwoed probeerde ik me omhoog te werken, maar tevergeefs, ik zakte zelfs dieper weg, de waterral krijste vlakbij, maar liet zich nog steeds niet zien. Wel zag ik een oudere fotograaf in mijn richting komen, in vol ornaat, twee anderen bleven op het pad staan. De man kwam vlakbij en stak zijn hand uit, maar ik kon er niet bij, hij durfde niet dichterbij te komen, want dan zou hij zelf wegzakken. Ik kon er niets aan doen, maar ik moest lachen om de situatie. De man niet, hij was niet echt vriendelijk, bleef me verwijten dat ik de vogels verstoorde, hetgeen ik deemoedig erkende, maar hij deed wel zijn best me te helpen, stak mij zijn statief toe, miste echter de kracht om me omhoog te hijsen. Een van zijn vrienden kwam te hulp en samen hebben ze me aan dat statief eruit getrokken. Dat gebeurde allemaal met weinig woorden en veel stil verwijt. Druipend van de modder stond ik me daar te verontschuldigen en hen te bedanken en dan moest ik ook nog in de auto naar huis, in dat loodzware natuurlijke camouflagepak. De mannen liepen verder en ik hoorde de derde nog tegen mijn twee redders zeggen: '...ik had 'm laten liggen!'

Ik begon mijn verhaal met vogels en de dood. Ik eindig er ook mee, want onlangs werd ik daar opnieuw mee geconfronteerd toen ik aan het IJsselmeer per ongeluk een gezinnetje grauwe ganzen op de vlucht joeg. Ik verraste ze terwijl ze aan het foerageren waren op het gras van de dijk. De acht pulletjes waren nog klein, hoogstens twee weken oud. Het hele gezin haastte zich naar het water, want dat doen watervogels als ze zich onveilig voelen. Ik heb al eens een meerkoet doodgereden die bezig was de weg over te steken en al bijna aan de overkant was, maar op het laatste moment terug begon te rennen naar de sloot toen ik eraan kwam rijden. Ik kon niet meer remmen en de vogel kwam onder mijn voorwiel terecht...

Het probleem voor deze ganzen was dat ze eerst nog voorbij een brede strook basaltblokken moesten. Voor de oudervogels geen probleem, maar de kleintjes schrokken terug, raakten bekneld tussen de stenen of probeerden paniekerig door te kleine openingen ertussen te zwemmen. Onderwijl gakten de verhitte ouders instructies. Ik bevrijdde één gansje die klem zat en wierp hem in het water bij zijn ouders, een aantal slaagden er zelfstandig in het basalt te passeren, maar andere probeerden zich juist voor mij te verbergen. De ouders wisten dat en bleven opgewonden vlak bij de oever rondzwemmen. Ik ging een eindje verderop op de dijk zitten om te kijken hoe het af zou lopen. Er kwamen inderdaad nog een paar jongen tussen de stenen vandaan en na een tijdje zwom het hele gezin verder het water op. Maar er waren nu maar zeven jongen, terwijl ik zeker wist dat ik er daarvoor acht had geteld. De ouders zwommen zo relaxed weg dat ze vast en zeker dachten dat het gezin compleet was. Of had ik me toch vergist en waren er nooit meer dan zeven? Juist toen ik weg wilde gaan, maakte zich een gansje los van de stenen en zwom haastig het water op. Maar de rest van het gezin was al zo ver weg, dat hij ze waarschijnlijk niet meer kon zien. Machteloos keek ik toe hoe het pulletje gedesoriënteerd alle kanten uitschoot. Waar ze vandaan kwamen, weet ik niet, maar opeens zweefden er twee kleine mantelmeeuwen en een zilvermeeuw boven het gansje, waardoor het nog meer in paniek raakte. De meeuwen begonnen duikvluchten uit te voeren, die het gansje aanvankelijk handig wist te ontwijken door onder water te duiken, maar de meeuwen namen de tijd, leken hun duikvluchten zelfs te coördineren, waardoor het gansje nauwelijks kans kreeg om op adem te komen.

Een van de mantelmeeuwen raakte het uitgeputte pulletje met zijn snavel, het leek een klein tikje, maar voor het gansje was het waarschijnlijk een forse dreun, want hij bleef versuft op het water liggen. Ik zat me te verbijten, voelde me steeds machtelozer en ook verantwoordelijk. Wat was ik nou voor een vogelaar?! Als ik in plaats van door te lopen me meteen had omgedraaid toen ze schrokken van mijn plotselinge verschijnen, was het beestje niet in deze situatie verzeild geraakt, dan was hij nog steeds bij zijn ouders en broertjes en zusjes geweest. Die zwommen rustig een heel eind verderop, alsof er niets aan de hand was. Was het maar zo. De mantelmeeuw kwam terug, greep het gansje, sleurde het de lucht in, de snavel om het halsje van zijn slachtoffertje geklemd, landde op het water en toen was het heel snel voorbij. Even zat het pulletje met kop en hals in de keel van de meeuw, daarna waren alleen de pootjes nog zichtbaar en na nog wat slikbewegingen was hij verdwenen in de meeuw. Die vloog tevreden weg, over de nietsvermoedende ganzenouders heen, en verdween in de verte. Ergens achter in mijn hoofd opende het gaatje in de hemel zich weer en hoorde ik een leeuwerik zingen. Het was de leeuwerik uit Groningen.

4.

Zeventig

Ik moet bekennen dat ik mijn verjaardag de laatste jaren met steeds meer tegenzin ben gaan vieren. Niet omdat het minder gezellig werd, maar om de doodeenvoudige reden dat ik vind dat er steeds minder te vieren valt. Dat is begonnen op mijn zestigste en is sindsdien met het jaar verergerd, zodanig zelfs, dat ik heb besloten mijn aanstaande verjaardag in stilte voorbij te laten gaan. Ik merk dat ik moeite heb de leeftijd die ik over een maand bereik hardop uit te spreken, dus zeg ik het maar even heel zachtjes: ik word zeventig...

Elke keer als ik eraan denk, moet ik slikken. Toen ik zestig werd dacht ik: stop nu maar, het is mooi zo. Niet dat ik dood wilde, ik wilde gewoon voor de rest van mijn leven zestig blijven, maar nee hoor, ik werd eenenzestig, tweeënzestig, het ging maar door en nu ben ik dus bijna zeventig... en daarna stopt het nog steeds niet... dan gaan we naar de... tachtig...

Als ik dat al haal. Ik weet dat het geen zin heeft me

daarover op te winden of somber over te worden, het gebeurt doodeenvoudig, het leven is nou eenmaal een dodelijke ziekte en op mijn leeftijd zit je in de terminale fase. Het is niet anders. Hoe dan ook, ik ga mijn verjaardag dit jaar niet vieren, al wil mijn man daar niets van weten.

'Coby,' zegt Frans, 'juist je zeventigste moet je vieren! Het is een rond getal. Misschien wel het laatste!' En met een knipoog: 'Als jij het niet doet, doen de kinderen en ik het. Een heel groot feest, meerdere dagen. Om te vieren dat jij hier al zeventig jaar de wereld verrijkt!'

Het is juist die gedachte die me de keel dichtknijpt. Natuurlijk snap ik dat er op mijn verjaardag niets merkbaars aan me zal veranderen, maar toch gebeurt er die dag iets onomkeerbaars. Je hebt een voornaam, een achternaam, verder heb je een geboortedatum en dus een leeftijd en de mijne is dan zeventig. Als zestiger kon ik mezelf nog een beetje wijsmaken dat ik weliswaar ouder werd, maar nog niet echt bejaard. Dat kan straks echt niet meer. Tegenwoordig vind ik mensen die me vertellen dat ze binnenkort met pensioen gaan al jong. Je kunt zeggen dat je leeftijd slechts een etiket is, maar sommige etiketten zijn groot en kleverig en buitengewoon hinderlijk als je die opgeplakt krijgt. Ik weet het, juist omdat ik me er zo mee bezighoud wordt het etiket alleen maar groter en kleveriger, zo groot en kleverig dat het mij in mijn bewegingen gaat belemmeren. Frans zegt dat ik het daarom net zo goed groots kan vieren, want ik denk toch aan niets anders, zeker niet op de dag van mijn verjaardag. Dat mag zo zijn, die gedachten heb ik dan voor mezelf, als ik het ga vieren schreeuw ik mijn leeftijd de wereld in en laat ik iedereen mij zo'n etiket opplakken.

Frans beweert ook dat ik er jong uitzie voor mijn leeftijd, maar is dat juist niet een reden om je leeftijd niet te benadrukken? Ik ben het trouwens niet met hem eens, ik zie overal barsten en verzakkingen in dat ouwe lijf van me, barsten die steeds veelvuldiger en dieper worden, verzakkingen die zich op steeds meer plekken voordoen.

Frans vindt dat ik me onvolwassen gedraag, dat ik als een kind weiger de werkelijkheid onder ogen te zien, maar dat is echt onzin. Al heb je maar een fragment gevolgd van mijn gedachtegang, dan weet je dat ik de werkelijkheid juist heel duidelijk voor ogen heb, het enige is dat ik daar niet luidruchtig over wil doen, de dag in stilte wil laten passeren, het niet zo nodig met een megafoon de wereld in hoef te schreeuwen, zoals hij onlangs deed toen hij negenenzestig werd, of *soixante-neuf,* zoals hij dat met een vette knipoog noemt. Het was het thema van zijn verjaardagsfeest en reken maar dat zijn tennisvrienden daar raad mee wisten. Ik zeg weleens tegen hem dat hij volgend jaar ook zeventig wordt, maar dan moet hij hard lachen en zegt dat het zo fijn is dat ik wat voorwerk voor hem doe.

'Tegen de tijd dat jij eenenzeventig wordt, ben ik inmiddels gewend aan dat zeventig en kan ik ontspannen mijn verjaardag vieren.'

Daar heeft hij ongetwijfeld een punt, want omdat hij een jaar jonger is moet ik tot mijn dood poorten voor hem openen op het leeftijdspad. Ik heb mijzelf regelmatig afgevraagd waarom ik zo opzie tegen die verjaardag. Is het omdat dit getal als leeftijd zo akelig klinkt? Omdat het voelt alsof je het voorportaal van de dood binnenstapt? Ken ik te veel zestigers die na het passeren van die drempel opeens in verval raakten, die kwiek hun zeventiger jaren binnenstapten, maar waar een paar jaar later niets meer van over was? Is het omdat ik als ik zeventig jaar terugreken vanaf mijn geboortejaar een behoorlijk eind in de negentiende eeuw beland?

Het is niet dat ik mijn verval weiger te aanvaarden, dat ik er moeite mee heb dat mijn borsten nog meer zijn gaan hangen (Frans beweert dat hij dat juist aantrekkelijk vindt), dat ik minder eet, maar mijn gewicht toch toeneemt, mijn billen en heupen een steeds prominentere positie op mijn lichaam innemen, mijn buik steeds meer uitzakt en het lijkt of de verdubbelingstijd van mijn onderkinnen steeds korter wordt. Dat geldt ook voor de steeds dieper wordende rimpels, die hier en daar in mijn gezicht al tot ware kloven zijn geërodeerd. Nee, dat verval heb ik allang aanvaard, zij het niet zo schouderophalend als Frans dat doet. 'Dat hoort er nou eenmaal bij,' zegt hij, 'wees blij dat je verder niks mankeert.' Frans heeft makkelijk praten, hij blijft slank en jongensachtig. Maar dat ik het accepteer, betekent niet dat ik het moet onderstrepen met een groot feest op de datum dat ik mijn zevende decennium binnentreedt. Wat mijn gewicht betreft zegt Frans dat ik juist blij moet zijn, want 'volgens het Voedingscentrum heb je na je zeventigste met een BMI tot 28 nog steeds een gezond gewicht terwijl tot die leeftijd de grens van 25 wordt aangehouden'. Alsof het me daarom gaat! Dat hij de site van het Voedingscentrum bezoekt en zich überhaupt met zoiets als BMI bezighoudt, verbaast me dan wel weer. Vanavond komt mijn dochter op bezoek en dan gaan Frans en zij het natuurlijk ook weer over mijn komende verjaardag hebben.

Soms mis ik echt iemand met wie ik erover zou kunnen praten. Mijn vriendinnen, familie, ja eigenlijk iedereen die ik ken vindt dat ik het gewoon moet vieren, de grootste blijk van begrip die ik heb mogen ervaren was het schouderophalen van mijn oudere broer toen ik het hem vertelde. Clara, die beeldhouwster van de Texelgroep, had het wel begrepen, denk ik. En misschien nog een paar anderen ook. Op Texel werd er geluisterd, ook als men het niet met elkaar eens was. Een paar dagen geleden kreeg ik een mailtje van Clara met het voorstel een reünie te organiseren van dat weekend op Texel. Ik heb er veel aan gehad en het lijkt me echt leuk ze weer te zien. We zijn allemaal ongeveer even oud en praten met lotgenoten is altijd fijn, maar ja, tegen de tijd dat zo'n reünie is georganiseerd ben ik allang zeventig. Frans moest lachen toen ik me vijf jaar geleden had opgegeven voor dat 'Wat te doen met je pensioen?'. Ik geloof dat hij het zelfs een zwaktebod vond dat ik erheen ging. *Pensioen moet je doen!* werd hij niet moe om voortdurend te herhalen.

'Onze werkzame levens zijn al zo planmatig verlopen, laat ons pensioen nou eindelijk eens een blanco velletje zijn.' Dat zei hij ook nog. *Speak for yourself*, dacht ik. Dat hij zijn carrière bij de politie nou zo keurig heeft weten uit te stippelen! Mijn leven daarentegen hangt van toevalligheden aan elkaar, mijn ouders vonden een opleiding tot verpleegkundige mooi voor me en omdat ik zelf geen idee had wat ik aan moest met mijn leven, volgde ik dat advies braaf op. Maar na de jaren in het ziekenhuis hier in Arnhem wilde ik toch iets totaal anders. En zo kwam ik in het welzijnswereldje terecht, waar het toeval me via allerlei omzwervingen uiteindelijk bij Jeugdzorg deed belanden. Juist omdat mijn werkzame leven niet planmatig was verlopen, wilde ik me beter voorbereiden op die laatste fase, want dat is het natuurlijk. Alleen had ik nog geen idee hoe ik dat steeds opdringeriger aan de deur kloppende pensioen moest ontvangen. Met open armen, dat zeker, maar wat ik dan zou omhelzen was me nog niet duidelijk. Ik had er echt behoefte aan om er met gelijkgezinden over te praten en dat gebeurde op Texel, al duizelde het me daar soms; zoveel ideeën, zoveel plannen en zoveel verwachtingen. Maar het was een enorme bron van inspiratie.

Met Clara, die van het reünievoorstel, had ik een fijne klik. Misschien moet ik contact met haar opnemen, los van die reünie, gewoon eens iets afspreken en bijkletsen. Volgens mij woont ze in Utrecht. Vanuit Arnhem ben ik daar zo.

Vroeger zou ik zoiets misschien met mijn moeder hebben besproken. Mijn moeder is drieënnegentig en heeft zich voor zover ik weet nooit druk gemaakt over de ouderdom, ze heeft zich gewoon altijd jong gevoeld. Ik herinner me nog goed dat ze met kerst een keer wilde meezingen met een bejaardenkoor. Ze was al een eind in de tachtig. Toen ik later vroeg hoe dat was geweest, maakte ze een wegwerpgebaar en vertelde dat ze toen ze de kerk binnenkwam waar werd geoefend meteen rechtsomkeert had gemaakt toen ze de andere koorleden zag. Ik vroeg wat er mis was met die mensen, ze gromde wat en maakte opnieuw een wegwerpgebaar. 'Allemaal van die oude mensen!'

Zij heeft haar zeventigste uitbundig gevierd, evenals haar tachtigste, zonder ooit een woord vuil te maken aan wat leeftijd voor haar betekende. Ook op haar negentigste niet, maar toen was de dementie al zover voortgeschreden dat ze zich daar niet meer bewust van was.

Elke keer als ik haar bezoek in het verzorgingstehuis moet ik even slikken. Zo'n verzorgingstehuis is toch een andere wereld dan waar ik normaal in verkeer, je bevindt je plotseling in een wereld waar de logica van alledag lijkt te zijn uitgeschakeld. In de hoofden van de bewoners is die logica allang verdwenen, of beter gezegd, veranderd. In die hoofden zelf lijkt alles vermoedelijk nog even logisch, daar is in de hele wereld eromheen de logica opgeheven. Zo hoor ik in de huiskamer een dialoogje tussen een personeelslid en een bewoner die zijn riem heeft losgemaakt en bezig is zijn gulp open te ritsen.

'Meneer Rutten, wilt u uw broek alstublieft aanhouden?'

'Dat maak ik zelf wel uit!'

'Nee, hier ben ik de baas. In de huiskamer houden we onze kleren aan.'

'Ik mag mijn broek toch wel uittrekken in het bijzijn van mijn vrouw?!'

'Zeker mag u zich uitkleden als u samen bent met uw vrouw, maar uw vrouw is hier helemaal niet.'

Meneer Rutten blijft een aantal seconden als bevroren staan. Dan trekt hij mopperend zijn rits weer dicht, sluit de riem en gaat zwijgend zitten.

Mijn moeder zit doorgaans diep in zichzelf gekeerd op haar kamer en het kost me nogal wat moeite haar aandacht te krijgen. Als ik geluk heb draait ze na minutenlang gepraat, gestreel en ander gedoe van mij eindelijk haar hoofd naar me toe en glimlacht ze breed. Maar of ze dat naar mij doet of naar iets onnavolgbaars in haar hoofd, geen idee.

Ik breng veel tijd met haar door, maar makkelijk valt me dat niet altijd. Niet omdat ze een ongelukkige indruk maakt. Vroeger was het een vrouw met wisselende stemmingen en onwrikbare meningen; sinds ze is gaan dementeren doet ze me denken aan Gerda, een vriendin van vroeger met wie ik weleens een joint rookte. We zetten dan passende muziek op, bij voorkeur Pink Floyd, en lieten verder alles gebeuren. Gerda raakte dan steeds meer in een soort trance, straalde gelukzalig om zich heen en als je iets tegen haar zei reageerde ze met een sterk vertraagde glimlach. Achteraf zei ze altijd dat ze zich uiterst prettig had gevoeld. Mijn moeder kan ook kijken alsof ze in zo'n gelukzalige roes verkeert, alsof ze knetterstoned is. Ik hoop het maar.

Vandaag is ze niet op haar kamer.

'Ze is beneden bij de muziek,' zegt een personeelslid met een reusachtige snor. Ik heb hem nooit eerder gezien, maar het personeelsverloop is soms ook niet bij te houden. Muziek. Onwillekeurig moet ik weer aan de stonede Gerda denken.

In de recreatiezaal spelen een meisje en een jongen evergreens als 'Amazing grace' en 'Aan de Amsterdamse grachten' op een viool en een gitaar. Eén vrouw zwiept bijna uit haar rolstoel van enthousiasme, maar verder is het publiek tamelijk passief. Slechts hier en daar wordt na een nummer geklapt, vrijwel uitsluitend door mensen die op bezoek zijn. Ik vind mijn moeder in het midden van de zaal, met haar hoofd een beetje opzij, alsof ze in slaap is gedommeld. Als ik haar vraag wat ze van de muziek vindt, reageert ze niet. Ook 'Een beetje verliefd' weet haar niet uit haar lethargie te wekken.

Als het concert is afgelopen en de muzikanten hun beloning in de vorm van een mager slotapplaus in ontvangst hebben genomen, vertrekt een stoet rolstoelen terug naar de afdelingen om vast te lopen in een lange file voor de liften.

'Weet je al hoe je je entree in de zeventiger jaren gaat vieren?' vraagt Christine tijdens het avondeten. Ik denk dat van mijn drie dochters Christine het meest op mij lijkt. Ze is de jongste, vijfendertig en moeder van Twan van zes, een van mijn vijf kleinkinderen. Vanavond is ze alleen gekomen, Sjoerd heeft avonddienst en Twan logeert bij een vriendje. Ik verheug me altijd op haar komst, vooral als ze alleen is, want dan hebben we veel intiemere gesprekken dan wanneer Sjoerd erbij is. Maar soms is het juist moeilijk dat we op elkaar lijken, want vergelijkbare temperamenten botsen makkelijk. Als antwoord op haar vraag slaak ik een zucht.

'Ze denkt dat ze het geruisloos kan laten passeren...' zegt Frans met een grijns.

'Nou, daar gaan wij mooi een stokje voor steken! Wat is dat nou, mam?!'

Ik zucht opnieuw, heb absoluut geen zin mijn argumenten weer op te moeten sommen.

'Ik heb er gewoon geen zin in,' vat ik het daarom maar zo kort mogelijk samen.

'Waarom niet?!'

'Ze vindt dat ze te oud wordt,' grinnikt Frans.

'Wees nou juist blij dát je zo oud bent. Oom Bart heeft het niet gehaald.'

Die is onder de gordel. Waarom haalt ze mijn broer er nou bij? Mijn broer die vorig jaar na een langdurig ziekbed is overleden. Op achtenzestigjarige leeftijd.

'Waarom het vieren als ik zo oud ben en elk moment weg kan zijn?' verzucht ik, meer tegen mezelf dan tegen de anderen.

'Juist daarom!' roepen Christine en Frans in koor.

'Die conclusie kun je trekken,' zeg ik kalm. 'Maar mijn conclusie is even legitiem.'

'Maar mama, je bént gewoon zeventig straks. Dat is je leeftijd, dat is een feit en je bent veel gezonder dan oom Bart ooit is geweest, dat weet je zelf ook wel. Jij gaat nog jaren mee!'

Frans applaudisseert demonstratief.

'En mama,' gaat ze verder, 'je zegt altijd tegen mij dat ik de werkelijkheid onder ogen moet zien, maar jij steekt nu je kop in het zand. Je bent gewoon oud, *deal with it*! Weet je wat het is met jullie boomers, jullie willen altijd jong blijven, jullie zijn gewoon blijven hangen in die hippiejaren van jullie. Omdat jullie je hebben los gevochten van jullie ouders met hun normen en waarden die jullie als fossiel beschouwden, van het wereldbeeld waar die normen en waarden voor stonden, denken jullie dat jullie je hebben bevrijd van alles, dat zelfs natuurwetten niet meer voor jullie gelden! Eeuwige jeugd pfff!'

Die directheid van haar.

'Dat is het punt helemaal niet!' val ik uit. 'Ik heb allang geaccepteerd dat ik oud ben en dat ik tot nu toe geluk heb gehad met mijn gezondheid. Ik weet donders goed dat natuurwetten ook voor mijn generatie gelden. Ik heb genoeg leeftijdgenoten ziek zien worden en ook zien sterven. Oom Bart was ook wat jullie boomer noemen en die heeft nooit gedacht het eeuwige leven te hebben.'

Ik zie dat ze schrikt. We willen Bart kennelijk beiden buiten deze stomme discussie houden.

'Laat ik het nog één keer duidelijk zeggen,' ga ik verder, 'ik weet dat ik oud ben en ik accepteer dat volledig, ik wil het alleen niet vieren en ik zou het op prijs stellen als jullie dát zouden respecteren!'

'Maar hebben wij hierbij dan helemaal niets in te brengen?'

'Het is mijn verjaardag en ik bepaal of dat gevierd wordt of niet!'

Ik zie dat Frans en Christine een blik van verstandhouding uitwisselden, zo van 'daar is het laatste woord nog niet over gezegd'.

'En geen geintjes met een surpriseparty of zo, want dan smeer ik 'm onmiddellijk weer!'

Opnieuw zo'n blik waarmee ze in feite naar elkaar knipogen zonder dat fysiek te doen. Op dat moment besluit ik de dag van mijn verjaardag niet thuis te komen.

Als Christine weer weg is, blijft haar verwijt door mijn hoofd spoken. Heeft ze gelijk dat ik in het diepst van mijn wezen weiger mijn ouderdom met alles wat daarbij hoort te accepteren? Ben ik inderdaad zo'n boomer die de tijd stil heeft gezet op een hoogtepunt in de jonge jaren en sindsdien het leven daaromheen laat cirkelen? Ik geloof niet dat dit zo is. Ik heb helemaal niet zo'n stereotype boomerjeugd gehad, ik was een keurig meisje dat er niet over piekerde in opstand te komen tegen de heersende normen en waarden en al helemaal niet tegen mijn ouders. Provo, hippies en al dat typische jaren zestig-gedoe speelde zich in mijn beleving alleen op afstand af, ergens in Amsterdam, Londen of Californië. Ook met die joints was ik relatief laat. En afgezien daarvan heb ik geen enkele reden te blijven hangen in mijn jeugd. Niet dat ik een ongelukkige jeugd heb gehad, maar ik zie geen enkele reden die over te doen of als ijkpunt te kiezen. Als ik terugblik op mijn leven zie ik eigenlijk een lineaire gelukstoename met het klimmen der jaren, jawel, zelfs nu ik zeventig word, leef ik voor mijn gevoel op de top van mijn welbevinden. Toegegeven, helemaal lineair is het misschien niet, ook mijn leven kende pieken en dalen, maar de trend is duidelijk. Als ik aan boomers denk die zijn blijven hangen, zie ik altijd Klaas voor me, iemand met wie ik ooit eens heb gewerkt. Klaas zat toen hij een jaar of twintig was in een bandje dat ooit een hit scoorde die een blauwe maandag ergens onder in de Veronica Top 40 heeft gebungeld. Voor hem reden om voor de rest van zijn leven zijn uiterlijk te bevriezen op hoe hij eruitzag op die bewuste blauwe maandag. Lang haar, kleurige overhemden, broeken met wijde pijpen en in elk gesprek refereren aan het succesje van ooit. Vorig jaar kwam ik hem na jaren in de stad tegen. Nog steeds dezelfde kleren, maar zijn kapsel bleek wat moeilijker in stand te houden, want de haren boven op zijn schedel waren er niet meer, wat resteerde aan de flanken had hij in een lange grijswitte staart gebonden, waardoor hij er een beetje uitzag alsof hij was gescalpeerd. We hadden een plichtmatig gesprekje waarin hij me vertelde dat hij kort daarvoor had opgetreden met zijn hitje op een sixtiesfestival en dat dit een enorm succes was geweest.

Maar misschien is dit niet de kern van Christines verwijt. Klaas is een extreem voorbeeld, zijn leven is letterlijk blijven hangen onder in die top 40, alles daarna was herkauwen van het ooit groene gras. En dat ik geen stereotiepe boomerjeugd heb gehad is misschien ook niet zo relevant, wat zij bedoelt is dat de naoorlogse generatie veel risicolozer is opgegroeid dan de generaties daarvoor. Een leven zonder oorlog, zonder gebrek, toenemende welvaart, een leven waarin ernstige ziekten steeds meer op afstand kwamen en de dood werd gereduceerd tot iets wat ver weg gebeurt en als het een keer dichtbij komt schrikken we ons rot en proberen we het zo snel mogelijk te vergeten. Kortgezegd, er is geen aanleiding te denken dat er aan dit zorgeloze bestaan ooit een einde komt. Past het niet willen vieren van mijn verjaardag in deze vorm van ontkenning van de ware aard van het leven? Dat zou je kunnen denken, maar ontkenning houdt in dat ik dood en verval niet toelaat in mijn leven en dat is absoluut niet het geval. Ik ben er misschien wel te veel mee bezig! En dat wil ik juist niet, de dementie van mijn moeder is al erg genoeg en daar word ik voortdurend mee geconfronteerd. En dan heb ik het nog niet eens over het overlijden van Bart en mijn vader. Maar mijn vader was al ver over de negentig en dan is het leven sowieso heel erg fragiel. Zover ben ik nog niet. Niks ontkenning, sterker nog, door al die discussies over mijn verjaardag, word ik juist extra met mijn neus op het ouder worden gedrukt. Misschien moet ik ze maar gewoon hun zin geven en ze het laten vieren, denk ik heel even, maar de gedachte is nog niet eens gerijpt of een overweldigende weerzin breekt hem in de knop. Geen verjaardagsfeest dit jaar! Basta!

Eigenlijk hangt dat boomer-verwijt me behoorlijk de keel uit, want het is niet de eerste keer dat Christine daarmee komt. Het is een van de stokpaardjes van haar man en kennelijk is het besmettelijk. Sjoerd viel Frans en mij er al eerder op aan. Wij boomers zouden het klimaat, de leefomgeving en de woningmarkt verziekt hebben voor zijn generatie, die binnen moest blijven tijdens de coronacrisis om ons boomers te beschermen, hun pensioenen verdampen zodat de onze betaald kunnen worden en intussen stemmen we op partijen die de status quo willen handhaven. Eigenlijk kwam het erop neer dat het tijd werd dat we het veld ruimden voor volgende generaties.

Ik moet bekennen dat ik schrok van zijn woorden. Ik zag ook Frans met grote ogen naar Sjoerd kijken. Ik haalde diep adem, probeerde me te beheersen; het was tenslotte de man van mijn dochter die dit allemaal beweerde.

'Wij stemmen nooit op partijen die deze problemen bagatelliseren,' zei ik zo kalm als ik kon. Ik had daar meteen spijt van, want waarom zou ik me potverdorie gaan verdedigen tegen zo'n generaliserende aanval.

'Tuurlijk,' haastte Sjoerd zich te zeggen. 'Er zijn altijd uitzonderingen.'

'Dat zijn er misschien meer dan je denkt, Sjoerd,' ging ik toch verder, 'ik ken heel veel leeftijdgenoten die zich juist inzetten voor een betere toekomst. Jouw generatie is die van hun kinderen en iedereen wenst een schonere aarde voor zijn kinderen en kleinkinderen. Maar ik kom verdomd weinig jongeren tegen bij mijn maandelijkse vuilruimactie.'

Daar moest Sjoerd een beetje om lachen. Het ging volgens hem over wel iets meer dan zwerfvuil, het ging er 'godverdomme' om of zij en hun kinderen überhaupt nog op deze planeet konden leven, want het zou onze tijd wel duren en dat was misschien niet de persoonlijke schuld van Frans en mij, maar wel voor een groot deel de schuld van onze generatie.

Toen greep Frans in door over iets anders te beginnen en ik besloot het erbij te laten, maar ik kon die arrogante kwast wel in zijn gezicht slaan! Een heel leven hard gewerkt, ons huis eindelijk afbetaald (ik wist zeker dat hij ons in stilte verweet met twee personen een ruime eengezinswoning bezet te houden), altijd actief geweest tegen milieuvervuiling, klimaatverandering via demonstraties en donaties aan Greenpeace, Wereldnatuurfonds en dat soort clubs, nauwelijks gevlogen en altijd een matige consument geweest. Alsof wij ons geen zorgen maken omdat het onze tijd wel zou duren! Alsof wij geen kinderen en kleinkinderen hebben! Ik had hem ook nog wel willen inwrijven dat het zijn generatie is die zich ziek consumeert aan dure telefoons en dat soort zaken, als backpacker low-budget de wereld ontdekt, maar wel altijd met het vliegtuig, weekendtripjes organiseert naar Barcelona en Praag, bruiloften houdt in Toscane, rondrijdt op dure *fatbikes* en intussen de mond vol heeft over klimaatverandering. En als vrijwilliger kom ik hoofdzakelijk boomers tegen, want daar doet die generatie niet aan.

Maar Sjoerd is mijn schoonzoon en de vader van mijn kleinkind, dus heb ik het maar voor me gehouden. Het zou ook wel een behoorlijke generalisatie zijn geweest, want Sjoerd en Christine maken zich nauwelijks schuldig aan dit soort dingen.

Inmiddels zijn we een paar weken verder. Nog zes dagen. Gisteren kreeg ik een appje van Francien, mijn twaalfjarige kleindochter. Of oma echt haar verjaardag niet ging vieren, verpakt in een massa verontwaardigde en huilende emoticons en vraag- en uitroeptekens. Toen had ik het wel even moeilijk. Ik heb maar geantwoord dat oma al zoveel verjaardagen heeft gevierd dat ze het nu een keertje wil overslaan. Reactie: teleurstelling in de vorm van emoticons.

Frans en mijn dochters heb ik er de laatste dagen niet meer over gehoord. Dat vind ik verdacht. Ik heb Frans nog een keer duidelijk gezegd dat ze niet moeten wagen een surpriseparty te organiseren. Hij glimlachte alleen een beetje. Ze doen maar, ze weten niet dat ik die avond naar de film ga. Lekker helemaal in mijn uppie!

Francien was de laatste die reageerde. De anderen hebben me dagen bestookt met appjes, mails en telefoontjes. Mijn dochters deden stuk voor stuk alsof het laatste woord hier nog niet over was gezegd. Nou wat mij betreft allang! Vervolgens om beurten mijn overige kleinkinderen en gisteren dus Francien. Maar Francien is altijd al een beetje sloom geweest, waarschijnlijk is het nu pas tot haar doorgedrongen.

Ik zit bij mijn moeder en vertel haar het hele verhaal tot in details; mijn overwegingen, de reacties, alles. Ze kijkt me aan met die passieve glimlach van haar. Wat een verschil met vroeger. Vroeger zou ze me na elke zin onderbroken hebben, ja, dementie kan zo zijn kleine voordeeltjes hebben, maar ook al lijkt geen woord door haar dementiemuur heen te kunnen breken, het lucht mij op, op de een of andere manier absorbeert ze toch het verhaal en dat zwakt mijn frustraties af. Misschien hoort ze ook wel alles en laat ze me gewoon begaan. Praten tegen mijn demente moeder lijkt wel een vorm van bidden, je houdt een monoloog tegen iemand zonder te weten of die iemand er ook maar iets van hoort of zelfs überhaupt bestaat, maar toch heb je het gevoel dat je het kwijt bent. Later drinken we nog een kopje thee in de huiskamer. Een oude man vertelt dat hij met zijn scootmobiel een stelling omver heeft gereden bij de plaatselijke drogist.

'Ja, ik heb dat rijbewijs nog niet zo lang,' zegt hij met een knipoog naar mij. 'Maar ze konden er wel om lachen, hoor.'

Ik zie het voor me en moet er ook om lachen. Als er in de tijd van de stomme films scootmobiels waren geweest, was er zeker een slapstick mee gemaakt, met Laurel en Hardy of Charlie Chaplin in de hoofdrol.

'Maar toen ik hem in de achteruit zette, reed ik over een fles shampoo heen...' vertelt de man verder. 'Die plofte uit mekaar, nou, toen verging het lachen ze wel!'

Ik zoen mijn moeder en fiets weer naar huis. Als ik bijna thuis ben en af wil slaan, word ik net niet van mijn sokken getreden door een e-bike. Ik had hem wel in mijn ooghoek aan zien komen, maar de snelheid onderschat. Het was zo'n lelijk apparaat met van die tractorbanden, zo'n fatbike. De berijder vloekt naar me. Mensen op dat soort projectielen doen altijd of ze gewoon aan het fietsen zijn. Dat vind ik bijna beledigend voor de authentieke peddelaar die geheel op eigen energie voortbeweegt, die hoogstens af en toe wat hulp krijgt van windenergie in de rug. Ik ben van mening dat er een nieuw woord moet komen voor rijden op een e-bike, want die manier van voortbewegen heeft weinig meer te maken met het echte fietsen. Ik weet niet zo gauw een benaming. E-biken? Electrieken? Fietspad verzieken? Ik weet het niet. Allemaal even lelijk. Laat ze het zelf maar bedenken. Frans klaagde laatst dat door die e-bikes het moeilijker is te wildplassen langs een fietspad. Als hij dat vroeger deed en een fietser in de verte zag aankomen, dan kon hij inschatten hoelang het ongeveer zou duren voor die bij hem was. 'Met die e-bikes zijn ze al bij je voor je je gulp hebt kunnen openritsen.'

Tja, wat een probleem... Schoonzoon Sjoerd heeft trouwens ook zo'n fatbike. 'Klimaatvriendelijker dan een auto,' zegt hij daarover. 't Is maar waar je het mee vergelijkt, zo'n ding is wel veel klimaatonvriendelijker dan een gewone fiets.

Als ik thuiskom zit Frans op zijn iPad te netflixen. Zo te horen iets Scandinavisch, hij groet mij zonder zijn ogen van het scherm te halen en doet onhandig de koptelefoon op, sluit het aan op zijn tablet en het geluid verstomt. Sinds zijn pensionering brengt hij een groot deel van zijn tijd door met zijn iPad. De krant staat erop, zijn communicatie verloopt grotendeels via het apparaat en sinds hij Netflix heeft ontdekt, is hij er helemaal mee vergroeid. Zoals ik een bril draag om goed te kunnen zien, heeft hij een iPad om te functioneren in het dagelijkse bestaan. Toegegeven, ik heb ook zo'n ding, maar dat is meer een leesbril, ik gebruik het voor een beperkt aantal specifieke taken.

Ik zet een muziekje op en pak mijn boek. Hier houd ik van, samen in de huiskamer zitten, de juiste muziek, de rust, een goed boek. Jammer alleen dat Frans zodra hij zijn koptelefoon op heeft, allerlei geluiden gaat maken, snuiven, keel schrapen, zuchten, kuchen en vochtig gesmak. Opeens vraagt hij me iets. Ik kijk op van mijn boek en zie dat hij mij vragend aanstaart. Zijn filmpje zal wel afgelopen zijn.

'Wat zei je?' vraag ik.

'Wat gaan we doen op jouw verjaardag?'

'Moeten we het daar echt nou wéér over hebben?!'

'Ik weet dat je geen feest wilt vieren, maar wat doen wij tweeën? Wil je cadeautjes? Gaan we samen uiteten? Daarmee schreeuw je toch niet van de daken dat je zeventig wordt? Ik weet het immers allang!'

'Toe nou, Frans. We hebben het hier al zo vaak over gehad. We doen niets bijzonders. Het is een dag als alle andere.'

'Maar ook op dagen als alle andere doen we toch wel iets?'

'Dat zien we wel als het zover is.'

'Maar je bent wel thuis?'

Ik negeer hem en richt me weer op mijn boek. Hij zucht en doet zijn koptelefoon weer op. Natuurlijk vroeg hij het alleen maar om de surpriseparty goed te kunnen plannen.

'Weet je inmiddels wat je morgen gaat doen?' vraagt Frans. Ook mijn dochters hebben daar de afgelopen dagen naar geïnformeerd. Frans zeurde al een paar dagen dat hij met me uiteten wil.

'Niet zozeer vanwege je verjaardag. Het is gewoon al een tijdje geleden dat we voor het laatst uiteten zijn geweest.'

Jaja, en dan komen we thuis en treffen we een huis vol gasten aan. Ik ken die truc. Ik heb er zelf een keer aan meegedaan bij Herman, een vriend van Frans. Zijn vrouw had hem mee uiteten genomen, alle lichten waren uit toen ze er aankwamen. Ik zie Hermans gezicht nog toen hij de kamer in stapte, het licht aandeed en opeens al die mensen zag. Hij schrok, maar ook toen hij daarvan was bekomen, maakte hij geen blije indruk. Bij Herman ging het niet om een verjaardag, maar om een riskante operatie die hij goed had doorstaan. Zijn vrouw en kinderen wilden hem daarna verrassen met dit feest. Lief bedoeld, maar voor mij het definitieve bewijs dat je je geliefden dit soort verrassingen moet besparen.

'Laat me in ieder geval lekker voor je koken.'

'Dat is goed, Frans.' Ik kus hem op zijn voorhoofd. Hij hoeft niet te weten dat ik helemaal niet van plan ben thuis te komen om te eten.

'Uurtje of halfzeven?' vraagt hij.

'Is goed,' zeg ik.

Anders vraagt hij dat nooit. We eten altijd rond die tijd. Hij duikt ook meteen weer op zijn iPad, zal de tijd wel doormailen aan onze dochters. Die verzamelen dan natuurlijk vlak bij ons huis de gasten om vervolgens onder het eten een verrassingsaanval op onze woning te doen. Ik zie het voor me. We schuiven om halfzeven aan tafel en ik heb nog maar een paar happen genomen of de stoet marcheert zingend de kamer in. Of ze laten me fatsoenlijk uiteten en komen pas om zeven uur. Maar dat zal de uiterste tijd zijn, dat weet ik zeker.

De nacht vóór mijn verjaardag ben ik opeens klaarwakker. Dat gebeurt bijna nooit, de afgelopen zeventig jaar heb ik vrijwel elke nacht in één ruk door geslapen. Natuurlijk, elk mensenleven, dus ook het mijne, kent slapeloze nachten, maar dan was er altijd een duidelijke oorzaak, dan was er iets met de kinderen of de buren begonnen opeens een feestje, noem maar op, maar vandaag is er geen enkele directe aanleiding. Het is doodstil, afgezien van het lichte gesnurk van Frans, en wat stadsgeruis door het open raam. Ik kijk naar de wekker, de rode cijfers branden nog een tijdje na op mijn netvlies: 00.04. Vier minuten in mijn zeventigste jaar...

Het lukt me niet weer in te slapen, alsof iets me dwingt de eerste minuten van dat jaar bewust mee te maken, 00.10, 00.30. Om 01.06, ruim een uur zeventig ben ik nog klaarwakker, ik zie de cijfers 02.30 en de laatste die ik me herinner is 03.17. Al die minuten dwalen er gedachten door mijn hoofd, zwierend van het idee dat ik jarig ben, via schuldgevoelens omdat ik mijn familie een feestje onthoud dat ze zo graag willen vieren, naar de gevolgen van mijn slapeloosheid voor mijn werk morgen. Morgen om 07.00 uur gaat de wekker en om 09.00 uur zit ik op mijn plekje in de bieb. Ja, ik ben met pensioen, maar één dag in de week werk ik als vrijwilliger in de bibliotheek om hand-en-spandiensten te verrichten en spreekuur te houden voor mensen die Nederlands niet als moedertaal hebben en hun vaardigheden willen verbeteren. Ik heb opzettelijk gevraagd of ik morgen een dubbele dienst kan draaien, daarna ga ik naar de bioscoop. Maar eerst dus van 09.00 tot 18.00 uur in de bieb, dat wordt nog een hele klus na zo'n slapeloze nacht. Ik merk de laatste jaren dat ik sneller moe word van inspanningen. Dat zal wel met de leeftijd te maken hebben. Mijn leeftijd die vandaag...

Om 06.57 uur word ik wakker doordat Frans zijn armen om me heen slaat en me zoent. 'Gefeliciteerd,' fluistert hij. 'Dat mag ik toch wel zeggen?'

'Natuurlijk,' reageer ik en we liggen een tijdje tegen elkaar.

Als ik me losmaak om naar de wc te gaan, hoor ik hem verzuchten. 'Zeventig, mijn lieve meissie is nu zeventig...'

Frans en ik zijn al ruim vijfenveertig jaar samen. Dat is een hele tijd en soms was het moeilijk, maar toch heb ik nooit een andere man gewild.

'Met die persoon wil ik oud worden,' zeggen mensen soms als ze menen de ware gevonden te hebben. Ik begrijp wat men daarmee wil uitdrukken, toch stoelt het op een wat dubieuze romantiek. Ik vermoed dat men zichzelf dan samen met die ander vreedzaam op een bankje in het park voorstelt, tijdens een rustige lunch op een terrasje of een bescheiden fietstochtje op een fraaie voorjaarsdag. Zelf moet ik onwillekeurig denken aan hoe mijn moeder die, voor ze zelf ging dementeren, mijn vader heeft moeten verzorgen, mijn moeilijke dwarse vader, die in een recordtempo van een gewone eigenwijze man in de dementieafgrond belandde en feitelijk onhandelbaar werd, mijn moeder die hem dag in, dag uit moest begeleiden tot ze er letterlijk bij neerviel en alleen vrij had als wij het af en toe van haar konden overnemen. Mantelzorg noemen ze dat, wie dat woord bedacht heeft komt wat mij betreft in aanmerking voor de Gouden Eufemismeprijs. Ongetwijfeld zo'n politicus die zich als doel had gesteld overheidsverantwoordelijkheid af te breken, want een gezond financieel plaatje is belangrijker dan een sociale samenleving. Maar goed, intussen word ik samen met Frans oud en als het moet zal ik hem met liefde mantelzorg bieden, al is dat natuurlijk niet het toppunt van geluk...

Maar wat ben ik aan het malen, er is nog geen zichtbaar vuiltje aan de lucht van onze gezondheid.

'Wil je nu je cadeautje of vanavond bij het eten?' vraagt Frans bij het ontbijt.

'Ik wil het nu wel, dan hebben we dat tenminste achter de rug,' zeg ik met een knipoog. Hij staat op om het cadeautje te halen. 'Vind je het goed dat we vanavond dan taart eten? Of is dat te veel van het goede?'

'Lekker!' zeg ik.

Een bijkomend probleem van verjaardagen op gevorderde leeftijd zijn de cadeautjes. Op een gegeven moment bereik je een punt waar je zo'n beetje alles hebt en het worden dan algauw boeken of bij gebrek aan speciaal gewenste titels, boekenbonnen. Maar Frans is niet voor één gat te vangen. Hij geeft me een mooi versierde enveloppe. In die enveloppe zit een zelfgemaakte bon op A4-formaat, die mij recht geeft op een bezoek aan een opera samen met hem. Ik omhels hem en als ik aanstalten maak om te vertrekken vraagt hij nog: 'Hoe laat ben je er vanavond weer?'

'Ik zit tot zes uur in de bieb. Je ziet me wel aankomen,' lach ik en ik sluit de deur achter me.

De eerste felicitaties druppelen mijn telefoon binnen, straks komen natuurlijk de telefoontjes. Ik zet mijn mobiel uit. Die gaat vandaag niet meer aan. Morgen neem ik de schade wel op. Moe als ik ben valt het fietsen me zwaar. Natuurlijk komt dat door de slechte nacht, maar het is niet zomaar een slechte nacht, er schemert een diepe afgrond achter. Absurd! Ik moet hiermee ophouden! Vandaag ben ik zeventig, ja ik zeg het hardop: 'Ik ben zeventig!', een man die me inhaalt op zijn e-bike kijkt even om en glimlacht voor hij kleiner wordt in een onvoorstelbaar hoog tempo, alsof hij daarmee de vluchtigheid van de mij resterende jaren wil uitbeelden.

Op de bibliotheek is alles als vanouds. De wereld verandert dus niet meteen als je zeventig bent. Kappen nu, met die gedachten! Dit is een dag als alle andere, waarop ik zoals gewoonlijk begin met ingeleverde boeken terugzetten. Tilly groet me opvallend vriendelijk, even denk ik dat ze me gaat omhelzen en feliciteren, maar dat gebeurt niet, ze kijkt me alleen aan. Ze weet ook helemaal niet dat ik vandaag jarig ben. Hoe zou ze dat moeten weten? Daarvoor moet ze in mijn gegevens kijken.

Misschien heeft ze dat ook gedaan. Tilly is er nieuwsgierig genoeg voor. Ze blijft me onderzoekend aankijken.

'Alles goed met je?' vraagt ze dan met een lichte bezorgdheid in haar blik.

'Ja hoor, vannacht alleen niet zo goed geslapen.'

'Nou, doe dan maar rustig aan dan. Weet je zeker dat je vanmiddag ook nog wilt blijven? We hebben genoeg mensen, hoor, vandaag.'

'Natuurlijk blijf ik vanmiddag!'

'Oké,' zegt ze en na nog een bezorgde blik in mijn richting loopt ze weg met het stapeltje boeken waarmee ze bezig was.

Mijn hemel, zie ik er echt zo slecht uit? Ook Sonja en Henri kijken me aan of er iets mis met me is. Eigenlijk zou ik tegen ze moeten zeggen: kijk niet zo, ik ben gewoon zeventig!

Dit vrijwilligerswerk in de bibliotheek doe ik nou al bijna een jaar. Ik had na een paar pensioenjaren vol losse activiteiten weer behoefte aan wat vastigheid, regelmaat en nieuwe mensen om me heen. Dat nieuwe is er inmiddels wel af, toch doe ik het werk altijd met heel veel plezier. Maar vandaag is alles anders. Voor het eerst kijk ik een paar keer hoe laat het is, hoelang het nog duurt tot de pauze, hoelang ik nog moet. Ik zou naar huis kunnen gaan, in feite heeft Tilly me dat aangeboden. Ik zou dan in bed kunnen kruipen en er aan het eind van de middag vandoor gaan. Nee, dat is geen serieuze optie. Ik schud demonstratief mijn hoofd. Sonja kijkt even op.

Zo sleep ik me door de ochtend heen, boeken terugzetten, een tijdje nietsdoen achter de infobalie, lunchen, traag kruipt de tijd voort. Vandaag is het echt werk. Eentonig werk. Maar ik verheug me zwakjes op vanmiddag, op het taalspreekuur. En als er weinig mensen komen kan ik rustig de krant gaan lezen.

Tineke, Martin en Greet, de andere taalcoaches zitten er al, we groeten elkaar en pakken in afwachting van bezoekers een krant, eindelijk iets wat mijn gedachten een beetje afleidt, er gebeurt vandaag meer in de wereld dan een vrouw die zeventig wordt.

Zareen is mijn eerste klant. Zareen is een Iraanse vrouw, nog geen jaar in Nederland, die in no time de taal onder de knie aan het krijgen is. Ze komt regelmatig een uurtje met mij babbelen, waarbij ze eist dat ik elke fout in haar taalgebruik aangeef, waar ze vervolgens driftig aantekeningen over maakt. Zo ook vandaag weer. Ik praat graag met Zareen, ze is intelligent, heeft humor en is uitermate nieuwsgierig. Hoewel het om de taal gaat, weet ze zelfs de simpelste gesprekjes een diepere inhoud te geven. Zo ook vandaag weer, voor het eerst vandaag vergeet ik mijn moeheid. Hoe het precies gaat kan ik achteraf niet meer reconstrueren, maar op een gegeven moment, in het gesprek heel logisch, zegt ze: 'Mijn verjaardag is op 3 december, wanneer ben jij jarig?'

'Vandaag,' zeg ik plompverloren. Ik zie Tineke, Martin en Greet opkijken.

'Echt waar?' vraagt Zareen. 'Gefeliciteerd! Hoe oud ben jij vandaag?'

'Zeventig,' mompel ik.

De anderen zijn inmiddels opgestaan om me te feliciteren. Ze zoenen en omhelzen me.

'Zeventig, nou dat had ik je echt niet gegeven. Eerder zestig,' zegt Greet.

Tilly, die net langsloopt met een stapel boeken vraagt: 'Ben je jarig, Coby?!'

Ze zet de stapel op tafel en feliciteert me uitgebreid, met drie zoenen.

'Dat gaan we vieren!' zegt ze.

Ze zijn niet meer te stoppen. Er wordt taart gehaald in het winkelcentrum onder de bieb, koffie uit de automaat, er wordt gezongen (zachtjes om de bezoekers niet te storen, maar hard genoeg dat enkele mee gaan zingen), tot vervelens toe wordt herhaald dat ik er niet uitzie als zeventig. Maar hartverwarmend is het wel...

Ik heb een film geboekt die wel drie uur duurt. Of het een goede film is weet ik niet. Kan me ook niet schelen, alles om de tijd te doden. Onderweg naar de bioscoop eet ik een broodje falafel dat me goed smaakt. In de bioscoop kies ik een plekje helemaal boven in de zaal. Er zijn maar een stuk of twintig anderen en voor het eerst die dag voel ik me fijn. Fijn in de bijna lege zaal, in de duisternis, ik zou kunnen gaan slapen, maar mijn moeheid is over. De Engelse film begint sterk, met een oude vrouw die met slimheid en gedoseerd geweld een stel overvallers op afstand weet te houden, bijna symbolisch voor mijn situatie, grinnik ik. Kennelijk is de scène niet om te lachen, want een mevrouw schuin voor me kijkt om. Na een tijdje kakt de film in, op een gegeven moment zijn mijn gedachten zover afgedwaald, dat ik de film nauwelijks nog kan volgen als mijn aandacht er terugkeert. Het zal inmiddels wel acht uur zijn, de party is waarschijnlijk al begonnen. Ik probeer me weer op de film te concentreren, maar jezus, wat is die saai! Het komt erop neer, begrijp ik inmiddels, dat de oude vrouw een van de jonge overvallers op het rechte pad wil krijgen. Dat gaat natuurlijk met vallen en opstaan. Ze heeft hem zo'n beetje geadopteerd, dat brengt de nodige problemen met zich mee, maar de makers slagen er niet in daar iets spannends van te maken.

Mijn gedachten dwalen weer af. Misschien is het wel heel gezellig thuis, met goede muziek en lekkere hapjes, tenslotte is het een feest ter ere van mij. Opeens komt de hele situatie me absurd voor. Ik zit hier in mijn eentje in de bioscoop naar een doodsaaie film te kijken en thuis zijn ze mijn verjaardag aan het vieren... Thuis wordt mijn zeventigste geboortejaar benadrukt met muziek, hapjes en drankjes. Precies wat ik niet wilde, maar als het dan toch gebeurt, kan ik daar dan niet net zo goed bij zijn...? Wat doe ik hier?! Kennelijk zijn ook deze overwegingen niet geluidloos, want de mevrouw voor me kijkt weer om. 'Sorry,' zeg ik.

Opeens bedenk ik dat ik misschien wel even een berichtje had moeten sturen dat ik niet thuis zou komen vanavond. Want het is natuurlijk ook niet de bedoeling dat ze zich zorgen gaan maken. En dan hadden ze het feestje kunnen afgelasten. Ach, bedenk ik dan, ze snappen heus wel waarom ik er niet ben. Misschien hebben ze daar zelfs wel rekening mee gehouden en gaan ze gewoon feesten tot ik thuiskom, want dat zal toch een keer moeten gebeuren. Ik vind het wel iets voor Frans om een thema te bedenken, 'Surprise voor een bewust afwezige zeventigjarige' of iets in die trant. Hoe laat zal het inmiddels zijn? Ik heb al jaren geen horloge meer, gebruik altijd mijn smartphone, maar die staat uit. Ik zet hem aan, maar was de begroetingstoon vergeten, nu kijkt de halve zaal om. 'Sorry,' zeg ik weer. Ik sta op, pak mijn spullen van de stoel naast me en verlaat de zaal. Buiten kijk ik op mijn telefoon. Het is al halfnegen, zie ik, verder de nodige whatsappjes en gemiste spraakoproepen. Ik heb geen zin ze te bekijken. Het feest moet inmiddels in volle gang zijn. Maanden heb ik ertegen opgezien, maar de situatie is zojuist in de bioscoop volledig omgeklapt. Het voelt alsof ik uit een tunnel ben bevrijd waarin ik maanden opgesloten heb gezeten. Na maanden kruipen, eindelijk eruit. Goedgehumeurd zoals ik in tijden niet ben geweest stap ik op de fiets en alsof het een e-bike is, spurt ik naar huis. Ik ga mijn verjaardag vieren! Maar als ik de straat in rijd, vallen vooral de rust en stilte me op. Niet meer geparkeerde auto's dan anders, geen extra fietsen tegen bomen of lantaarnpalen, geen versiering, geen muziek of feestgedruis. Ook in het gangetje dat toegang geeft tot de achtertuinen is het stil als altijd. Ik open onze tuindeur. In de kamer brandt maar één lamp en Frans zit zoals gewoonlijk achter zijn iPad. Geen gasten, geen feest. Tranen van teleurstelling branden achter mijn ogen. Ik zet mijn fiets in het schuurtje en als ik de deur sluit, kijkt Frans op. Hij komt overeind uit zijn stoel en loopt naar de achterdeur. De bezorgdheid en de opluchting zijn van meters afstand op zijn gezicht te lezen. Ik zal het hem allemaal uitleggen. Oud voel ik me. Veel ouder dan zeventig.

5.
Oude liefde

Een mailtje van ene Clara, over een reunie van Texel, van die 'Wat te doen met je pensioen?'-toestand. Vijf jaar geleden alweer, dat weekend. Ben ik echt pas vijf jaar met pensioen? Voor mijn gevoel ben ik dat al een heel leven! Ik kan me nu bijna niet meer voorstellen dat ik er indertijd tegen opzag. Maar dat was wel degelijk het geval, anders had ik me echt niet aangemeld voor dat weekend.

Een raar weekend. Dat begon al op het terras in De Koog. Ik was natuurlijk weer veel te vroeg vertrokken, omdat ik nog altijd het gevoel heb dat Brabant overal zo ver vandaan ligt. Dus was ik maar op dat terras gaan zitten. Als ik daaraan terugdenk, zie ik het weer helemaal voor me. Ik kijk een beetje rond, terwijl ik de menukaart oppak die voor me op het tafeltje ligt, maar voor ik daarop heb kunnen kijken valt mijn oog op een vrouw aan de andere kant van het terras. Ik voel weer wat ik toen voelde: de schok, waarna alles even bij me haperde.

Is ze het?! kaatste het door mijn hoofd. Is ze het?!

Ik ging verzitten om haar beter in beeld te krijgen, maar de mensen tussen ons benamen me regelmatig het zicht. Even overwoog ik op te staan en een plekje dichterbij te vinden, maar de ober was inmiddels gearriveerd en moest zijn vraag herhalen, want ik was zo met haar bezig dat ik die niet had gehoord.

'O sorry,' verontschuldigde ik me. 'Een cappuccino graag.'

Was het Belle?! De lengte klopte, voor zover ik dat kon beoordelen terwijl ze zat, al was ze wel veel omvangrijker dan toen. Maar ja, wat wil je, ruim veertig jaar... Donker lang haar had ze toen, het kapsel van deze vrouw was grijs en kort op de manier die oudere vrouwen zo inwisselbaar maakt. Ik wist dat Belle zo'n kapsel had, want ik had haar al eens gevonden op Facebook. Afgezien van dat kapsel gaf haar profielfoto niet veel prijs. De vrouw was druk in gesprek met een man en een andere vrouw. De stand van haar ogen, haar dunne neus en haar gezichtsuitdrukking als ze praatte, het herinnerde me allemaal aan Belle. Toen ze even zweeg meende ik de ontevreden trek om haar mond te herkennen, die voor zover ik kon zien nog pregnanter was geworden. Maar al zat ze met haar gezicht mijn kant op en meende ik te merken dat ze af en toe naar me keek, een blijk van herkenning van haar kant bleef uit. In gedachten legde ik het beeld dat ze van mij als twintiger moest hebben naast mijn huidige uiterlijk. Ik heb mijn haar nog, draag het nu wel een stuk korter en in plaats van blond is het nu spierwit, de snor is weg, mijn gewicht is vrijwel hetzelfde gebleven, maar de jaren hebben natuurlijk ook bij mij wel een en ander aangericht.

Ik twijfelde of ik moest opstaan om het haar te vragen. Als ze er alleen had gezeten, had ik het zeker gedaan, maar met die twee mensen erbij... Als ik eraan terugdenk dwarrelen mijn gedachten als vanzelf de tientallen jaren terug de tijd in en spelen ze de hele film achter elkaar af.

Op de avondcursus was ze de enige vrouw tussen tientallen kalende mannen met baarden. Lang was ze, een tikje langer dan ikzelf, en ze had een gezicht zoals ze graag gebruiken in reclames voor parfum of make-up. Haar glanzende zwarte haar hing meestal in een paardenstaart op haar rug. Het enige wat haar gezicht enigszins ontsierde, was de ontevreden trek om haar mond.

De lessen verliepen zo traag dat begrippen als 'oneindigheid' en 'eeuwigheid' hun abstractie dreigden te verliezen, maar als ik mijn ogen op haar liet rusten, loste de tijd vanzelf op. Ik zag niet een vrouw die schijnbaar geboeid aantekeningen maakte, maar een godin met wie ik wilde avonturen beleefde.

In de pauzes sprak ik haar nooit aan. Ik had geen idee waarover ik met haar zou moeten praten. De andere cursisten ook niet, ze stond altijd in haar eentje koffie te drinken.

Soms bloosde ze. Als de docent haar iets vroeg of als resultaten werden meegedeeld. Ze bloosde als het resultaat slecht was, ze bloosde als het goed was. Ze bloosde altijd als ze in de aandacht stond. Uit zichzelf zocht ze die aandacht nooit.

Ik wist dat ze mevrouw Blom heette, dat ze ergens buiten de stad woonde en dat ze was getrouwd met meneer Blom, een minstens twintig jaar oudere man die haar na afloop van de cursus vaak kwam ophalen. Zo verstreek het eerste cursusjaar.

Alles wees erop dat het tweede jaar een kopie van het eerste zou worden tot op een dag Jimmy aanschoof tussen de baardige mannen. Jimmy had geen baard. En hij was ook niet kalend. Jimmy was een tengere blonde jongen met grote blauwe ogen. Jimmy maakte continu grapjes, stelde de meest onnozele vragen en het kon hem niks schelen als daar meewarig om werd gegrinnikt. Hij droeg strakke truitjes in felle kleuren en ging gekleed in broeken waarbij de opbolling van zijn geslacht meteen de aandacht trok. En Jimmy sprak mevrouw Blom aan. De eerste avond al. Ze stond koffie te drinken toen Jimmy op haar afliep. Wat hij zei kon ik niet verstaan, maar mevrouw Blom bloosde en de ontevreden blik om haar mond was op slag verdwenen. Na de pauze zat Jimmy naast mevrouw Blom. Als na afloop van de cursus meneer Blom niet bij de uitgang had gestaan, was Jimmy vast met mevrouw Blom meegegaan.

De weken die volgden was mevrouw Blom afwezig.

'Die ligt in een scheiding,' zei Jimmy tijdens een pauze en hij keek daarbij alsof hij niet alleen op de hoogte was van alle pikante details van de huwelijksbreuk, maar zelf ook de belangrijkste oorzaak was.

Ik knikte, deed verder alsof het me niet interesseerde en omdat ik huisvestingsproblemen had, vroeg ik hem: 'Weet jij misschien ergens woonruimte voor mij?'

Hij lachte breed. 'Ook in een scheiding?'

Ik legde hem uit dat mijn huisbaas me per eerste van de volgende maand op straat zou zetten. Tot mijn blijdschap vertelde hij me dat er in het studentenhuis waar hij woonde een kamer vrij kwam en hij beloofde zijn huisgenoten te vragen of ik die kon krijgen.

Een paar dagen later belde hij. Het was in orde. Ik kon per omgaande mijn intrek nemen in een kamer aan de straatkant van het fraaie herenhuis in het centrum van de stad. Jimmy bewoonde in dat pand een reusachtige zolderkamer, volgestouwd met voorwerpen die hij tijdens verre reizen had verzameld.

We werden een beetje vrienden, Jimmy en ik. Hij vertelde mij spannende verhalen over verre landen en mooie vrouwen, ik legde hem alles wat er op de cursus was besproken nog een keertje uit.

Na de kerstvakantie was mevrouw Blom terug. Bij binnenkomst liep ze onmiddellijk op de docent af en zei blozend iets tegen hem. Toen die haar later aansprak, noemde hij haar geen mevrouw Blom, maar mevrouw Verdam. Hij articuleerde de naam overdreven en ze werd knalrood. Alle baardige hoofden draaiden in haar richting, wat de rode kleur nóg dieper maakte.

Jimmy stootte me aan. 'Zie je wel!' fluisterde hij.

In de pauze stond hij weer bij haar.

'Ik ga straks een pilsje met Belle drinken,' fluisterde hij in mijn oor toen de les weer was begonnen.

Belle. Zo heette ze dus. Belle Verdam.

'Ga je mee?'

Ik knikte, maar eerlijk gezegd voelde ik er weinig voor om er getuige van te zijn dat hij Belle ging versieren.

Het verliep zoals ik vreesde. Jimmy voerde het hoogste woord, vuurde de ene na de andere gevatte opmerking af en Belle lachte aan één stuk door. Ze was helemaal niet zo verlegen als ik altijd had gedacht. Zelf deed ik af en toe ook een poging grappig te zijn. Ze keek me dan glimlachend aan, maar dat duurde altijd maar heel even, want Jimmy eiste onmiddellijk weer haar aandacht op. Toen Jimmy bier aan het halen was, vroeg ze me of wij vrienden waren. Ik antwoordde dat ik een huisgenoot van hem was.

'O, wat leuk!' zei ze.

Er viel een stilte. Ik vroeg hoe zij woonde. Geen slimme vraag aan iemand die zojuist is gescheiden, schoot het meteen door me heen.

'Ik woon in een mooi dorp in een mooi klein huisje. En nu Berend weg is heb ik dat helemaal voor mezelf.'

Ze begon te vertellen wat voor hufter Berend was.

Jimmy kwam terug met de glazen en nam het gesprek als vanzelfsprekend weer over.

'Hoe oud is die Berend eigenlijk, Belle?'

'Drieënveertig.'

'En jij?'

'Vraag een dame nooit haar leeftijd,' lachte ze.

'Vijfentwintig?'

'Je bent heel warm.'

'Altijd! Daar kun je op rekenen! Maar wat moet je met zo'n ouwe kerel terwijl het in de wereld krioelt van de aantrekkelijke jonge mannen.'

Ze glimlachte.

'Neem nou Bastiaan,' ging Jimmy verder terwijl hij op mij wees, 'dat is toch ook een hele leuke vent en die is nog maar vierentwintig, of neem mij, ik ben zesentwintig. Dat past toch veel beter bij een mooie vrouw van ongeveer vijfentwintig die de mannen voor het uitkiezen heeft?'

'Tja, ik heb nou eenmaal iets met oudere mannen.'

Ze sprak de woorden uit alsof ze het over een nare ziekte had.

'Wat hebben die dat wij niet hebben?'

Ze keek ons om beurten aan. '... Ervaring?'

'Ervaring heeft niets met leeftijd te maken,' reageerde Jimmy.

Ze lachte en keek op haar horloge. 'Ik moet naar het station. Ik heb dan wel het huis, maar Berend heeft de auto meegenomen.'

'Slaap je helemaal alleen in dat huis?'

Ze lachte opnieuw en begon haar jas aan te trekken. Jimmy ging staan en hief zijn rechterhand alsof hij een eed ging afleggen. 'Zorba de Griek heeft eens gezegd: "Een alleenslapende mooie vrouw is een belediging voor iedere man."'

'Nou, hij kent zijn klassieken,' zei ze, knipogend naar mij.

Jimmy trok ook zijn jas aan. 'Laat me je in elk geval veilig naar het station brengen.'

Ze lachte weer, gaf mij een hand en liep naar de deur, gevolgd door Jimmy.

Die avond sliep ik niet in voordat ik Jimmy had horen thuiskomen.

De eerstvolgende zondagochtend na het cafébezoek botste ik bijna tegen Belle op in het smalle gangetje bij de douche. Ze had haar haar in een knot boven op haar hoofd en droeg Jimmy's ochtendjas.

Blozend zei ze: 'Leuk huis, Bastiaan.'

Ik wist niet wat te zeggen. Ze vroeg, nog steeds blozend: 'Zal ik straks even bij je op de koffie komen?'

Ik knikte.

'Over een halfuurtje dan?'

'Dat lijkt me prima.'

Het duurde langer. Veel langer. En elke minuut raakten mijn zenuwen meer gespannen. Koortsachtig probeerde ik gespreksthema's te bedenken. Ik kwam niet verder dan de avondcursus. Maar wat viel daar nou over te praten? De cursusstof? De cijfers? Het nut ervan? De baardige mannen? Eindelijk hoorde ik gestommel op de trap. Ze kwam samen met Jimmy naar beneden. Zijn lach vulde de hele gang. Voor mijn deur bleven ze staan. Zouden ze samen koffie komen drinken en zou een herhaling volgen van het bezoek aan de kroeg? Geluid van zoenen en gegiechel aan de andere kant van de deur.

'Maak het hem niet te moeilijk!' hoorde ik Jimmy zeggen.

Er werd zachtjes geklopt.

'Binnen!' riep ik schor. De deur ging open en daar

stond ze, blozend. Het haar golvend over schouders en rug. Achter haar hoorde ik Jimmy weer naar boven gaan.

Ik stond op en werd onmiddellijk bevangen door besluiteloosheid. Moest ik haar een hand geven? Moest ik haar zoenen?

Ze gaf het antwoord door me haar wang aan te bieden en ik zoende haar daarop. Ze vroeg of ik tevreden was met mijn kamer, ik zei 'ja', ze vroeg hoe de cursus me beviel, ik gaf antwoord en voor ik het in de gaten had zaten we gezellig te praten. Een paar uur later bracht ik haar op de fiets naar het station. Opnieuw bood ze me haar wang aan. Opnieuw zoende ik haar daar.

'Volgende week zaterdag heb ik een feest in de stad. Heb je zin om mee te gaan?' vroeg ze.

'Natuurlijk,' antwoordde ik met een stem die ikzelf hees vond klinken.

Op de terugweg naar huis zweefde ik met fiets en al over het asfalt. Ze had mij gevraagd en niet Jimmy! Terwijl ze toch de nacht had doorgebracht bij Jimmy. Die laatste gedachte werd op slag een zwerende wond. Ze had bij Jimmy geslapen en mij bood ze haar wang aan! Ze had gewoon een sul nodig op dat feest om ongewenste belangstellenden op een afstand te houden.

Ik had verwacht dat Jimmy zou opsnijden over zijn nachtje met Belle, maar hij bracht het geen enkele keer ter sprake. Uiteindelijk deed ik dat een paar dagen later zelf. Ik vertelde hem dat ik met haar naar een feest zou gaan. Dat ze mij had gevraagd. Hij keek me even aan en zei toen: 'Ik ga alleen naar feesten met vrouwen die ík heb uitgenodigd.' En hij ving aan met een ander gespreksonderwerp.

Tijdens de cursus ging het zoals altijd. In de pauze maakte Jimmy grapjes tegen Belle en ik stond er maar een beetje bij. Toen hij even weg was, stelde Belle voor dat ze om een uur of acht bij me zou zijn. Dan konden we ergens wat drinken voor we naar het feest gingen. Intussen was Jimmy teruggekomen en mengde zich onmiddellijk in het gesprek. 'Mis je de laatste trein dan niet?'

Natuurlijk had ik me dat ook allang afgevraagd.

'In jouw bed is toch altijd plaats?' zei ze flirterig.

Jimmy deed of hij diep nadacht en zei met een moeilijk gezicht: 'Ik weet niet zeker of het zaterdag vrij is.'

'Ach toe, ik kan er toch altijd wel bij?'

Grijnzend hoorde ik het aan. Gelukkig was de pauze afgelopen.

Ze zag er prachtig uit, die zaterdag. Haar haar had ze op een ingewikkelde manier opgestoken, nonchalant en toevallig leek het, maar ik was ervan overtuigd dat over elk lokje was nagedacht. Om haar heen hing de doordringende geur van musk. Ik heb geen verstand van parfum, eau de colognes en crèmes, maar musk ken ik. Het is het meest opwindende geurtje dat ik ken. Ze droeg strakke jeans en ook haar trui zat haar als gegoten. Daar stond ze zomaar in mijn kamer, de fantasievrouw van anderhalf jaar lang avondcursus, mooier dan ooit en gereed om met mij naar een feest te gaan. Met mij!

De vorige keer bij me achter op de fiets had ze zich met één hand losjes aan me vastgehouden, nu sloeg ze haar arm stevig om me heen. In het café verliep de conversatie opnieuw gesmeerd, de onderwerpen vertakten zich ongebreideld zonder dat er stiltes vielen. Het was alsof we anderhalf jaar gesprekstof hadden in te halen. Ze was grappig en ad rem en vertelde veel over Berend. Tijdens een ruzie had Berend haar een bord boerenkool naar het hoofd gesmeten.

'De spetters zitten nog op de muur!'

Ik zag haar huisje voor me, een pittoresk dorpspandje met een spierwit gesausde muur vol groene vlekken.

Op het moment dat we aanstalten maakten om naar het feest te gaan, veranderde haar humeur op slag.

'Ik hoop niet dat Berend er is,' zei ze.

Ik kreeg kippenvel.

'Aan de andere kant kan ik die griet dan zien.'

'Heeft hij een nieuwe vriendin?'

Het was een vraag die ik misschien niet had moeten stellen. Zonder haar woede te verbergen, begon ze te vertellen dat Berend haar had bedrogen met een meisje nog jonger dan zij.

'En dat terwijl hij altijd beweerde dat ik voor hem de absolute ondergrens was!'

Onderweg naar het feest werd ze steeds stiller. Ik had de indruk dat ze nerveus was. Haar arm bevond zich niet om mijn middel.

Een man met lange grijze pieken deed open en heette Belle uitbundig welkom. Niet twee of drie keer zoende hij haar, maar wel zes of zeven keer. Pas toen richtte hij zijn aandacht op mij. Van top tot teen bekeek hij me. Terwijl hij krachtig in mijn uitgestoken hand kneep, vertelde hij dat hij Pierre heette. Pierre ging ons voor de huiskamer in. De mensen in de kamer keken naar me alsof er een potloodventer binnenkwam. Pierre vroeg wat ik wilde drinken en informeerde terloops of ik de nieuwe vlam was van Belle. Ik bloosde en haalde mijn schouders op. Belle schoof zoenend en handenschuddend tussen de feestgangers door die maar naar mij bleven staren. Zover ik kon zien was Berend er niet.

Toen Belle klaar was met haar begroetingsronde, pakte ze me bij de hand en trok me een kamer in waar werd gedanst. Ze sloeg haar armen om mijn nek en drukte zich stevig tegen me aan. Ze hield haar hoofd een beetje scheef zodat haar wang de mijne aanraakte. Door haar opgestoken haar leek ze nog langer dan ze al was, maar ik voelde me niet klein. Hoe kon je je klein voelen in de armen van Belle! Haar zachte haren, haar warme lichaam en de overvloedige geur van musk zette een keten van zintuiglijke prikkelingen op gang, die mij noodzaakten haar een beetje van me af te duwen. Ze keek me aan. Haar mond was vlak bij de mijne, ik voelde haar adem langs mijn lippen strelen. De kamer was inmiddels volgestroomd met dansenden. Voortdurend botsten mensen met billen, ellebogen, borsten of schouders tegen ons aan. Opeens kuste Belle me. Nog nooit eerder bracht een kus zoveel bij me teweeg. Ik weet niet hoelang de kus duurde. Toen ik mijn ogen opende zag ik hoe iedereen ons stond aan te gapen. Niemand sprak een woord. Het leek Belle niet te kunnen schelen, ze leunde zwaar tegen me aan en ik voelde haar lippen in mijn nek.

'Zullen we gaan?' vroeg ze na een tijdje. 'Hij komt toch niet meer.'

Fantasieën leggen het af tegen de realiteit, dat ondervond ik die nacht. Je kunt allerlei handelingen en gebeurtenissen bedenken, je zult er nooit in slagen de intensiteit van het geluk erbij te fantaseren.

Na het ontbijt kwamen we Jimmy tegen in de keuken. Het vervulde me met trots dat hij nu wist dat ze bij mij had geslapen. Alleen verbleekte die trots heel snel door de gedachte dat hij niet zo lang geleden eveneens het bed met haar had gedeeld.

De dagen daarna ontliep ik hem een beetje. Ik vreesde dat hij me zou vragen hoe het was geweest en tegenover mijn bevindingen zijn eigen ervaringen zou stellen, maar dat deed hij niet. Belle betekende minder voor hem dan de afzonderlijke goudvissen in een aquarium voor een doorsneegezin, ze was gewoon een van zijn vele veroveringen.

Nooit als ik Belle en Jimmy samen zag, voelde ik me op mijn gemak. Ik zat altijd op te letten hoe zij op hem reageerde, maar ik kon daar niets speciaals aan ontdekken. Voor haar had het waarschijnlijk ook niet veel betekenis gehad. Dat maakte het trouwens niet eenvoudiger. Want hoe kon iets wat voor mij zo belangrijk was, voor haar zo weinig om het lijf hebben?

'Met jou is het heel anders,' zei Belle, toen ik het een keer ter sprake bracht.

Ik wilde weten wat haar avontuurtje met Jimmy precies had ingehouden.

'Niets,' zei ze.

'Niets?' vroeg ik, me vastklampend aan een sprankje hoop.

'Niets. Alleen seks.'

En ik was weer terug bij af. Een andere keer vroeg ik haar waarom ze het eerst met hem had aangelegd en niet meteen met mij.

'Hij was óók leuk. Als je een beetje je best had gedaan, was jij er het eerste bij geweest. En het was best fijn hoor, met hem.'

Dit antwoord maakte het nog veel erger. Ik raakte gefixeerd op elk detail van het nachtje dat ze met Jimmy had doorgebracht, maar elke bijzonderheid reet oudere, nog steeds gevoelige wonden open en riep nieuwe pijnlijke vragen op. Alles wat ik in de loop van anderhalf jaar had gefantaseerd, was inmiddels zo'n beetje werkelijkheid geworden, maar mijn fantasie wist niet van ophouden, die schiep beelden als antwoord op vragen die ik mezelf al dan niet bewust stelde. Ondraaglijke beelden. Elke keer als ik Belle zoende, voelde ik haar mond zoals Jimmy die gevoeld had, elke keer dat ik met haar vree, ervoer ik wat Jimmy had ervaren toen hij in haar binnendrong. Onze verhouding werd een toneelstuk waarin ik de hoofdrol speelde: de rol van Jimmy.

Ik begon Jimmy te mijden. Als ik zijn mond zag, zag ik hoe die de mond van Belle kuste, als ik naar zijn handen keek, zag ik hoe die het naakte lichaam van Belle beroerden. Op zijn kamer kwam ik allang niet meer. In zijn kamer stond zijn bed.

Het onderwerp werd hoe langer hoe meer taboe tussen Belle en mij. Zodra ik Jimmy ter sprake bracht, werd ze boos. Maar hoe minder ik over Jimmy mocht zeggen, hoe moeilijker het werd hem uit mijn gedachten te verdrijven. Na een aantal weken zei Belle dat het niet meer ging. Ik vergalde de verhouding door mijn obsessie ten aanzien van iets wat 'vóór mijn tijd' had plaatsgevonden. Vóór mijn tijd?!

Ik bleef haar zien. Op de avondcursus. Maar we zeiden niets meer tegen elkaar. In de pauzes stond ze weer alleen koffie te drinken, de ontevreden trek in volle glorie om haar mond. Jimmy was opgehouden met de cursus en aangevangen met een andere.

Ik keek niet meer naar Belle. Ik ging altijd zo zitten dat ik haar niet hoefde te zien. Om beurten bekeek ik de kalende, baardige cursusgenoten. Zo verstreken de eindeloze avonden. Bij de aanvang van een van de laatste lessen zag ik dat Belle blozend iets zei tegen de docent. Toen die later toetsresultaten meedeelde, noemde hij haar: 'Mevrouw Blom...'

De baardige mannen keken haar allemaal aan en ze bloosde dieper dan ooit.

Ja, het is een lang verhaal als ik het in woorden probeer te vatten, maar de menselijke geest is in staat zo'n complete film in een fractie van een seconde op een inwendig scherm te vertonen. Althans, mijn menselijke geest kan dat.

Vijf jaar geleden op het terras in De Koog, schudde ik mijn hoofd bij de herinneringen aan mijn jaloezie. Ik voelde de pijn weer terwijl ik eraan terug dacht, maar het was nu pijn van schaamte, van schaamte over hoe ik de verhouding om zeep had geholpen. En al terugblikkend herbeleefde ik opnieuw wat steekjes van die jaloezie. Niet dat het me met terugwerkende kracht speet dat het niet iets duurzaams was geworden tussen ons, want als de vrouw die daar zat inderdaad Belle was, restte er niet veel van haar aantrekkelijkheid. Als argument was dat natuurlijk niet fair, maar afgezien daarvan zou de verhouding voortdurend zijn overschaduwd, niet zozeer door de schaduw van Jimmy, want die was klein genoeg om de contouren daarvan te kunnen zien, er zou een veel grotere schaduw over hebben gehangen, zo omvangrijk dat je niet eens had kunnen vaststellen dat het een schaduw was: de schaduw van Berend, van meneer Blom.

Nee, ik voelde geen spijt, alleen die schaamte. Het was maar goed dat ik niet was opgestaan om haar te vragen of ze misschien Belle heette, want als ze het inderdaad was, kon het gesprek dat zich daarna ontsponnen zou hebben, alleen maar gênant zijn geworden. Ik stond op, betaalde mijn koffie, nam de uitgang van het terras zo ver mogelijk van de vrouw vandaan, wandelde naar het parkeerterrein en reed naar het bungalowpark waar het 'Wat te doen met je pensioen?' zou plaatsvinden.

Ik had lang getwijfeld of ik eraan mee zou doen en meldde me pas op de valreep aan. Vrienden die via hun werk naar een 'Pensioen in zicht'-cursus waren geweest, vertelden me dat ze er veel aan hadden gehad. Sinds mijn scheiding, jaren daarvoor, was ik min of meer in mijn werk gevlucht en ik zag er als een berg tegen op als single de pensioenfase te betreden. Het liefst had ik gewoon door willen werken, maar dat was bij het IT-bedrijf waar ik mijn ziel en zaligheid in had gestoken geen optie. Pensioengerechtigd? Optiefen! Dat was in het kort hun seniorenbeleid. Op Facebook kwam een advertentie voor dat weekend voorbij. Waarom niet? dacht ik, in de vage hoop er ideeën op te doen over de invulling van die dreigende toekomst aan de horizon.

Uiteindelijk bleek die toekomst helemaal niet zo dreigend als ik vreesde, kort na het ongeïnspireerde afscheidsfeestje van mijn werk, ontmoette ik Sophie. Sophie met wie ik nu al weer vijf jaar een relatie heb. We wonen niet samen, daar achten wij ons beiden door schade en schande wijs geworden niet zo geschikt voor, dat beperken we tot onze campertochten door Europa. Dan zitten we weken in een kleine ruimte en dat gaat eigenlijk helemaal niet zo slecht, al zijn we altijd weer blij als we ieder voor zich terug zijn in de eigen woning. Sophie heeft een hele batterij kleinkinderen en daar zijn we in de tussentijd zoet mee. En niet alleen heb ik op mijn oude dag de charme van het vissen ontdekt, ben ik na het leren van visserslatijn zelfs lid geworden van een hengelaarsvereniging, ik kwam na een leven als workaholic ook nog tot de ontdekking dat ik heel goed ben in niksen. Gewoon in de tuin zitten, een praatje maken met een buurman, uren naar sport op televisie kijken.

Maar dat wist ik nog niet toen ik aanklopte bij de bungalow op Texel. Ik was de eerste en maakte kennis met Douwe, de initiatiefnemer van 'Wat te doen met je pensioen?'. Er zouden een stuk of twintig mensen aan deelnemen, vertelde hij, die verspreid over een vijftal bungalows waren ondergebracht. Hij deed me ook uitvoerig verslag van een cruisereis die hij kort daarvoor had gemaakt met zijn vrouw, we dronken koffie en hij vertelde dat hij zijn goedlopende bedrijf had verkocht, iets met machineonderdelen. Juist toen ik mijn spullen naar de mij toegewezen bungalow wilde brengen, schrok ik me wezenloos, want opeens kwam het drietal van het terras binnen.

'Ha schatje! Goeie reis gehad?' riep Douwe. 'En hoi Tim en Gemma!'

De 'Belle' van het terras liep naar hem toe en zoende hem. Ik twijfelde nog steeds of ze het echt was, dat kwam ook doordat ik haar tot nu alleen zittend had gezien. Deze Belle had gezette contouren op een manier die ik op de een of andere manier niet kon rijmen met de Belle uit mijn herinnering. Die was lang, deze vrouw was vooral heel groot. Maar de manier waarop ze lachte deed me toch wel erg aan haar denken. Toen viel haar oog op mij, haar lach bevroor een milliseconde en kwam vervolgens in volle glorie terug.

'Hé, jij bent... Jimmy! Toch?!'

'Bastiaan zul je bedoelen. En jij bent Belle?'

'O... sorry, Bastiaan, natuurlijk! Ja, ik ben Belle. Kan ik je eerder vandaag gezien hebben op een terras in De Koog? Ik ken jou toch van die cursus, die avondcursus...?'

'Klopt.'

'Wat leuk! Ik dacht het al toen ik je op dat terras zag zitten. Hoelang is dat wel niet geleden! Nou je bent de tijd goed doorgekomen, hoor. Je bent nauwelijks veranderd!'

Ze was het dus. Dit was de Belle met wie ik het zo mooi en zo moeilijk had gehad. Ze informeerde of ik nog iets met de cursus had gedaan, ik vertelde dat ik voor de ICT had gekozen toen dat begon op te komen en dus een totaal andere kant was uitgegaan. Zij had er ook niets meegedaan, vertelde ze. Verspilde tijd! Maar wat ze al die tijd dan wel had gedaan, werd me niet helemaal duidelijk, de laatste jaren iets als gastvrouw bij evenementen, begreep ik. Terwijl ik lette op elk detail van haar uiterlijk, gedrag en woorden, leek zij haar gedachten maar half bij onze conversatie te hebben, ze sprak met me zoals een gastvrouw dat doet, vriendelijk maar ook een beetje onpersoonlijk, alsof ik een willekeurige bezoeker was. Het bleef bij een kort gesprekje, want op het moment dat er nieuwe gasten binnenkwamen, verontschuldigde ze zich en liep naar hen toe om ze te verwelkomen.

Het bleef me moeite kosten haar in te passen in mijn eigen versie van mijn intieme verleden, niet omdat er zoveel tijd tussen zat of omdat ze wat uiterlijk betreft zo was veranderd, nee, ze was gewoon een heel andere persoon dan ik in die versie van haar had gemaakt. Ik kon me niet voorstellen dat dit de vrouw was die zo mooi kon blozen.

Later die dag, tijdens een groepsgesprek over ouder worden en gezondheid, sprak ze me nog een keer aan met Jimmy. Toen ik haar even alleen zag staan, vroeg ik of ze zich echt niet herinnerde dat we een verhouding van een aantal weken hadden gehad. In haar ogen las ik dat ze geen zin had in het onderwerp. Ze keek even snel om zich heen.

'Sorry,' mompelde ze. 'Het was in mijn ruige periode toen ik even weg was bij Berend. Jimmy, jij, er waren er toen heel veel. Ik kan dat nu echt niet meer uit elkaar houden. Het is zo lang geleden. Sorry.'

'Weet je echt niet meer dat ik ons samenzijn verknalde met mijn jaloezie?'

'Is dat zo?' zei ze met een brede grijns. 'Ach, alle mannen zijn jaloers! Ik ben niet anders gewend! Haha!'

'O... Ben je daarna nog lang mevrouw Blom geweest?'

Ze keek me even aan. 'Mevrouw Blom...,' grinnikte ze, 'Berend is al jaren geleden overleden aan een hartaanval en kort daarna liep ik Douwe tegen het lijf...'

Die kwam ook nu aanlopen en ze veranderde gauw van onderwerp. Douwe was zeker ook jaloers. Even overwoog ik hem te laten merken dat ik iets met zijn vrouw had gehad, gewoon in een vlaag van behoefte aan erkenning, want de manier waarop ze onze gezamenlijke tijd tegelijk met een heleboel andere verhoudinkjes had weggeveegd in de vuilnisbak van haar liefdesleven, zat me niet lekker. Maar ik merkte aan haar dat dit geen goed idee zou zijn en ik besefte dat het misschien ook wel een beetje kinderachtig was. Douwe kwam bij ons staan en vroeg of ik weleens een cruise had gemaakt. Dat had ik niet en beiden begonnen weer over die cruises van hen.

De rest van het weekend heb ik Belle niet meer persoonlijk gesproken. 'Wat te doen met je pensioen?' was op zich best leuk, ik vond het fijn om te praten, te drinken en te wandelen met mensen die net als ik opzagen tegen de nieuwe levensfase, maar het bleef toch een raar weekend voor me. Mijn relatie met Belle mocht dan maar kort hebben geduurd, het had onuitwisbare sporen nagelaten in mijn bewustzijn, al was het een heel andere Belle die daar de hoofdrol speelde dan de gastvrouw op Texel. Onze verhouding had enerzijds mijn zelfvertrouwen gesterkt omdat ik dacht dat de mooie vrouw die ze toen was de voorkeur gaf aan mij boven de vlotte Jimmy, maar had tevens mijn onzekerheid in relaties vergroot vanwege mijn ziekelijke jaloezie. Later heb ik daar overigens nooit meer last van gehad, dus wellicht heeft dat gedoe met Belle me van antistoffen voorzien. Toch kostte het me moeite te aanvaarden dat wat voor mij belangrijk was geweest door haar volledig leek te zijn vergeten. Stel dat de Duitsers collectief zouden vergeten dat ze Nederland hadden bezet, hoe zouden de Nederlanders dat vinden? Maar misschien is die vergelijking een beetje vergezocht.

Inmiddels zijn Belle en Douwe gescheiden. Hij stuurde een paar jaar geleden aan iedereen in zijn maillijst een 'Afscheidsbrief aan Nederland', waarin hij tekeerging tegen Belle. Ik heb Sophie ooit het hele verhaal van Jimmy en Belle verteld en ook dat ik haar op Texel weer had ontmoet. Toen ze hoorde over die afscheidsbrief, zei ze meteen: 'Dan is die Belle dus weer vrij!'

'Als er ooit een reünie komt, grijp ik mijn kans,' zei ik toen.

Die reünie komt er dus misschien, maar ik ga er niet heen. Dat vertel ik nog niet aan Sophie. Eerst zeg ik alleen maar dát er een reunie is. Eens kijken of ik haar jaloers kan krijgen!

6.

Belevenisjes vanaf de achterste rij

Leuk als we elkaar binnenkort weer zien! Laura en ik hebben wel zin in een reünie. We zijn erg benieuwd wat iedereen de afgelopen vijf jaar heeft meegemaakt. We willen graag horen of alle plannen die tijdens dat weekend werden geopperd en bedacht zijn uitgevoerd en de bijbehorende verwachtingen zijn uitgekomen. Laura en ik hadden indertijd niet zoveel plannen of verwachtingen en je kunt gerust stellen dat dit is uitgekomen, haha! Als zo'n pensioencursus samen met je partner niet gewoon een vast afscheidscadeau was geweest van het bedrijf waar Laura werkte, waren we misschien niet gegaan, wij wisten allebei wel hoe we dat pensioen zouden invullen. We hebben beiden een druk leven achter de rug bij een grote multinational, Laura bij de klantenservice en ik in de logistiek en we verlangden allebei naar een rustig leventje toen we met pensioen gingen. Dat klinkt misschien saai, maar wij zijn uiterst tevreden met dat leventje. Ik vrees daarom dat onze belevenissen nogal schril zullen afsteken tegen die van de anderen, want de bucketlist van de een vulde zich tijdens dat 'Wat te doen met je pensioen?' nog sneller dan die van de ander. Vooral Douwe kon er wat van! Ik herinner me niet precies meer wat hij allemaal van plan was, alleen dat het grootse plannen waren. En cruises ja, cruises wilde hij maken, samen met zijn vrouw, hoe heette ze ook al weer, Bella of zo. Maar zij zijn inmiddels al uit elkaar, hebben we begrepen. Douwe zit in Thailand, tenminste daarover mailde hij een tijd geleden. Als ik aan Douwe denk, komt altijd de mop die hij vertelde bij me op, hoe ging-ie ook alweer, o ja: 'Dokter, die zetpillen werken voor geen meter, ik kan ze net zo goed in mijn reet steken.' Haha! Ja, je kon wel lachen met Douwe.

Laura en ik hebben dus nooit grootse plannen gehad, onze bucket was altijd klein en er heeft nooit veel in gezeten, wij zijn tevreden met door Nederland te reizen op onze NS-keuzedagen, we gaan graag naar de film en volgen nu en dan colleges als toehoorder. Verder passen we op de kleinkinderen, maken tochtjes op onze e-bikes, gaan af en toe uiteten en slapen elke ochtend uit. Als ik terugblik op die vijf jaren, zie ik een soort eeuwig weekend achter me liggen en hoe monotoon dat er in de ogen van anderen mag uitzien, wij zouden ons geen ander leven wensen.

Laura's broer had na zijn eerste pensioenjaar bijna een burn-out. Stel je voor! Altijd al een druk baasje, had hij zich links en rechts aangemeld en zat hij binnen de kortste keren in allerlei organisaties, rende van vergadering naar de sportschool en weer terug. Tot hij hartkloppingen kreeg en flauw ging vallen. Nu doet hij het rustiger aan. Moet van de dokter! Ik kreeg het al benauwd als ik hem hoorde vertellen over zijn pensioen. Wij zijn soms al blij als het slecht weer is. Kunnen we thuisblijven!

Van deze kant geen hoogdravende verhalen, dus, hoogstens wat beschrijvingen van onze lotgevallen, hoewel dat misschien al te avontuurlijk klinkt. Nou ja, ik heb recent een ooglidcorrectie ondergaan en we hebben een nieuwe badkamer laten installeren. Dat waren best avonturen, eigenlijk. Die ooglidcorrectie was niet om me mooier te maken, daar is geen beginnen aan, zeg ik altijd tegen Laura, nee, mijn onderste ooglid draaide naar binnen en dat was een vervelend gevoel. Het schijnt ook niet zo goed voor je ogen te zijn, dus de oogarts wilde dat recht gaan trekken. Nou, dat hoeft van mij niet nog een keer! Een uur heeft hij staan rotzooien met die oogleden, snijden, hechten, weet ik niet wat, terwijl ik op een ongemakkelijke behandeltafel doodstil moest liggen. Toen hij klaar was zag ik eruit alsof ik een zware bokswedstrijd achter de rug had, met een hele bedrading van hechtingen onder mijn ogen en bloeduitstortingen tot op mijn wangen. Het duurde weken voor ik er weer een beetje normaal uitzag. Of normaal, wat is normaal? Mijn ogen zien er nu anders uit en daardoor ook mijn gezicht. En al viel daar niet veel aan te verpesten, doordat die oogarts de huid rond mijn ogen een beetje schuin naar boven heeft getrokken, heeft mijn gezicht in rusttoestand een andere uitdrukking gekregen. In plaats van een chagrijnige kop heb ik nu meer een smiley, volgens Laura. Ik weet niet of ik daar nou om kan lachen.

Die badkamer was net zoiets, alleen werd deze keer mijn gezicht niet verbouwd, maar het huis. Twee weken woonden we in een puinhoop en dan horen we van iedereen dat we geluk hebben gehad, want meestal duurt het veel langer. Maar, toegegeven, net zoals ik nu geen last meer heb van naar binnen draaiende oogleden, hebben we een badkamer waar je u tegen zegt.

Dat zijn een paar avonturen van het laatste jaar. O ja, we hadden tijdens die verbouwing een stukadoor over de vloer, die man was minstens zo oud als wij, kreunde als hij weer iets moest versjouwen of moeilijke bewegingen moest maken bij het werk. Tijdens de koffie klaagde hij dat hij er eigenlijk te oud voor was. Waarom hij er dan niet mee stopte? Dat was omdat hij nog meer opzag tegen zijn pensioen. Want wat moest hij dan de godganse dag doen? We vertelden hem over de 'Wat te doen met je pensioen?'-dagen op Texel en dat we het idee hadden dat veel deelnemers daar veel aan hadden gehad. Misschien moest hij dat ook een keer doen. De stukadoor vond het wel een goed idee, maar het zou me toch niet verbazen als hij nog jaren steunend en kreunend zijn werk blijft doen, tot hij er letterlijk bij neervalt.

Ik zei al dat ons leventje niet zo saai is als het misschien klinkt, wij maken best veel mee, al is het vaak van een afstandje, als toeschouwer, zonder zelf deel te nemen. Regelmatig zitten we onder het genot van een kopje koffie of pilsje op een terrasje te kijken naar voorbijgangers, bij voorkeur naar leeftijdgenoten, we becommentariëren hun kleding, hun buikjes, proberen hun leeftijd en conditie in te schatten. Daar kunnen we uren zoet mee zijn.

Nog liever zitten we in de bioscoop. Niet alleen omdat je anoniem kan meekijken in de wereld die de film voor je construeert, maar vooral omdat het opgaan in de kijkende menigte ons een overweldigend gevoel van geborgenheid schenkt. Voor ons is de bioscoop een grote slaapkamer waar iedereen dezelfde droom heeft. Laatst zagen we een film over een oude man die vanuit het uiterste puntje van Schotland helemaal met de bus naar Land's End reist om daar de as van zijn vrouw uit te strooien. Hij heeft haast, want ook hem resten niet veel dagen meer. Onderweg overkomt hem van alles, leuke maar ook minder leuke dingen, hij ontmoet aardige en minder aardige mensen, maar omdat die mensen filmpjes van hem delen op sociale media wordt hij een hype en als hij dan eindelijk in Land's End moeizaam van een pier afdaalt – waarover je hem in flashbacks hebt zien rennen toen hij en zijn vrouw nog jong waren – en hij de as uitstrooit, staat daar een kleine menigte die dat respectvol zwijgend gadeslaat. Ze filmen het niet eens met hun telefoons, dat plotselinge respect verbaasde ons dan weer een beetje. Welbeschouwd een draak van een film, maar omdat de hoofdpersoon het zo overtuigend speelt, toch aangrijpend. En omdat de ontroering zwaar in de zaal hing, hoorbaar via zuchtjes, kuchjes en stokkende ademhaling van het publiek, werden mijn ogen nat en zat Laura zelfs te snikken. Zoiets kun je alleen maar meemaken in een bioscoop! Thuis voor de televisie kun je ook ontroerd raken door een film, maar daar zit je meestal niet met een grote groep onbekenden waarmee je die ontroering in stilte en duisternis deelt en juist die anonieme, woordeloze collectieve ervaring maakt de bioscoop uniek.

Maar je moet ook uitkijken, want soms beleeft niet iedereen in de zaal zo'n droom op dezelfde wijze. Dat hebben we door schade en schande geleerd. Ik was een keer in een piepklein maar propvol filmzaaltje, waar amateurfilms uit Nederlands-Indië werden vertoond. Zoals altijd zaten we strategisch op de achterste rij. De bezoekers zagen er ernstig uit. Geen publiek voor een lachfilm. Maar de stomme films uit het oude Indië kregen door het versneld afdraaien ongewild een slapstick-effect. Razendsnel zetten vrouwen rijstplantjes uit op de sawa, een boer rende in looppas achter een waterbuffel die door de modder denderde. Toen de man struikelde en door de blubber werd gesleurd als een van de *Keystone Cops*, sneed mijn proestende lach door het zaaltje, waar verder slechts het zoemen van de projector was te horen. Laura stootte me aan, maar ik merkte dat ze zelf haar lachen nauwelijks kon inhouden. Sorry hoor, maar we konden er echt niets aan doen, het was gewoon te grappig! Mensen draaiden zich geërgerd om, een mevrouw snauwde iets in mijn richting. Op mijn tong bijtend zat ik de rest van de voorstelling uit. Een toegift van verwijtende en minachtende blikken wachtte mij toen het licht aanging. De discussie achteraf hebben we maar niet bijgewoond.

Of die keer in een filmhuis waar in het kader van een culturele manifestatie films van Afrikaanse regisseurs werden gedraaid. Laura was daar niet bij. Naast me zaten twee uitgelaten Afrikanen in kleurige gewaden. De film, uit Togo, handelde over twee geliefden, die elkaar niet konden krijgen omdat de vader van het meisje dat tegenwerkte. Het gevolg van een en ander was dat ze gek werd. Een ernstig thema, dus. Maar de Afrikanen naast me leken daar anders over te denken. Hoe gekker het meisje, hoe harder zij moesten lachen. Het werkte aanstekelijk, ik kon me met moeite beheersen. Maar niemand lachte verder, alleen de Afrikanen. Heel voorzichtig lachte ik soms mee. Toen het gek geworden meisje, na door drie potige verpleegsters op brute wijze te zijn platgespoten, door haar geliefde uit de inrichting werd weggedragen naar een verre horizon, waren de mannen niet meer te houden. Ze bulderden het uit, sloegen op hun knieën, rolden nog net niet op de grond. Ik kon er niets aan doen, maar ik ging steeds harder meelachen, mensen voor in de zaal keken om en ik hoorde iemand boos iets opmerken over 'lol op de achterste rij'.

De film eindigde met een prachtige zonsondergang. Op het moment dat de lichten aan flitsten en ik op wilde staan, vielen mijn sleutels uit mijn broekzak. Het kostte me enige moeite ze op te rapen, ze waren op een ongelukkige plaats tussen de stoelen gevallen. Toen ik me met een ongetwijfeld rood hoofd van inspanning oprichtte, zag ik van alle kanten mensen naar me kijken, spottend, boos, verwijtend. Niemand die enige aandacht aan de Afrikanen schonk, iedereen keek naar mij. Ik wilde steun zoeken bij de Afrikanen, in mijn ooghoek zag ik ze, nog steeds lachend, onder een bordje UIT achter een gordijn verdwijnen.

Maar dit zijn uitzonderingen, hoor. Doorgaans is het gewoon collectief genieten van een film. En soms maak je spannende dingen mee. Wie van het Texelgroepje zal er ooit gedebatteerd hebben met een beroemde Franse filosoof? Ik niet, maar dat was wel op het nippertje. Op een filmfestival werd een documentaire vertoond waarin een bekende Franse filosoof, ik vergeet zijn naam altijd, langs een frontlinie meereist met een strijdgroep in het Midden-Oosten. Laura en ik zaten weer op de achterste rij aan het gangpad. Het was ons bekend dat in Frankrijk filosofen dezelfde status kunnen hebben als popsterren. Na afloop van de documentaire kwam de filosoof zelf nog even op het podium. Inderdaad een popster, met een ego dat meteen de hele zaal vulde, dit was een Filosoof met een hoofdletter. Gekleed in zijn vaste outfit, hij droeg het op elke foto: een kraakwit, strak gestreken, ongetwijfeld heel duur overhemd met hoge boord, de bovenste knopen los, waardoor het een groot deel van zijn gebruinde borst ontblootte. Ook zijn kapsel was een popster waardig: weelderig grijs, achterover gekamd haar. Van boven werd het een beetje dun, viel ons op, en dat leek hij te willen compenseren door wat hem restte aan de zij- en achterkant omhoog en naar achteren te touperen, zodat het als kussentjes tegen zijn schedel geplakt zat en zijn hoofd vleugeltjes gaf. Maar misschien krijg je vanzelf zo'n kapsel als je gedachten goud waard zijn.

De bedoeling was dat er vragen werden gesteld, maar

die waren er niet, veel mensen vertrokken zelfs toen hij binnenkwam. De Filosoof oogde een beetje ontstemd. Was hij hiervoor helemaal uit Parijs gekomen? Ik vond het een merkwaardige film, vooral door het contrast tussen de strijders en de ijdele dandy samen aan het front. Geheel tegen mijn gewoonte in overwoog ik een vraag te stellen over de precieze bedoeling van de film, maar het lukte me niet dat zo gauw in het Engels te formuleren, laat staan in het Frans. Eigenlijk wilde ik hem vragen of hij de strijdgroep niet misbruikte door in zijn witte overhemd tussen hen te schitteren. Terwijl ik zoekend naar de juiste woorden mijn hersens pijnigde, kwam de Filosoof met een sliert festivalmensen achter zich aan de trap op naar de uitgang, vlak naast ons. Hij keek me strak aan. Voelde zo'n Filosoof dat mensen hem iets willen vragen? Toen hij bijna boven was, haalde de Filosoof nauwelijks merkbaar zijn kin even op, zo van 'wat-mot-je', terwijl zijn superieure blik me onder schot bleef houden. In mijn hoofd was het kortsluiting, alle stoppen sloegen door. En voor de situatie was hersteld, was de Filosoof met zijn sliert al door de deur verdwenen en zat ik met een in mijn beste Engels geformuleerde vraag in mijn hoofd. Die vraag heb ik toen maar aan Laura gesteld.

'Het is gewoon een egotripper,' antwoordde ze.

Dat vond ik een heel adequaat antwoord, dat mij geheel tevreden stelde. Nee, met zo'n vrouw heb je geen Filosoof nodig.

Behalve films volgen we zoals ik al zei nu en dan een collegereeks. Een tijdje geleden over biologische onderwerpen in de collegezaal in Artis. Ik had er veel zin in, biologie is een oude liefde van ons, al hebben we voorkeuren. Laura houdt vooral van de bloemetjes en ik van de bijtjes, zeg maar. Onderweg naar de collegezaal hielden we even stil bij de leeuwen die juist werden gevoerd. Hun prooi, in dit geval een stuk bot met vlees, aten ze bijna liefdevol op, viel ons op, ze likten eraan en beten er teder in.

We volgen zulke colleges als toehoorder. Toehoorders zijn meestal gepensioneerden en zitten tussen de reguliere studenten in de bankjes. We kozen uiteraard weer een plekje op de achterste rij, het gaat ons niet alleen om de inhoud van de colleges, we willen ook graag kunnen zien wat er verder in de zaal gebeurt. Vlak vóór ons was een blond meisje met haar telefoon in de weer. Aan de andere kant van de collegezaal liep een oudere toehoorder traag omhoog, terwijl zijn ogen de aanwezigen afspeurden. Toen hij het blonde meisje spotte, draaide hij zich om, schoot met onverwachte snelheid naar beneden, langs de docent naar de trap aan onze kant, struikelde bijna en ging in de verder lege rij pal naast haar zitten.

'Ik schuif even aan,' hoorde ik hem zeggen.

Laura en ik keken elkaar aan. 'Misschien kennen ze elkaar,' fluisterde ik.

Het meisje groette hem vriendelijk en er leek zich zelfs even een gesprekje te ontwikkelen. Maar kort daarna concentreerde ze zich weer op haar telefoon. De man deed nog een paar pogingen haar aandacht te trekken. Tevergeefs, na een paar minuten stond ze op en ging een paar banken lager zitten. De oude man keek haar zwijgend na.

Het college begon. Met zenuwachtige lachjes vertelde de docente in zwaar vernederlandst Engels dat ze ervoor koos haar college in deze taal te doen, niet alleen vanwege eventuele buitenlandse studenten, maar omdat Engels nu eenmaal de taal van *science* was. Daar geloofde ze heilig in, benadrukte ze. Maar een native speaker in de taal van de wetenschap was ze absoluut niet; bij vlagen was ze volledig onverstaanbaar.

De toehoorders zijn bijna altijd de braafste studenten, ze hebben een veel grotere behoefte aan interactie met de docent dan de meeste studenten. En alleen zij stellen vragen. Hoewel 'vragen', meestal zijn het ellenlange inleidingen waarmee ze hun eigen kennis willen showen, vaak sommen ze ook nog een stukje van hun cv op en er komt alleen een vraagteken achter hun betoog doordat ze voor de vorm nog even informeren of de docent al bekend was met de inhoud van hun verhaal. Laura en ik kunnen er wel om lachen, maar het is soms behoorlijk vermoeiend.

Bij het volgende college regende het in Artis. Iedereen probeerde te schuilen, de apen, de leeuwen, de giraffen, de bezoekers. Dat waren er veel minder dan anders, enkele verdwaalde toeristen in regenpak en groepjes doorweekte scholieren op een ongetwijfeld reeds lang geleden geplande excursie. Onder onze paraplu's gingen we even bij de hyenahonden kijken, die zich niets van de regen leken aan te trekken. Er stonden een man en een vrouw, ook onder een paraplu. De man, hoofd en handen vol tatoeages, staarde gefascineerd naar de honden. Ik dacht: met zo'n beest zou jij wel over straat willen lopen. Alsof hij mijn gedachte hoorde, zei hij meteen daarop tegen zijn vrouw: 'Ik zie de buren al als ik zo'n hond uitlaat!'

De oudere toehoorder die vorige keer naast de blonde studente ging zitten was een beetje laat, het college was al begonnen. Toch kreeg hij het voor elkaar om naast een andere blondine aan te schuiven. Zijn demonstratieve knik beantwoordde ze koeltjes.

Toen de collegereeks ten einde liep, waren er nauwelijks studenten meer, vrijwel alleen nog oudere toehoorders. De oude blonde-meisjes-jager was er desondanks elke keer in geslaagd dicht aan te schuiven bij een studente, al waren ze niet altijd meer blond. De meesten negeerden hem en sommigen leken hem niet eens op te merken. Maar bij het laatste college was er geen plaats vrij naast de schaarse studentes. Hij dwaalde een beetje verloren rond, liep toen de trap aan onze kant omhoog, turend of er toch niet ergens een meisje zat met een onbeschermde flank. Tevergeefs. Uiteindelijk stond hij naast ons en gebaarde dat we moesten opschuiven. Dat waren we niet van plan, we stonden op om hem te laten passeren, wat hij met merkbare tegenzin deed en plofte neer in de stoel direct naast Laura, terwijl de hele rij verder leeg was.

'Ik ben geen blonde studente, hoor,' mompelde zij, net iets te hard. De man keek haar strak aan.

'U bent geen blonde studente?!' riep de man opeens met schelle stem. 'Zei u dat nou?!'

Iedereen keek in onze richting. De docente die juist wilde beginnen met het college, zweeg abrupt in haar krakkemikkige Engels.

'Nou, dat hoeft u echt niet te zeggen, hoor,' ging hij op hoge toon verder. 'Dat zie ik ook wel!'

De gezichten plooiden zich en gelach golfde in onze richting. Ik moest er eigenlijk ook wel om lachen. En Laura ook. De enige in de collegezaal die niet lachte was de man naast haar.

Tja, zo verloopt ons leventje. Dit waren een paar 'avonturen' van Laura en mij. Ik zou er nog een heleboel kunnen vertellen, over onze reisjes, over onze kleinkinderen, maar dat bewaren we voor de reünie.

***

Een korte aanvulling van mij. Ik mag dan geen jonge blonde studente zijn, ik voel me nog wel steeds net zo jong als toen ik die leeftijd had. Grappig dat Sjaak juist een verhaal moet vertellen waarin ik een beetje afga. Zelf is Sjaak ook best vaak de sjaak, om het zo maar even te zeggen. Zoals die keer in debatcentrum de Balie. Het thema van de avond was 'Voldoet de democratie in Nederland nog wel?'. We waren erheen gegaan in de verwachting nu eindelijk eens de ontevreden mensen in levenden lijve te ontmoeten die we op televisie en op sociale media voortdurend horen tetteren. Was ook wel iets voor Douwe geweest, dachten we. Douwe van de Texelgroep. Vooral na die afscheidsbrief van hem. We hebben accounts op alle sociale media, volgen talloze mensen, lezen de meest buitenissige berichten en extreme meningen, maar posten zelf nooit iets. We zijn nou eenmaal het liefst toeschouwer. Misschien zou je ons wel ordinaire ramptoeristen kunnen noemen.

Maar die avond in de Balie hoorden we slechts redelijke, genuanceerde personen, zowel in de zaal als in het panel van deskundigen. De enige uitzondering was een oudere man die voor ons zat, alleen al zijn grijze krullen zagen er woest uit. Hij siste en bromde en af en toe mompelde hij heftig hoofdschuddend een onverstaanbaar commentaar op een bewering van het panel. Zijn krullen schudden dan heftig mee.

De redelijke mensen kwamen tot de conclusie dat een herziening van het democratisch stelsel niet nodig was als je uitging van enquêtes waarin de tevredenheid van de burger werd gemeten met de politiek. Het bleek dat er vertrouwen was in de democratie, minder in politici. Volgens het panel was dat juist goed: burgers moesten sceptisch zijn. Onderzoek wees tevens uit dat de kiezer meer betrokken was bij de politiek dan ooit tevoren en dat de meerderheid helemaal niet op een hervorming zat te wachten. En elke keer wanneer op lokaal niveau de burger werd betrokken bij het bestuur, lieten juist de niet-stemmers, die zogenaamde 'boze burgers' die zich niet gehoord voelen, het afweten.

De man voor ons bleef grommend in zijn stoel draaien. Maar toen er vragen konden worden gesteld, was hij opeens doodstil. Op het moment dat de gespreksleider de avond wilde afsluiten, siste hij: 'Elitair gelul!'

Mensen keken om.

'Wilde u wat zeggen?' vroeg de gespreksleider en hij keek Sjaak aan. Die wees verbaasd op zichzelf met een gezicht als een vraagteken.

'Ja, u, op de achterste rij!' Hij bedoelde echt Sjaak! 'U wilde nog een laatste woord?'

'Ik zei niets,' stamelde Sjaak.

Een jongen twee rijen voor hem draaide zich lachend om. 'U vindt het elitair gelul, zei u net.'

'Dat was ik niet, dat was hij.'

Hij wees op de man voor ons, zelf deed ik dat ook, maar die deed of zijn neus bloedde. Mensen begonnen te lachen, het was duidelijk dat ze dachten dat Sjaak het wel degelijk had gezegd, maar het nu lafhartig probeerde af te schuiven.

'Als u vindt dat dit elitair gelul is, nodig ik u uit dit toe te lichten,' zei de gespreksleider. 'Het zou een mooie afsluiting van het debat zijn, want we zijn wel erg eensgezind vanavond.'

Instemmend gegrom en geknik om ons heen, ook de man met de krullen knikte. Ik tikte hem op de schouder. 'Dan moet u het maar zelf even zeggen,' zei ik hardop, maar niemand leek het te horen en de man negeerde me volledig. Net als alle anderen bleef hij naar Sjaak staren. Daar zat Sjaak dan, op onze favoriete achterste rij waar we denken gerieflijk de voyeur te kunnen uithangen, maar nu met de aandacht van een hele zaal op zich gericht. Eigenlijk was het wel heel erg grappig en het kostte me moeite mijn lachen in te houden. Er werd gelachen, sommige mensen schudden hun hoofd, de gespreksleider sloot de avond af met de woorden:

'Toch jammer dat we het zonder uw bijdrage moeten doen.'

Bij de uitgang botsten we bijna tegen de man met de krullen op.

'Je wordt bedankt!' zei Sjaak tegen hem.

'Maar het wás toch elitair gelul!'

'Waarom zegt u het dan niet zelf?'

'Ik zei het toch!'

En weg was hij.

Afgezien van dit soort wissewasjes verloopt ons leventje met zo'n heldere regelmaat dat het voelt alsof het nooit anders is geweest en voor eeuwig zo door zal blijven gaan. Af en toe realiseer ik me met een schok dat dit natuurlijk onzin is, dat het een kwetsbare constructie is en zomaar voorbij kan zijn. Sjaak is een geboren optimist, ik geloof niet dat hij ooit aan zo'n scenario denkt, en misschien is het ook zinloos jezelf met dat soort gedachten te plagen. Maar ik zit anders in elkaar dan hij. Sjaak zei eerder dat we geen bucketlist hebben en dat is ook wel zo, en net als Sjaak geniet ik van ons regelmatige leventje, zeker sinds we opa en oma zijn geworden, maar bij vlagen mis ik toch zoiets als een bucketlist. Al zou ik niet direct weten wat daarop zou moeten...

7.

Het concert des levens

Op een reünie blik je terug, ook op een reünie van een bijeenkomst waar werd vooruitgekeken. Heb ik daar zin in? Heb ik zin om terug te blikken op de ellende van de afgelopen jaren?

Vijf jaar geleden op Texel was ik met Gemma, de toekomst leek open te liggen, maar wat toen toekomst was, vertegenwoordigt nu vooral een wond. Een wond die maar heel langzaam kleiner wordt en soms weer openscheurt.

Eerst vond ik het flauwekul om naar dat 'Wat te doen met je pensioen?' te gaan, want wat had ik daar te zoeken? Ik maakte me helemaal geen zorgen over dat komende pensioen, ik keek er juist naar uit, ik verlangde naar een leven zonder deadlines. Alleen maar schrijven als ik daar zelf zin in had, zou ik. Voortaan als freelancer.

Het waren Douwe en Belle, én Gemma natuurlijk, die me wisten over te halen. Douwe kende ik uit het café in Nieuwkoop, waar ik toen woonde met mijn lieve Gemma, in een rijtjeshuis in het lage deel. Douwe en Belle woonden er in een villa aan de plas. We raakten een keer aan de praat toen we allebei aan de toog achter ons pilsje zaten, het was zo'n ongeïnspireerd gesprekje zoals mannen die elkaar niet kennen in de kroeg kunnen hebben. We kwamen erachter dat we allebei voor ons pensioen stonden, ik bij de krant en hij had juist zijn bedrijf verkocht, wat voor een 'mooi aanvullinkje op de AOW' zorgde, zoals hij dat formuleerde. Wat voor bedrijf hij had verkocht heb ik nooit kunnen achterhalen, daar deed hij altijd heel vaag over, hetgeen mijn journalistieke nieuwsgierigheid prikkelde, maar ook op Texel is het me niet duidelijk geworden. Iets met machineonderdelen, verder ben ik niet gekomen. Daardoor ben ik het gevoel dat het iets illegaals was nooit helemaal kwijtgeraakt. Die avond in het café vertelde hij me over de bijeenkomst op Texel die hij ging organiseren. Of ik geïnteresseerd was. Dat was ik dus niet. Ik had genoeg plannen met mijn pensioen, samen met Gemma.

'Dan kun je er daar over vertellen,' zei hij.

Een paar weken later zat ik samen met Gemma in het café toen Douwe en Belle binnenkwamen. Hij begon weer over dat 'Wat te doen met je pensioen?'. Gemma reageerde veel enthousiaster dan ik en het klikte meteen tussen haar en Belle. Gemma was toen al een aantal maanden met pensioen en had moeite met de plotselinge stilte na die drukke jaren op de redactie van het weekblad. Op zich had ik niets tegen een weekendje Texel, want het is een mooi, vogelrijk eiland. Wel had ik gemengde gevoelens over Douwe, hij was aardig maar ook een beetje glad. Hoe dan ook, ik liet me overhalen en het was uiteindelijk best leuk, al herinner ik me niet zoveel van de pensioenverwachtingen van de andere deelnemers. Wat me vooral is bijgebleven is dat ik er met Stef regelmatig tussenuit kneep om vogels te kijken. Stef was een fanatieke vogelaar, zijn enige pensioenplan was om nog meer te vogelen dan hij al deed.

Het was een tamelijk duur weekendje, dat herinner ik me wel. Ik vermoed dat Douwe er flink aan heeft verdiend. Hij was ook best dominant op Texel, deed of hij heel belangrijk was met al zijn functies in diverse besturen. En dan die verhalen over hun cruises! Belle vond ik sympathieker, zolang ze maar niet ook over die cruises zeurde. Volgens mij was niemand onder de deelnemers daar echt in geïnteresseerd en het zou me niet verbazen als Douwe en Belle financiële belangen hadden in die sector.

Maar het was plezierig om met elkaar van gedachten te wisselen over onze verwachtingen ten aanzien van de komende levensfase, voor de meeste mensen is het immers de eerste keer in hun leven dat ze zelf invulling moeten geven aan elke minuut van de dag. Dat beruchte zwarte gat is echt niet alleen spreekwoordelijk, al deed Douwe de hele tijd of het omzeilen ervan een fluitje van een cent was. We hoefden alleen maar te leven zoals hij altijd had gedaan, pochend op zijn levenslange positie als vrije jongen en pogend ons bij te brengen hoe we ook zo'n vrije jongen of vrij meisje konden worden. Als Douwe het weer eens op zijn heupen kreeg, keken Stef en ik elkaar aan, maakten een hoofdbeweging in de richting van de deur en slopen naar buiten met onze verrekijkers. Douwe heeft ons daar nog een keer op aangesproken. Het weekend had een totaalprogramma, zei hij, en we zouden door weg te gaan 'essentiële ingrediënten' missen. Stef wist in eerste instantie niet zo goed hoe hij daarop moest reageren, geloof ik, maar ik kende Douwe goed genoeg om te weten dat zijn soep nooit zo heet wordt gegeten als hij die opdient. Ik zei dat we de essentiële ingrediënten van zijn pensioen allang hadden geproefd, Stef speelde daar toen op in door te zeggen dat hij toch nooit een vrije jongen zou worden, hij was nou eenmaal een geboren ambtenaar die hechtte aan een vaste baan, vaste tijden en dito pensioen. Volgens mij was hij helemaal geen ambtenaar, maar zelfstandig accountant. Hoe dan ook, Douwe zei er niets meer van als we tijdens een sessie verdwenen om vogels te gaan kijken.

Opgefokt was Douwe pas echt in zijn 'Afscheidsbrief aan Nederland' die hij later aan al zijn vrienden en bekenden schreef. Godskanonne, wat pathetisch allemaal. Echt verbazen deed het me overigens niet. Hij draaide een beetje door in die tijd, zat regelmatig straalbezopen in het café te mopperen op alles en iedereen, maar vooral op Belle met wie hij in een vechtscheiding lag. Ik begon hem te mijden. Hij kreeg een mooie prijs voor zijn huis, heb ik via via vernomen, schreef zijn afscheidsbrief en verdween naar Thailand. Hij zal dus wel afwezig zijn op de reünie en dat is misschien wel zo prettig. Maar Gemma zal er ook niet zijn...

Twee vrouwen hebben een hoofdrol in mijn leven gespeeld, even afgezien van mijn moeder dan. Met de ene, Gemma, was ik getrouwd, en met de andere, Linda, had ik ooit misschien wel getrouwd willen en ook kúnnen zijn. Dat laatste klinkt alsof ik niet van Gemma hield en dat is absoluut niet het geval, ik mis haar nog elke dag. Maar laat ik bij het begin beginnen, anders verdwaal ik in een van de vele zijpaden van mijn verleden.

Ik ontmoette hen in hetzelfde jaar. Tweeëntwintig was ik en met een stel vrienden op Terschelling met als enige doel bier drinken en meisjes versieren. Het drinken lukte wel, maar het versieren viel een beetje tegen. Pas tegen het einde van de vakantie, tijdens een spontaan feestje op het strand met drank en gitaarmuziek, raakte ik aan de praat met Gemma, of aan de praat is misschien een beetje overdreven. We waren allebei aangeschoten, zongen al wiegend mee met 'You've Got to Hide Your Love Away' van The Beatles dat de gitarist nogal geradbraakt ten gehore bracht, althans dat liedje was ons bijgebleven en ging later deel uitmaken van de mythologie rond het begin van onze liefde. We zoenden wat, Gemma sliep die nacht bij mij in mijn eenpersoonstentje en vanaf dat moment hadden we een relatie. Niet dat we smoorverliefd waren, het was meer iets wat we allebei stilzwijgend hadden besloten. Geen liefde op het eerste gezicht dus, mijn hele universum draaide niet van het ene op het andere moment alleen nog maar om Gemma. Bij haar was dat net zo. Maar ik durf te beweren dat het bij ons uiteindelijk veel dieper ging dan gewone verliefdheid, al duurde het enige tijd voordat die diepte was bereikt. We studeerden allebei in Amsterdam, woonden daar op kamers en brachten veel tijd samen door. Natuurlijk vreeën we, maar dat was vanaf het begin niet de hoofdzaak, nee, de kern van onze liefde was de vanzelfsprekende manier waarop we alles samen deden, als oude kameraden, die toevallig ook nog met elkaar naar bed gingen. Vrienden plaagden ons er wel mee dat we vanaf het eerste begin al met elkaar omgingen als een ouder echtpaar met diverse huwelijksjubilea achter de rug. Misschien klopte dat wel, maar het klinkt een beetje negatief, zeker voor een jong stel. Ik denk dat mijn gevoelens gedurende mijn hele huwelijk met Gemma prima kunnen worden gevat in het woordje 'geluk'. Niet hartstocht, geilheid, passie of weet ik veel wat, nee, gewoon heel evenwichtig geluk! Natuurlijk hadden we weleens ruzie en natuurlijk waren er soms problemen, maar dat veroorzaakte niet meer dan wat golven aan de oppervlakte van de zee van dat geluk en liet de diepten onberoerd. Het was Liefde met een hoofdletter.

Met Gemma heeft de liefde nooit pijn gedaan. Vanaf het begin hadden we elkaar altijd veel te vertellen, maar we konden ook uren bij elkaar zitten lezen. Het sprak vanzelf dat we een paar jaar later gingen trouwen. Onze zoon werd geboren en we verhuisden naar Nieuwkoop, waar we nog een zoon kregen. De oudste is getrouwd met een Amerikaanse en woont in Utah, de jongste met een Japanse en die woont in Osaka, dus het zal duidelijk zijn dat ik hen en mijn drie kleinkinderen niet zo vaak in levenden lijve zie. Gelukkig heb je tegenwoordig al die digitale mogelijkheden, al is zo'n tweedimensionaal beeld natuurlijk niet hetzelfde als de driedimensionale fysieke nabijheid. Voor de kleinkinderen is opa het zoveelste bewegende beeld op hun schermpje. Maar ik wil het daar nu niet over hebben, misschien later. Nu eerst over die twee vrouwen in mijn leven.

In die begintijd stelde onze relatie dus niet zoveel voor. Nee, ik zeg het helemaal verkeerd, het was heel belangrijk voor me en ook voor Gemma, dat heeft ze me vaak genoeg verteld, maar een buitenstaander zag het er misschien niet aan af. En ik moet bekennen dat ik heel af en toe twijfels had over de manier waarop wij onze relatie vormgaven. In films ging het altijd heel anders met stellen en ook bij vrienden zag ik meer dynamiek dan bij ons. En het kwam misschien ook wel door Linda.

Linda had ik een paar maanden vóór mijn vakantie op Terschelling ontmoet. In café de Doelen aan de Kloveniersburgwal. Die ontmoeting was als een explosie. Het café was overvol en lawaaierig, maar dat doofde uit tot wat achtergrondruis toen ik in de ogen keek van het meisje dat alleen aan een tafeltje zat. Haar blik flitste meteen tot diep in mijn binnenste, dwars door mijn hart tot diep in mijn onderbroek. Mijn hele onderlijf werd gedestabiliseerd en met trillende benen en knikkende knieën liep ik naar haar toe en vroeg of ik aan mocht schuiven. Ik was in die tijd nogal wanhopig op zoek naar een vriendin, maar kwam gewoon geen meisjes tegen die ik echt leuk vond. En als dat wel het geval was, zagen die mij niet zitten. Tinder of hoe dat heten mag bestond nog niet, je moest gewoon zelf de handen uit de mouwen steken. Maar zo direct als ik het die avond bij Linda deed, nee, dat had ik nooit eerder gedaan. Daar was ik doorgaans veel te verlegen voor. Hoe het verder precies ging weet ik niet meer in detail, ik herinner me het gewoon als een lange roes. We dronken, praatten en onze ogen lieten elkaar alleen los om te knipperen. Maar elkaar aanraken deden we niet. Ik wilde niets liever, maar op dat punt leek ik wel verlamd. Een paar keer stond ik op het punt haar hand te pakken, maar ik deed het niet. Soms kwam ze zo dichtbij met haar gezicht dat het een kwestie van centimeters was om haar te zoenen, maar op de een of andere manier was de angst te sterk dat ik daarmee de betovering zou doorbreken. En zij raakte mij ook niet aan. Ze vertelde dat het haar laatste avond in Nederland was. Ze zou de volgende dag naar Australië vertrekken, eerst als au pair en daarna zou ze er gaan studeren. Ook dat speelde misschien wel een rol bij onze verlamming. Toen het café ging sluiten en we buiten stonden bij onze fietsen, raakten we elkaar nog steeds niet aan. We staken onze hand op, zij fietste naar links, ik naar rechts, we riepen nog wat naar elkaar en toen was ze weg. Ze had me bij het afscheid het adres van haar ouders gegeven, want dat was haar voorlopige postadres.

Ja, dat was dus liefde op het eerste gezicht. Maar wat moest ik ermee? Regelmatig overwoog ik haar te schrijven, maar wat had ik aan een vriendin aan de andere kant van de wereld? Het feit dat onze ontmoeting geen vervolg kon krijgen was al pijnlijk genoeg. Waarom de pijn verlengen door te beginnen aan een hopeloze briefwisseling? Ik wist niet hoe zij erin stond en ze kon het me ook niet laten blijken, want ze wist alleen maar dat ik Tim heette, geen achternaam, geen adres, geen telefoonnummer. Het initiatief lag dus bij mij. Gelukkig verscheen een paar maanden later Gemma.

Maar Linda had zich in mijn hart gevestigd, als een minuscuul wolkje aan de blauwe lucht van mijn liefde voor Gemma. Je moest erop letten, anders zag je het niet. Maar als ik er wel op lette, was het er. Het verdween nooit. Gemma heeft dat overigens niet geweten.

Twee jaar geleden. Ik zat op mijn werkkamer in ons huis in Nieuwkoop achter de computer.

'Ik ga even een boodschapje doen!' hoorde ik Gemma beneden roepen. Ik zal wel een antwoord hebben gebromd, als ik al een antwoord heb gegeven. Het was de laatste zin die ik haar hoorde uitspreken. Het was de laatste keer dat ik haar stem hoorde. Ergens uit de verte, onder me, zoals ik die sindsdien nog altijd hoor. Ik ga even een boodschapje doen! Onderweg op de fiets naar de supermarkt werd ze overreden door een vrachtwagenchauffeur die niet uit z'n dode hoekdoppen keek. Sindsdien doet het alleen maar pijn. De pijn van het gemis lijkt vaak even diep en stabiel als het geluk van vroeger.

Ik ga even een boodschapje doen! Nu ik eraan denk hoor ik het weer, hol en verder weg dan ooit.

Ik was radeloos. Wilde geen minuut langer in dat huis blijven waar ik zo lang zo gelukkig met haar was geweest.

Onze zonen kwamen over met hun gezinnen. Kom naar Amerika, zei de Amerikaanse zoon. Kom naar Japan, zei de Japanse. Maar ik zette het huis in Nieuwkoop in de verkoop en verhuisde naar mijn huidige appartementje in Amsterdam. Weg van de plek waar alles Gemma ademde! En in mijn eentje woonde ik liever in de stad dan in zo'n dorp. Ik kom er alleen nog af en toe om bloemen op haar graf te leggen.

Terug naar Amsterdam dus. Pas weduwnaar, nog maar drie jaar met pensioen. Uiteindelijk doe ik hier niet zoveel andere dingen dan in Nieuwkoop, ik schrijf af en toe een artikeltje, ga naar de bioscoop en naar de kroeg. Die bioscopen zijn nu wat dichterbij dan toen ik nog in Nieuwkoop woonde en terwijl ik voorheen regelmatig naar de vogelgebiedjes in de buurt fietste, komt van het vogelkijken niet zoveel meer. Ik mis het wel, zoals ik zoveel mis, maar op de een of andere manier lukt het me niet er met de verrekijker op uit te gaan. Ik hoor de vogels, het voorjaar is inmiddels aardig op gang gekomen, maar het roept niet meer de gevoelens bij me op zoals voorheen. Het lijkt soms wel of die liefde samen met de andere is gestorven. Maar wat kroegen betreft zijn de keuzemogelijkheden enorm uitgebreid, al beperk ik me meestal tot de wat ouderwets aandoende kroeg vlakbij, waar veel leeftijdgenoten zitten en waar ik me zo langzamerhand wel tot de stamgasten mag rekenen.

Na vele maanden van pijn, gemis en al het andere wat rouw met zich meebrengt, schoof mijn aandacht langzaam terug naar het wolkje in de blauwe lucht van mijn huwelijksgeluk. Ik googelde Linda en had meteen beet. Een stralende profielfoto op Facebook, ja, een halve eeuw ouder, maar ik herkende haar meteen. Ze was nog steeds prachtig. Via Messenger vroeg ik onderkoeld of het was bevallen in Australië. Net zo droog was haar reactie: 'Ben er maar een maand geweest. Heimwee. Miste de Doelen!'

Ik grinnikte, maar alles leek even tot stilstand te komen toen ik de volle betekenis van haar woorden tot mij door liet dringen. Onze ontmoeting in de Doelen was eind april geweest. In augustus was ik op Terschelling waar ik Gemma tegenkwam. Linda was toen dus al weer terug... Ik was na die bewuste avond nooit meer in de Doelen geweest. Was zij daar regelmatig even binnengewipt om te kijken of ik daar zat? En stel dat ik haar had geschreven, dan hadden we elkaar in juni of juli alweer kunnen zien. Dan was ik misschien wel helemaal niet naar Terschelling gegaan, want pas op het laatste moment besloot ik mij bij de bewuste vriendengroep aan te sluiten. En als ik wel was gegaan, dan had ik misschien helemaal niet opengestaan voor Gemma. Mijn leven zou een totaal ander verloop hebben gehad. Het klinkt raar, maar het voelde op dat moment alsof ik twee vrouwen was kwijtgeraakt.

'Zin om een biertje te gaan drinken?' typte ik. 'In de Doelen?'

'Wanneer?'

'Vandaag?'

Ze bleek in Alkmaar te wonen en diezelfde avond spraken we af in genoemd café. Inmiddels wist ik via de chat dat ze al jaren weduwe was, maar werd omringd door een schare kinderen en kleinkinderen die veel tijd opeisten. Die woonden niet in Amerika of Japan, maar allemaal in de buurt.

Toen ik binnenkwam zat ze al aan de bar. Ze zag er anders uit dan op de foto van Facebook, maar dat had ik wel min of meer verwacht, voor de meesten is Facebook immers een feestboek waar ze zich van hun mooiste kant laten zien. Maar ik herkende onmiddellijk de speelse blik in haar ogen. Toch schrok ik ook een beetje, moet ik bekennen. Onwillekeurig was ze in mijn hoofd altijd het meisje van die avond gebleven, maar dit was niet dat meisje, dit was een broodmager, rimpelig oud vrouwtje met heel dun haar en een iets te schelle stem. Ik weet niet wat zij dacht toen ze mij zag, maar ze liet in elk geval niets merken. Ik hoop in elk geval dat ik mijn schok heb weten te verbergen.

'Ons plekje is er niet meer,' zei ze en ze maakte een hoofdbeweging in de richting van waar het tafeltje had gestaan waaraan we ooit hadden gezeten.

Ik ontdekte die avond voor de zoveelste keer dat uiterlijk lang niet altijd van belang is, want het klikte meteen weer zoals op die avond zo lang geleden. Haar ogen keken weer tot diep in mijn binnenste, raakten weer mijn hart en al voelde ik de intensiteit van haar blik deze keer niet tot in mijn onderbroek, de betovering was er weer. We kletsten, dronken en vertelden over onze levens.

'Ik moet je iets bekennen,' zei ze opeens.

Ze gaat me vertellen dat ze verliefd op me was, schoot

door me heen. Ik besloot haar ook met terugwerkende kracht mijn liefde te verklaren, als ze dat zou doen. De overweging dat dit verraad was tegenover Gemma was kansloos in de bedwelming van het moment. Maar toen zei ze: 'Ik heb nog maar een halfjaartje. Ik ben terminaal...'

Tegenover me zat een vrouw met wie ik in mijn hele leven bij elkaar slechts een beperkt aantal uren contact had gehad. Twee ontmoetingen, met een halve eeuw stilte ertussen. Een vrouw die ik nauwelijks kende, over wie ik nauwelijks iets wist, maar haar woorden troffen me alsof ik onverhoeds werd aangereden.

'Ik ben continu doodmoe,' vervolgde ze. 'En ik weet dat ik de komende dagen nog vermoeider zal zijn na dit avondje met drank. Ik ga zo mijn zoon bellen om mij op te halen... Maar ik wilde je per se zien vanavond, hier in de Doelen, want je bent mijn hele leven niet uit mijn gedachten geweest...'

Ik omhelsde haar en zoende haar op haar voorhoofd. Ik voelde hoe schriel ze was, hoe breekbaar, hoe verkreukeld haar haren, maar het gaf niet, ik voelde blijdschap om wat ze zei, ik wist dat ik hier het alternatief van mijn leven ervaarde en natuurlijk was deze ontmoeting mooi, maar het wolkje dat altijd zo argeloos en vanzelfsprekend de blauwheid van de lucht in mijn liefde voor Gemma had benadrukt, groeide nu uit tot een pikzwarte vlek, die alles overschaduwde. Het was alsof ik een heel mooi cadeau kreeg dat me vervolgens meteen weer ruw uit handen werd geslagen.

Hoe het verderging? Tja, we namen de draad op waar

we die zo lang geleden hadden laten liggen. Ik was bijna elke dag in Alkmaar, maakte kennis met haar kinderen en kleinkinderen, ik liet mijn baard staan en mijn haar groeien omdat Linda dat zo leuk vond staan, we zoenden, hoewel nooit langdurig omdat ze het idee had dat ze vies smaakte ('als een ouwe zieke vrouw') en het maakte niet uit hoe vaak ik zei dat dit niet het geval was, integendeel, dat ik het heerlijk vond. Verder gingen we niet, dat kon of wilde ze niet. Het waren de meest intense maanden van mijn leven. Niet dat het beter was dan het evenwichtige rustige geluk dat ik met Gemma had gekend, maar het was alsof de gemiste jaren met Linda werden samengeperst in die paar maanden. Ongeveer een decennium per maand. Dat is heavy! En je kunt wel zeggen dat ze in een totaal andere bubbel leefde dan ik, maar dat was toen een detail, ik verkeerde nou eenmaal in een permanente roes. Die duurde tot haar dood en begrafenis. Pas daarna kwam ik langzaam bij zinnen. Haar begrafenis was indrukwekkend. Linda had de familie (en mij) duidelijke instructies gegeven. Mijn haren en baard die ik op haar verzoek al had laten groeien mocht ik niet knippen en ze wilde dat ik een wit pak droeg. Ik kocht het speciaal voor de gelegenheid.

Na afloop reden een paar andere Amsterdammers met mij mee terug in de auto. We dronken op mijn voorstel een drankje in café de Doelen en toen zij allang naar huis waren, bleef ik daar hangen, inmiddels behoorlijk aangeschoten. Vlakbij zat een jong stel en ik kon mijn ogen niet van hen afhouden. Het was of ik mijzelf daar zag zitten met Linda, begin jaren zeventig. Ik zag dezelfde spanning, maar ook dezelfde terughoudendheid. Uit een onbeheersbare behoefte hen te behoeden voor wat ons was overkomen, sprak ik ze aan.

'Sorry dat ik interrumpeer, maar ik vind het zo fijn om te zien hoe leuk jullie elkaar vinden. Jullie moesten eens weten hoe dat van jullie afstraalt. Dat maakt me werkelijk jaloers. Jullie zetten me een halve eeuw terug in de tijd, toen ik ook zo zat met de vrouw van mijn leven. We wilden eigenlijk niets anders dan elkaar om de hals vliegen. We wilden bij elkaar zijn!'

Ze staarden me stomverbaasd aan, wisten niet wat ze moesten zeggen.

'Ik weet dat het vreselijk onbeleefd en aanmatigend is wat ik nu ga zeggen, maar volgens mij hebben jullie elkaar nog niet aangeraakt. Dat ik jullie aanspreek is omdat de vrouw waartegenover ik vijftig jaar geleden zat en ik elkaar toen ook niet hebben aangeraakt. Zo gingen we die avond uit elkaar. We zagen elkaar niet meer, maar de opgebouwde spanning heeft me nooit verlaten. Ik trouwde met een andere vrouw en ook al hadden we een voorspoedig huwelijk, zij heeft nooit gevoelens met vergelijkbare intensiteit bij mij weten op te roepen. Enkele jaren geleden is mijn vrouw overleden en via Facebook heb ik niet zo lang geleden de vrouw van die avond teruggevonden. We hebben elkaar opnieuw ontmoet en de vlam was er meteen weer, zij was mij evenmin vergeten, was ook weduwe, dus we konden de draad oppakken die we die avond hadden laten liggen. Er was alleen één praktisch probleem: ze was terminaal kankerpatiënt. Ik heb haar nog een maand of vijf kunnen kennen... Vandaag hebben we haar begraven... Ik vertel jullie dit, omdat ik zie dat ook bij jullie de spanning verhindert te doen of te zeggen wat jullie voelen en wat jullie willen zeggen. Dus, neem één advies van me aan en dan vertrek ik: ga niet uit elkaar straks, laat het hier niet bij zitten...'

Ze bleven me aankijken zonder een woord te zeggen en ik wist niets beters te bedenken dan op te staan en het etablissement te verlaten. Nu waren zij aan zet. Ik had mijn plicht gedaan.

Ik moest later nog vaak aan dat stel in de Doelen denken. Wat was ik potsierlijk bezig! Te doen alsof ik in hun hoofden kon kijken, terwijl het puur mijn projectie van de ontmoeting met Linda in hetzelfde café zo eeuwig lang geleden was. Ze keken me aan alsof ze direct werden toegesproken door de Voorzienigheid *himself.* Ik zag er misschien ook wel een beetje zo uit, met mijn baard en lange haar, in mijn witte pak. Misschien pasten ze wel helemaal niet bij elkaar, want als ik heel eerlijk ben, zag het er niet uit alsof ze dol op elkaar waren, maar nu ben ik natuurlijk alweer aan het projecteren. Ik weet er gewoon geen ene fuck van af. Misschien waren ze wel broer en zus...

Na Gemma's dood werd ik regelmatig lange tijd gevloerd door wat ik het passiviteitsvirus ben gaan noemen. Mijn verhuizing naar Amsterdam bleek daartegen geen adequaat medicijn. Tot de ontmoeting met Linda. Nergens zin in, dagen die zich aaneenrijgen in een eindeloze reeks van lege uren waar het afwisselend licht en donker is. Niet de deur uit, boodschappen laten bezorgen. Zittend op de bank met de televisie aan, ernaar kijkend, maar niks zien. Me alleen dingen van een week eerder herinneren omdat ik toen precies hetzelfde deed. Maar geen beeld erbij. Tijdloos maakt geheugenloos, lijkt wel. Dagen die tergend langzaam voortkruipen, weken die omvliegen.

Nadat Linda aan de aarde was toevertrouwd, zoals iemand het op de begrafenis formuleerde, sloeg dat passiviteitsvirus weer toe. Terwijl ik thuis op de sofa blind naar het televisiescherm staarde, was ze levendiger dan ooit aanwezig, van alles trok voorbij in dat hoofd van mij. Wroeging, bijvoorbeeld. Was mijn hele obsessie met Linda geen verraad aan Gemma? Gemma, met wie ik zo gelukkig was geweest? Hadden mijn gevoelens voor haar werkelijk nooit dezelfde intensiteit gehad als die voor Linda? En stel dat onze ontmoeting in de Doelen inderdaad een vervolg had gehad, zou ik dan even gelukkig geworden zijn? Was de werkelijkheid niet per definitie in een zwakke positie tegenover een wat alsvariant van het leven? Alleen al omdat de werkelijkheid vastligt met al haar goede en slechte kanten, terwijl de wat als-variant naar believen kan worden aangepast aan allerlei bewuste en minder bewuste wensen? Niet alleen krijgen we geen program van het concert des levens, zoals een wijs tegeltje zegt, we kunnen het ook niet zelf componeren.

De vraag of ik Gemma met terugwerkende kracht ontrouw was geweest bleef branden. Ik dwong mijzelf er zo afstandelijk mogelijk naar te kijken. Wat was Linda voor een persoon? Waar stond ze voor? Wat zouden de sterke kanten van een relatie met haar geweest zijn en wat de mindere? Had ik het stabiele geluk dat ik met Gemma heb gekend überhaupt met Linda kunnen benaderen?

Hoe langer ik erover nadacht, hoe meer ik erachter kwam dat deze vragen onmogelijk te beantwoorden zijn. Dat zo'n wat als-scenario nooit meer zal zijn dan een gedachtenspel. En toen de euforie over Linda in de weken na de begrafenis wegebde en Gemma weer in al haar glorie tevoorschijn kwam, kreeg ik toch een aantal objectieve zaken scherper in beeld. Want de maanden voor Linda's dood waren niet alleen maar intens in de zin van een wederzijdse aantrekkingskracht die los van de dagelijkse werkelijkheid leek te opereren, die dagelijkse werkelijkheid bestond behalve uit haar ziekte en alles wat dat met zich meebracht tevens uit haar kinderen en kleinkinderen en de gedeelde waarden van de familie. Die familie leek collectief te zijn gevallen voor dwaallichten die klimaatverandering ontkennen en intussen het huidige politieke klimaat onverantwoord opwarmen. Hun ideeën waren letterlijk die van politici die niet geïnteresseerd zijn in serieuze oplossingen van problemen waar we als samenleving mee worstelen, maar slechts zo veel mogelijk mensen willen verlokken op hen te stemmen. Er werd in de familie alleen maar negatief gesproken over serieuze antwoorden op al die maatschappelijke vraagstukken, feiten waren alleen belangrijk als die hun opvattingen bevestigden en anders werden ze zo nodig naar behoeven bedacht. Uiteraard moest 'de elite' het ontgelden, want de familie hoorde bij 'het volk'. Als ik vroeg wie die elite was, dan ging het algauw over de Randstad, linkse globalisten, de bekende riedel over de mensen die in Nederland de dienst zouden uitmaken. Als ik dan opperde dat Alkmaar toch ook bijna Randstad is, was de familie het daar absoluut niet mee eens. Bovendien woonden ze niet allemaal in Alkmaar, maar ook in Heerhugowaard, dus nee, dat was grote onzin! Hoe ze mij dan beschouwden, als Amsterdammer? Ik was oké, zeiden ze, ze beschouwden mij niet als Amsterdammer, tenslotte had ik jaren in Nieuwkoop gewoond. Het enige consequente in hun redeneringen waren de inconsequenties. Als ze het onderling niet eens waren, dan ging dat over op wie van hun geliefde politici je nou het beste kon stemmen. Ja, dan kon het er heftig aan toegaan. En Linda deed daar ijverig aan mee. Bij de laatste verkiezingen had ze op een partij gestemd waarvan ik walgde. Als er over politiek werd gesproken, had ik het gevoel in een soort buitenland te zijn waar ze een taal spraken die ik wel kon verstaan, maar niet volgen. Een van haar dochters stuurt me nog steeds appjes in die geest. Ik reageer er maar niet op. Toen beschouwde ik het bovenal als curieus, een beetje exotisch. Het feit dat Linda in een heel andere bubbel leefde dan waar ik mijn leven had doorgebracht deed er niet toe, omdat het bij ons om iets heel anders draaide, iets wat ver was verheven boven het aardse gekrakeel, hoezeer ik haar kijk op de wereld ook verafschuwde, een wereld waar ze nog maar zo kort zou zijn.

Maar als je met wat als-scenario's gaat stoeien, ja, dan doet het er natuurlijk wel degelijk toe. Ik moest constateren dat onze liefde, want zo was ik het gaan noemen, slechts had kunnen bestaan bij gratie van die tijdelijkheid, want met haar gedachtegoed had ik het niet lang uitgehouden. Met het onmogelijk worden van het wat als-scenario, nam mijn schuldgevoel af. De herinnering aan Gemma werd niet langer bezoedeld door een mogelijk alternatief, het was weer gewoon de enige, unieke werkelijkheid. En Linda verdween uiteindelijk voor het eerst volledig uit die eerdergenoemde blauwe lucht, geen spoor meer van een wolkje. Ze werd een kortstondig maar intens avontuur dat ik als weduwnaar beleefde.

Ja, Clara's mail over de reünie maakt een hoop los. Sinds ik die ontving zit ik weer te malen over de gebeurtenissen van de afgelopen jaren. Alles komt weer boven. Op die reünie komen de anderen natuurlijk met allerlei succesverhalen, moet ik daar dan mijn verhaal over Gemma en Linda tegenover stellen? Terwijl ik me dit zittend op het toilet afvraag, maak ik een draai om toiletpapier af te scheuren en zak ik door mijn wc-bril. Krak, zegt-ie. Om een en ander te onderstrepen knijpt de barst in de bril een velletje van mijn rechterbil pijnlijk klem.

Dus op naar de bouwmarkt, nieuwe bril aangeschaft, terug naar huis en aan de slag. Het kost me enige moeite om de oude bril te verwijderen. Niet alleen is het een tamelijk smerig klusje vanwege de aangekoekte vuiligheid bij de bevestigingspunten, de schroeven zitten ook nog eens muurvast. Als ik de oude bril eindelijk los heb, voel ik me uitgeput. Daarom ga ik maar even op de bank liggen, waar ik vervolgens indut. Op zich niets bijzonders, afgezien van het feit dat ik anders nooit 's middags op de bank ga liggen, laat staan indut. Maar goed, ik word weer wakker en voel me nog vermoeider dan daarvoor. Ik moet uitkijken dat het passiviteitsvirus me niet weer gaat lamleggen, zeg ik tegen mezelf. Tijdens die perioden voelde het ook alsof ik elke dag minder energie had, want zo gaat dat, hoe minder je je inspant, hoe slapper alles wordt. Het kan ook gewoon de ouderdom zijn, natuurlijk. Zeventig is niet niks. Leonard Cohen heb ik in een documentaire ooit horen zeggen dat zeventig misschien nog geen echte ouderdom is, maar wel het voorgebergte ervan.

Ik drink een kopje thee en begin aan de montage van de nieuwe bril. Fluitje van een cent, tenminste volgens de gebruiksaanwijzing. Maar zoals zo vaak past de theorie ook hier niet bij de praktijk, want de gaatjes in mijn wc-pot blijken te nauw voor de plastic pluggen van de nieuwe bril. Die pluggen moet ik daarom bijsnijden, waarbij het mesje een keer uitschiet en mijn vinger verwondt. Hoort er allemaal bij, zij het dat ik tussendoor weer een paar keer moet pauzeren omdat ik doodmoe word van het klusje.

Als de bril er eindelijk op zit, lig ik nog een uurtje op de bank. Word ik echt zo oud? Moet ik iets aan mijn conditie doen? Maar dan gebeurt er iets geks, een raar soort kortsluiting in mijn hoofd waardoor alles waarover ik de afgelopen dagen heb zitten prakkiseren opeens vanuit een andere hoek wordt beschenen. Van het ene op het andere moment heb ik schoon genoeg van mijn sombere terugblikken, beschouw ik dat vooral als een gemakzuchtige vorm van zelfbeklag. Gemma zou me allang een schop onder mijn kont hebben gegeven! Natuurlijk moet ik aan de slag met mijn conditie, natuurlijk moet ik meer doen dan zitten ouwehoeren in de kroeg. En natuurlijk moet ik naar die reünie gaan! Eindelijk weer eens onder andere mensen dan de stamgasten in het café. Vogelkijken met Stef! En ik weet zeker dat er belangstelling zal zijn voor mijn verhaal over mijn pensioen tot nu toe en ook over Gemma en al het andere, want als ik me iets goed herinner van dat weekend is het wel dat de meeste deelnemers echt belangstelling voor elkaar hadden. Hoe gezellig ik het vaak ook heb in mijn stamkroeg, mijn echte verhaal kan ik er niet kwijt, misschien heb ik wel zo'n groep als op Texel nodig, luisteren naar wat zij hebben meegemaakt, ze vertellen over Gemma.

Ach, mijn lieve Gemma...

Dat was gisteren. Ik word wakker en hoor een merel zingen. Het vervult me met een onbeschrijflijk geluksgevoel. Die merel zingt al wekenlang, maar tot nu toe had het niet dit effect. Ook de moeheid is een stuk minder. Ik heb een even onverwachte als onbedwingbare lust om eropuit te gaan. Vogels kijken! Gisteravond, voor ik in slaap viel, lag ik te denken over mijn toestand, over mijn plotselinge weerzin tegen mijn neiging te zwijmelen over dat verleden. Zoiets kun je ook hebben als je een paar dagen met griep plat hebt gelegen, opeens merk je dat het beter gaat, je staat op en voelt je veel minder ziek. Een zekere vermoeidheid voel ik nog wel, maar het komt niet in me op daaraan toe te geven. Mijn mindset vandaag is gewoon een totaal andere dan die van gisteren. Zo simpel is het. Hoe dit allemaal precies werkt weet ik niet, maakt ook niet uit. Misschien komt het door de wc-bril die me tot activiteit dwong, of de mail van Clara. Hoe dan ook, ik ga er vandaag op uit!

Tijdens het ontbijt mail ik naar Clara dat ik een reünie een geweldig idee vind. Vrijwel meteen krijg ik een reactie. Ik ben de eerste die reageert, meldt ze en we keuvelen nog wat over en weer. Ik voel me beter dan ik me in dagen heb gevoeld. Nu naar de vogels! Voor het eerst sinds een eeuwigheid. Ik stof mijn verrekijker af, stap in de auto en rijd naar een groot bos bij Zeewolde in zuidelijk Flevoland, want ik wil zangvogels horen, in een voorjaarsroes komen, zoals ik dat vroeger deed.

Op het parkeerterreintje bij een van de ingangen hoor ik een laag gekoer dat ik niet onmiddellijk kan thuisbrengen. Een stadsduif? Hier in het bos? Ik haal mijn verrekijker tevoorschijn en zie tot mijn verbazing en sensatie een zomertortel in een dode boom zitten. Hij houdt mij in de gaten, maar gaat intussen gewoon door met zijn lage koeren. Een zomertortel! Een duif die je steeds minder ziet in Nederland en die vogel begroet me al op de parkeerplaats! Zijn monotone koeren is verpakt in de melodieuze zang van twee zwartkoppen, een tuinfluiter en een merel. Ik heb ooit gelezen dat fanatieke vogelaars soms in huilen uitbarsten bij het zien van een zeldzaam exemplaar, wat ik nogal hysterisch vond, maar hier op het lege parkeerterreintje waarvan alle kanten de voorjaarsmuziek me in de oren klinkt, overkomt het me toch bijna. Een gevoel van opluchting gecombineerd met intense blijdschap, opluchting omdat dat hele gedoe met mijn rouwproces en inertie me voorkomt als een verleden dat allang voorbij is, al weet ik maar al te goed dat ik er gisteren weer even middenin zat en dat dit zo weer kan gebeuren. Maar voor het eerst in tijden vervult het alleen-zijn met deze prachtige natuur me met een intense blijdschap. Komt het door het vooruitzicht op de reünie? Terwijl ik dit allemaal bedenk, schiet ik alsnog vol. Snotterend kijk ik om mij heen, is er echt niemand die heeft gezien hoe sentimenteel ik ben? En daar moet ik vervolgens zelf weer om lachen. Ja, ik ben soms geheel zelfvoorzienend.

Maar het hoogtepunt is nog lang niet bereikt. Want als ik het bos in loop voegen zich steeds meer vogels in het koor en lijkt het of ze hun volume zelfs opschroeven. Nog meer zwartkoppen, merels en tuinfluiters lijken hun melodieën op elkaar af te stemmen, zanglijsters en koolmezen zorgen voor de ritmesectie terwijl winterkoningen en vinken erdoorheen kringelen. Na een paar honderd meter komt de voorzanger op, luid, gevarieerd en niet te verwarren met enige andere vogel: de nachtegaal. Ik blijf staan, en, verdomd, ik schiet opnieuw vol, het is alsof ik ben opgenomen in een hemel van vogelgezang.

'Als dit de dood is,' mompel ik, 'dan teken ik ervoor.'

Abrupt stopt het vogelkoor, alleen een roodborst stamelt nog wat na.

'Tja, dat krijg je als je theatraal gaat worden. Daar houden de vogels niet van,' zeg ik tegen mezelf en ik wandel verder.

Op een uitzichtpunt aan het eind van het pad ga ik op een bankje zitten. In de struiken vlak voor me buitelt een grasmus al zingend door de lucht, onderaan de kunstmatige heuvel waarop het bankje staat, strekt zich een meertje uit. Een crèche van grauwe ganzen dat aan de modderige oever aan het foerageren was, kijkt gealarmeerd in mijn richting, de volwassen dieren haasten zich naar het water, de tientallen pullen erachteraan. Futen zijn aan het dollen en meerkoeten voeren schijngevechten uit. En ik? Ik zit daar als een echte geluksvogel.

Maar aan elk geluk komt een eind. Het vogelconcert wordt verstoord door twee oudere mannen in camouflagepak, die luid pratend het uitzichtpunt op lopen, ze gaan op een bankje verderop zitten. Ze zijn voorzien van tassen, statieven en camera's met enorme telelenzen. Waarom zijn er maar zo weinig vogelaars meer zoals ik, waarom moet er zoveel apparatuur mee worden gesleept, terwijl je in principe aan een verrekijker genoeg hebt? Stef op Texel had ook alleen een verrekijker, maar het lijkt wel of ons soort vogelaars aan het uitsterven is en is vervangen door vogelpaparazzi die er als commando's op oefening bijlopen. De twee hebben het over de wielewaal die ze hopen vast te leggen. Ik weet dat er in dit bos wielewalen zitten en ook ik wil die graag zien, maar het ergert me dat ze met hun gepraat over die wielewaal het vogelkoor en mijn stemming verstoren.

Daarom sta ik op, daal de heuvel af en ga het bos in. Gelukkig blijven de vogelgeluiden me vergezellen gedurende mijn hele wandeling. Zonder dat een wielewaal zich laat horen of zien, kom ik weer uit bij het meertje waar ik eerder over had uitgekeken. Langs de oever loop ik terug naar het uitkijkpunt. In de verte zie ik de twee fotocommando's me tegemoetkomen. Hun geklets is al van grote afstand te horen. We groeten elkaar en de ene man vraagt: 'Heeft u toevallig nog een wielewaal gehoord of gezien?'

'Ja,' lieg ik, 'ik hoorde er eentje, maar dat was wel een eindje hiervandaan.'

Ik maak een vage handbeweging achter me.

'Echt waar?! Dan gaan we daar ook heen, Jaap! Waar was het precies?'

'O, aan het eind van het meertje rechtsaf en dan een kwartiertje doorlopen. Maar hij valt niet zo op tussen de merels en tuinfluiters. Je moet goed luisteren.'

Vreselijk kinderachtig van me, ik weet het.

'Dank u! Maar u kunt hier niet verder, hoor,' zegt de man die Jaap heet. 'Verderop liggen allemaal omgewaaide bomen, daar kom je niet zo makkelijk langs.'

'O, is dat zo? Ik ga de uitdaging aan!' antwoord ik stoer.

'Oké... nou, succes dan...'

'Jullie ook, met de wielewaal.'

Ik wandel verder en krijg steeds meer spijt van mijn leugen. Het zijn gewoon enthousiaste vogelaars, alleen omdat ze me hebben gestoord met hun paparazzipraat, moet ik ze zo nodig afstraffen. Intussen stap ik over de eerste omgevallen boom heen, dat gaat moeiteloos. Wat denken ze, dat ik zoveel ouder ben dan zij? Dat ik dit soort hindernissen niet kan overwinnen? Dan is het maar goed dat ik ze had voorgelogen over die wielewaal. Haha! Maar intussen neemt het aantal omgevallen bomen toe, soms liggen er wel vijf vlak achter elkaar op verschillende niveaus, te hoog om er makkelijk overheen te stappen, te laag om er onderdoor te kruipen. En het ziet er niet naar uit dat er voorlopig een eind aan de barrière zal komen. Zover als ik kan kijken, liggen er omgewaaide bomen. Omdat ze met hun kruinen in het water liggen, is het geen optie om er aan die kant omheen te lopen, dus kies ik ervoor ze aan de wortelkant te passeren. De eerste bomen kan ik makkelijk langs, maar voor het volgende rijtje omgevallen stammen moet ik aanzienlijk dieper het bos in. Bovendien zijn de stronken omringd door struikgewas, waar ik niet zo eenvoudig langs kom. Dus klim ik er maar overheen. Omdat er aan de andere kant van de stam een kuil is die aan mijn oog wordt onttrokken door de brandnetels, donder ik er middenin en zwiepen de brandnetels langs mijn gezicht en handen. Vloekend krabbel ik overeind. Mijn broek zit onder de groene en bruine vegen. Ik pak mijn telefoon erbij om op de gps te zien hoe ver ik nog moet tot het uitzichtpunt. Dat is nog een heel eind. Teruggaan is geen optie, daarvoor zit ik al te diep in de wildernis. Het kost me allemaal heel veel energie. Dat komt natuurlijk ook door mijn slechte conditie. Ik strompel naar een volgende boomstam en ga daar even zitten. Terwijl ik op adem kom bekijk ik enkele appjes op mijn telefoon. Maar ik heb hier geen bereik. Ik kan zelfs niet eens bellen. Als ik weer verder loop, blijken de brandnetels een val voor me te hebben opgesteld, ze houden een tak voor me verborgen waarover ik struikel en languit voorover val. Dat doet op zich al pijn, maar de brandnetels waar ik middenin plof zijn het ergst. Ik kan me niet herinneren dat ik nog vaak ben gestoken door deze planten sinds mijn kindertijd, maar godskanonne, wat doet dat zeer! Ik krabbel overeind en bedenk dat het een fluitje van een cent is om hier ergens in deze wildernis een van mijn broze botten te breken. Ik worstel verder over de gevallen boomstammen, moet regelmatig een ingewikkelde klimpartij uitvoeren, één keer zit ik schrijlings op zo'n boomstam en ben amper in staat verder te gaan. De bodem onder me biedt nauwelijks houvast, ik zak erin weg of struikel over losse takken. Intussen speelt mijn door de brandnetels geteisterde huid op, er is bijna geen plek meer op mijn handen waar ze me niet hebben weten te raken, soms gaan ze zelfs door mijn dunne broek heen.

Minstens drie kwartier later kan ik de woestenij achter me laten en sta ik een paar honderd meter van het uitzichtpunt waar ik eerder heb gezeten, een paar honderd meter modder, dat wel. Het lopen door die modder zuigt de laatste restjes energie uit mijn lijf en uitgeput laat ik me op het bankje vallen. Toch beneemt dit mij niet de moed. Ik grinnik om mijn eigen stommiteiten. Het is een mooi verhaal voor vanavond in mijn stamcafé, een avontuur als dit kan ik er wel kwijt.

Terwijl de vogels me verwennen met hun concert, zit

opeens Gemma naast me. Ze kijkt geschrokken als ze ziet hoe gebutst en gehavend ik erbij zit, mijn vieze broek, de rode brandnetelplekken, de schaafwonden op armen en benen, een gezwollen plek op mijn scheenbeen waarvan ik de herkomst niet herinner.

'Stel dat je iets had gebroken tijdens die survivaltocht van je, dan had je daar nu nog gelegen, niet in staat hulp in te roepen met een telefoon die geen bereik heeft. Je had daar om hulp kunnen liggen schreeuwen zonder dat iemand je had gehoord, want er zijn nauwelijks mensen en die wielewaaljongens heb je ver de andere kant van het bos in gestuurd! Dagen had je daar kunnen liggen! Je had daar kunnen sterven, Tim!'

Maar dan schiet ze in de lach, alsof ze opeens het komische van de situatie inziet. Tenslotte heb ik daar geen dagen gelegen, ben ik daar niet gestorven. En ze heeft gelijk, ik schiet ook in de lach, samen lachen we om de hele situatie, precies zoals we dat vroeger deden. We proesten het uit. 'Nou vertel ze alsjeblieft ook over dit avontuur op die reünie op Texel!' lacht ze. En ik lach weer mee. Even schrik ik, want als ze dit heeft gezien, heeft ze me natuurlijk ook met Linda gezien. En ik wil daar geen misverstanden over. Ik overweeg zelfs het ter sprake te brengen, maar doe dat niet, ik denk dat ze het allemaal wel weet, dat ze wel weet hoe het zit en dat het goed is. 'O, wat heb ik je gemist,' zeg ik, terwijl ik de tranen uit mijn ogen veeg. 'Kon je maar mee naar Texel.' En opnieuw gaan mijn traanklieren los.

Maar dan klinken er stemmen en is Gemma weer even ver weg als daarvoor. Het zijn de twee mannen weer. Ze staan vlak naast mijn bankje en vallen stil als ze zien hoe vies en beschadigd ik erbij zit, met betraande ogen. Waarschijnlijk hebben ze me zojuist horen lachen. Ze zullen wel denken dat ik gek ben.

'Zo te zien bent u de uitdaging aangegaan,' zegt degene die Jaap heet.

'Ja, dat kun je wel zeggen, maar het is me gelukt,' lach ik door mijn tranen heen.

'Gaat alles goed met u?' vraagt de ander.

'Ja, hoor, beter dan ooit.'

Ze knikken een beetje schaapachtig.

'In elk geval bedankt voor de tip. We hebben de wielewaal goed kunnen vastleggen, hij zat veel dichterbij dan u had gezegd!'

8.

Oude vrienden

Ooit zat ik bij Joop in de auto en kregen we een ongeluk. Een nogal stom ongeluk, mag ik wel zeggen. Eigenlijk kwam het doordat we zo druk aan het kletsen waren. Er zijn maar weinig mensen met wie ik zo intens kan praten als met Joop en het maakt niet uit over welk onderwerp. Dat is al zo sinds we samen op de hbs zaten. Zoals elke vriendschap stond ook de onze onder de invloed van de seizoenen des levens, we trouwden, kregen kinderen, verhuisden naar het buitenland of naar een verre uithoek in Nederland, maar waar andere vriendschappen zoiets niet overleven, beïnvloedde het bij ons slechts de frequentie van onze ontmoetingen. Nu we beiden met pensioen zijn, spreken we minstens twee keer per jaar af, beginnen dan met koffie met gebak, maken een lange wandeling en eindigen met bier en een maaltijd. Vandaag hebben we in Utrecht afgesproken. Joop stelde voor deze keer de wandeling in de Jaarbeurs doen, op de 50PlusBeurs welteverstaan. Dat verbaasde me een beetje, meestal kiezen we een stad, dorp of natuurgebied dat we allebei niet kennen. En nu opeens de 50PlusBeurs. Natuurlijk, we zijn mannen van over de zeventig, maar dat lijkt me op zich geen reden. Ik weet eigenlijk niet eens wat ik me erbij moet voorstellen... Een tentoonstelling van rollators en andere hulpmiddelen? We gaan het zien, straks.

O ja, dat ongeluk. We zaten dus in de auto druk te kletsen. Onderweg naar een recreatiegebied, het was in de tijd dat we nog samen gingen sporten, een jaar of dertig geleden. Daar aangekomen draaide Joop al pratend de auto een parkeerterrein op, waar we door een metalen poort moesten, twee palen en een groot langwerpig bord met daarop MAXIMUMHOOGTE 2 METER. Terwijl we eronderdoor reden riep ik nog voor de grap: 'Bukken!', maar op vrijwel hetzelfde moment leek het dak boven ons te exploderen, stond de auto stil en sloeg de motor af. In de plotselinge doodse stilte keken we elkaar een paar eeuwige seconden sprakeloos aan. Hoe hadden we ze kunnen vergeten! We hoefden niet uit te stappen om te weten dat de schade enorm was, het dak was vlak achter onze hoofden meerdere centimeters omlaag gekomen. Zwijgend stapten we uit. De fietsendrager met de achterover gekrulde racefietsen dook aan de achterkant het dak in. Het bord had de botsing nagenoeg ongeschonden doorstaan.

'Volgende keer toch maar bukken,' mompelde Joop.

Nog jaren bleef Joop doorrijden in die gehavende auto en op het laatst zag je dat ingedeukte dak bijna niet meer. Of, je zag het natuurlijk nog wel, maar het was gewoon bij de auto gaan horen. En zo is het ook met onszelf, we zijn natuurlijk allang niet meer dezelfde personen als indertijd op de hbs of in de tijd van het ongeluk, maar onze persoonlijke ingedeukte daken en andere veranderingen zijn voor de ander een natuurlijk onderdeel van onze persoonlijkheid geworden.

Ik denk nog vaak met heimwee aan de tijd dat we jonger waren en gingen sporten, zoals ik zo vaak denk aan de dingen die voorbij zijn. Ook het ongeluk heeft op die manier een weemoedig randje gekregen. Nostalgie is een vriendje van de ouderdom die doorgaans stil en onopvallend meewandelt, maar als hij eens iets zegt weten zijn woorden je te raken.

Iemand noemde mij ooit 'een man van de klok' omdat ik altijd stipt op een afspraak placht te komen, maar Joop gaat daar veel verder in. Bij hem loopt die klok vóór, want hij is steevast veel te vroeg. We hebben afgesproken in een restaurant aan de achterzijde van het Utrechtse Centraal Station en van verre zie ik hem al zitten, verdiept in een boek.

'Vroeger kwam ik altijd overal te laat, maar nu ik wat ruimer in mijn tijd zit, betaal ik dat terug,' legt hij uit als ik er een opmerking over maak. We bestellen de koffie met taart, hij een chocoladepunt en ik cheesecake.

Vaak als mensen elkaar een tijdje niet hebben gezien, beginnen ze met het bespreken van de belangrijkste gebeurtenissen sinds de vorige ontmoeting. Wij doen dat eigenlijk nooit, bij ons krijgt het onbelangrijkste detail dezelfde kans als een ingrijpende levensgebeurtenis. Vandaag start onze conversatie met het boek dat hij aan het lezen is. Tijdens dat gesprek wil ik hem vertellen over een boek dat ik onlangs las en waar ik diep van onder de indruk was, maar ik kan niet op de naam van de schrijver komen. 'De titel dan,' vraagt Joop, maar verdomd, die weet ik ook niet meer!

'Je weet nog wel waar het over ging.'

Dat gelukkig wel. Via het moeilijk op namen komen bij het ouder worden, springt de conversatie op wat Joop de 'catastrofehorizon' noemt. Heleen, zijn vrouw, zou daar volgens hem aan lijden.

'Steeds vaker ziet ze allerlei rampen aan de horizon. En dan gaat het niet over klimaatverandering of een derde wereldoorlog, nee, het gaat om gewone, dagelijkse dingetjes. Zoals een tijdje geleden, toen onze buren gingen verhuizen. Constant had ze het erover dat we nu misschien heel asociale buren zouden krijgen. Ze gaat meteen uit van het zwartste scenario.'

'En, hoe zijn de nieuwe buren?'

'Prima mensen, een stuk rustiger dan de vorige. Ze wordt ook steeds neurotischer. Voor ze het huis verlaat, controleert ze tegenwoordig twee keer of het gas uit is en of de achterdeur goed is afgesloten. We hadden ooit een buurman, Beukels heette hij, die zijn garage naast ons huis had. Vanuit onze huiskamer keken we daarop uit. Elke keer als hij zijn auto erin had gezet, kostte het hem nog een eeuwigheid om thuis te komen, want hij controleerde eindeloos of de garagedeur wel goed dicht was. Het was een stevige kerel en hij trok met zoveel kracht aan het handvat van de metalen garagedeur, dat die helemaal uitpuilde. Soms was hij al bijna bij zijn voordeur en draaide hij zich nóg een keer om, steels onze huiskamer inblikkend, want hij had wel door dat wij het zagen. Desondanks ging hij er gewoon mee door. De neurotische dwang was sterker dan zijn schaamte. Op een dag kon hij de deur niet openkrijgen. Het slot was kapot. Wij wisten wel hoe dat kwam. Als ik tegen Heleen zeg dat ze zijn trekjes begint te vertonen, wordt ze boos...'

Ik bedenk dat toen ik van huis ging om de trein naar Utrecht te nemen voor de afspraak met Joop, ik twee keer terug ben gelopen om de achterdeur te controleren. Dat deed ik vroeger niet. En het komt ook niet doordat het inbraakrisico in mijn woonplaats enorm is gestegen. Is dat het begin van een catastrofehorizon?

'Iedereen heeft recht op een beetje neurotisch gedrag,' mompel ik.

'Misschien is dat zo, maar het moet niet te gek worden. Heleen wordt trouwens ook steeds dover.'

Ik zei eerder dat Joop en ik over alles wat in ons opkomt intense gesprekken kunnen voeren, maar dat is niet helemaal waar, bedenk ik nu. Zijn vrouw is een beetje een moeilijk onderwerp. Ik heb altijd het idee dat hij het leuk zou vinden om samen met mij af te geven op onze echtgenotes. Maar daar heb ik helemaal geen zin in, Lisa en ik hebben het fijn samen. In het verleden heeft hij me ooit eens toevertrouwd dat hij van Heleen zou scheiden zodra de kinderen het huis uit waren. Die kinderen waren toen nog klein, intussen hebben ze hun eigen gezinnen en hij is nog steeds samen met Heleen. Toch heeft hij vrijwel zijn hele huwelijk over haar gepraat alsof ze een levensgroot probleem is. Ik heb hem weleens herinnerd aan dat voornemen van lang geleden, maar toen haalde hij alleen maar zijn schouders op. En wat dieper ingaan op zijn frustraties over Heleen, zonder dat ik ook Lisa door de modder moet halen, is nooit goed gelukt. Zijn huwelijk hoort alleen met de ruwe buitenkant bij onze vriendschap, de binnenkant blijft een afgesloten terrein. Ik vermoed dat hij stiekem best tevreden is met dat huwelijk, of het in het slechtste geval beschouwt als een soort handicap waarmee hij nou eenmaal is opgezadeld, dat hem af en toe diep frustreert, maar waarvan hij heeft geaccepteerd dat hij er nooit vanaf zal komen. In de praktijk leiden ze trouwens allang een gescheiden leven, want als ik zijn verhalen mag geloven is zij zo druk met vriendinnen en allerlei andere zaken dat hij haar maar zelden ziet. Ze slapen wel samen. Ik heb ooit hun slaapkamer gezien en toen viel me meteen de maat van het bed op, veel te smal voor het soort huwelijk dat hij beweert te hebben.

'Slapen jullie hier samen in?' liet ik me ontvallen.

Hij knikte en leek verbaasd over mijn vraag. Wellicht hebben ze een heel goed seksleven, houdt dat ze bij elkaar. Ik heb hem daar in elk geval nog niet over horen klagen. Wel over dat ze hem altijd op de nek zit.

'Vroeger kon ik haar nog een weerwoord geven, maar dat hoort ze niet meer!' klaagt hij nu. 'En ze praat nóg harder dan ze al deed!'

'Gehoorapparaatje voor sinterklaas?'

'Volgens haar is er niets aan de hand. O ja, ze zegt dat ze niet altijd hoeft te horen wat ik zeg, omdat ik mezelf toch voortdurend herhaal.' Hij schudt zijn hoofd. 'Maar eh... jouw Lisa is nog altijd... even lief?'

Ik glimlach en knik. Niet alleen zijn huwelijk valt buiten de vriendschap, ook het mijne past er slecht in. Volgens mij mag hij Lisa niet, maar dat is wederzijds. Lisa moet niks van Joop hebben, ze vindt hem een irritante kwast. Dat kan, zij heeft ook vriendinnen op wie ik niet dol ben. Volgens Lisa heeft Joop een hekel aan vrouwen, maar dat geloof ik niet. Zolang ik me herinner ging hij respectvol met vrouwen om. Oké, in onze jonge jaren zullen wij ons, ja ook ik, misschien weleens hebben gedragen op een manier die men nu niet meer door de beugel vindt kunnen, maar daar wil ik dan wel meteen bij aantekenen dat die beugel nogal wat krapper is geworden in de loop van de tijd. Ik heb hem bijvoorbeeld nog nooit een vrouw horen naroepen. Of naar eentje horen fluiten. En hoewel hij een actief liefdesleven had voor Heleen hem wist 'te temmen' (zijn woorden), ging dat bij hem niet zoals bij zoveel anderen gepaard met allerlei machoprietpraat. Zelf heb ik die fase overgeslagen, want ik ging al op de hbs met Lisa. Zij is de enige vrouw in mijn leven. Tuurlijk vond ik weleens andere vrouwen leuk, maar een neiging om vreemd te gaan heb ik nooit gehad. Ik ben niet jaloers op Joops avontuurtjes van vroeger.

Volgens Lisa word ook ik een beetje doof. Soms versta ik het niet meteen als ze iets tegen mij zegt en dan vul ik maar wat in. Ik heb bijvoorbeeld niet goed gehoord dat ze vroeg: 'Hoe laat wil je eten?' en dan zeg ik heel oubollig iets als: 'Vraag je nou hoe het gaat met mijn scheten?!' Ze grijnst dan wat, maar als ik dit een paar keer achter elkaar doe, raakt ze geïrriteerd. 'Dat je me niet verstaat is één ding, maar je kunt minstens proberen logisch te bedenken wat ik heb gezegd.' Doe ik het dan nog een keer en zegt ze: 'Hou eens op!' en ik reageer daarop met: 'Ouwe sok?!' dan ontploft ze. Maar gelukkig is dat maar een spelletje.

Joop en ik kletsen nog wat verder over ouderdomsverschijnselen en komen op het krimpen en groeien van lichaamsdelen met het klimmen der jaren.

'Zo'n beetje je hele lijf krimpt,' zegt hij, 'behalve je neus en je oren, want die bestaan uit kraakbeen en dat blijft groeien, we horen steeds slechter met steeds grotere oren.'

'Mannelijke geslachtsdelen schijnen nog sneller te krimpen dan de rest van het lichaam.'

'Is dat zo? Net zoals bij trekvogels dus. Ik zag laatst in een natuurprogramma op televisie dat bij hen de voortplantingsorganen verschrompelen voor ze terug naar Afrika vliegen. Want waarom zou je die hele handel meeslepen als je het zaakje pas het volgende voorjaar weer nodig hebt.'

'Maar bij hen groeit het in de lente waarschijnlijk wel weer uit,' breng ik in. 'Dat heb ik bij mijzelf nog niet mogen constateren.'

'Komt wel weer, Marcel, zorg gewoon dat de lente terugkomt in je leven!' reageert hij met een schuin lachje.

'Is dat bij jou gebeurd dan?' vraag ik, maar daar gaat hij niet op in, hij lacht alleen weer zo'n lachje. Dat wekt mijn nieuwsgierigheid, maar het is duidelijk dat hij er niet op door wil gaan. Daarom vertel ik maar dat ook mijn stem met de jaren ieler is geworden en zo dwaalt het gesprek naar onze zangervaringen, altijd een dankbaar onderwerp. Joop zingt al veel langer in een koor, ik ben er pas een paar jaar geleden mee begonnen. Eerst in een klassiek koor, maar dat was te hoog gegrepen voor me. Ik vertel hem over het sixties-koor waar ik nu in zing. Aan de oppervlakte lijkt het daar heel gezellig, maar onder dat gemoedelijke oppervlak kronkelt de rivaliteit, niet openlijk, maar volgens allerlei ingewikkelde patronen. Het koor bestaat uit ongeveer vijftig ouderen, waarvan maar een stuk of vijftien mannen. Een vijftal vrouwen vult hen aan omdat ze zich tenor of zelfs bas voelen. Als ik naast hen sta, is dat niet wat ik hoor, maar wie ben ik om hierover te oordelen.

'Is dat in jouw koor ook zo, die rivaliteit?' vraag ik.

'Nee, daar heb ik nog niets van gemerkt.'

'Dan benijd ik je. Bij ons is aan het begin van de repetitie de sfeer wel ontspannen, maar zodra we ons opstellen om te zingen voel je die strijd al. Wie staat waar? Als iedereen zou kunnen staan waar hij of zij zou willen, zou minstens de helft van de koorleden vooraan staan, een lange rij over de hele breedte van de zaal, met daarachter nog enkele verspreide individuen. Nu heb ik het geluk dat ik lang ben en over de meeste hoofden heen kan kijken, dus lijkt het me niet meer dan logisch dat ik achteraan ga staan, maar zo denkt niet iedereen erover. Er zijn lange mensen die er geen been in zien pal voor veel kleine personen te gaan staan, waardoor die de dirigent niet eens meer kunnen zien. En die verdringingsprocessen gaan de hele repetitie zo door, al zingende proberen sommigen alsnog een favoriete plaats te veroveren. Laatst moest een kleine vrouw die vlak voor me stond nog even iets uit haar tas achter in de zaal halen. Iemand nam meteen haar plaats in en ging niet meer opzij toen ze terugkwam. Toen ik daar wat van zei speelde de betrokken vrouw de vermoorde onschuld, "O, ik dacht dat ze was weggegaan", maar haar ogen zeiden: bemoei je er niet mee, weggegaan is plaats vergaan. En als er solo's moeten worden gezongen, wordt die gemoedelijke oppervlakte opeens helemaal doorzichtig, dan zie je de haat en nijd als op een disco-vloer oplichten. Ik had me laatst opgegeven voor zo'n auditie, nou dat heb ik geweten. Een man die altijd joviaal tegen mij deed, keek me vol verwijt aan toen ik het hem vertelde. "Je bent er nog maar net bij," zei hij verongelijkt, alsof ik hem persoonlijk iets had aangedaan. Er bestond kennelijk een hiërarchie waarvan ik tot dan toe niet bewust was. Ik zei dat ik niet wist dat je een bepaalde tijd op het koor moest hebben gezeten voor je auditie mocht doen, maar voor ik die zin kon afmaken, had hij al gevraagd of ikzelf ook niet vond dat ik nog wat meer moest oefenen met zingen. Ik haalde mijn schouders op, maar de solo ging uiteindelijk wel naar hem. Niet omdat hij die zo goed zong bij de auditie met dat beverige stemmetje van hem en zijn tot onherkenbaarheid geradbraakte Engels. Ook zelf deed ik het niet zo best, ik zat een octaaf te laag en was niet in staat daar weg te komen. Toch vermoed ik dat zijn vriendschap met de dirigent de doorslag heeft gegeven. Vriendjespolitiek, haat en nijd, je houdt het niet voor mogelijk hoe complex de verhoudingen in zo'n bejaardenkoor kunnen zijn. Eens per seizoen wordt er een zaal gehuurd en zingen we voor familie en vrienden, de dirigent reserveert een zaal en huurt een bevriende band in. De laatste keer mocht ik eindelijk een solo zingen...'

'...Dat weet ik. Daar was ik bij.'

'Was jij daarbij?'

'Zeker. Jullie zijn best goed.'

'Dat komt door de band.'

'Die solo van jou was echt niet slecht, hoor Marcel. 'Yesterday', toch?'

Ik ben even uit het veld geslagen. Hoe kan ik dat nou zijn vergeten. Zelf was ik niet zo tevreden over mijn solo. Had ik het daarom verdrongen? En ja, Joop was daarbij, ik weet het weer, hij had niet lang kunnen blijven, we hadden alleen maar even naar elkaar gezwaaid. Dus misschien was het niet zo raar dat ik dat was vergeten. Maar toch. De laatste tijd heb ik wel vaker last van dit soort 'gaatjes in mijn bewustzijn' zoals ik ze ben gaan noemen. Want het zijn niet alleen vergeetdingetjes zoals de naam van een schrijver en de titel van het boek dat ik kort daarvoor heb gelezen. Een paar weken terug, tijdens een reisje, kon ik mijn nagelknipper niet vinden in mijn toilettas, ook niet toen ik die helemaal omkeerde zodat alles eruitviel op mijn bed. De volgende dag kocht ik een nieuwe en wat zie ik als ik die in mijn toilettas wil doen? Jawel, de nagelknipper die ik zocht. Ik kan het nog steeds niet verklaren, snap echt niet dat ik 'm over het hoofd heb gezien toen de hele inhoud van mijn toilettas op het beddensprei lag. Ik vertel dat maar niet aan Joop, dat boek waarvan ik titel en schrijver niet meer wist en zijn vergeten aanwezigheid tijdens mijn solo-optreden is voorlopig even genoeg. En al helemaal vertel ik hem niet wat ik vorig jaar met Sint-Maarten heb uitgehaald. Ik kwam 's avonds thuis en wilde Lisa verrassen door aan te bellen en een Sint-Maartenliedje te zingen. Ik wist dat er een voorraadje lekkers bij de voordeur zou liggen. Dus ik bel aan en op het moment dat de deur van het slot gaat, begin ik met 'Sint-Maarten, de koeien hebben staarten...' de deur gaat verder open en daar staat de buurvrouw... Ze speelt het spelletje mee en houdt me een schaal vol lekkers voor. Maar ik ben totaal ontredderd. Hoe kan ik mij zo vergissen! Toegegeven, onze voordeuren zijn hetzelfde, de gordijnen en verlichting lijken op elkaar, maar toch, er zijn wel verschillen en ik woon er al tientallen jaren... Nee, dat ga ik Joop echt niet vertellen.

'Kijk niet zo bedrukt,' haalt hij me uit mijn gedachten, 'Je 'Yesterday'-solo was echt helemaal niet slecht. Wist je trouwens dat ik heb opgetreden op het legendarische Kralingenpopfestival in 1970, Neerlands eigen Woodstock?'

En of ik dat weet! Hij heeft me dat verhaal in de loop der jaren al tig keren verteld. Over een of ander vaag groepje activisten dat op een klein podiumpje in de marge van het festival hun boodschap mocht uitdragen in de vorm van een liedje en omdat de vaste gitarist was uitgevallen, mocht Joop met zijn drie-akkoorden-gitaarbeheersing hem vervangen. Maar voor ze dat podiumpje konden gebruiken, moesten ze daar eerst allerlei dronken en stonede mensen vanaf zien te krijgen, wat niet zo eenvoudig was. En vervolgens was er niemand die boodschap had aan het liedje of zijn gitaarspel. Hij vertelde het altijd relativerend, al was hij er volgens mij diep in zijn hart ook wel trots op.

Even overweeg ik te antwoorden dat Heleen misschien wel een beetje gelijk heeft met haar opmerking dat hij zichzelf zo vaak herhaalt, maar iets houdt me tegen. In plaats daarvan zeg ik met een knipoog: 'Ik geloof dat je me dat al eens heel vaak hebt verteld.'

Hij kijkt een beetje verstoord, alsof hij het me kwalijk neemt dat ik hem met die opmerking de kans beneem het nog eens te vertellen.

'Als je maar weet dat ik heb gespeeld op Kralingen,' zegt hij dan, een beetje nors. 'Dat kunnen er niet zoveel zeggen.'

Ik begin maar over popfestivals en optredens van popartiesten in het algemeen en het blijkt dat hij behalve op Kralingen nooit op een ander popfestival is geweest, ja, hij is zelfs nooit meer naar het optreden van een popartiest geweest. Dat wist ik niet van hem. Zelf draag ik nog littekens van zo'n concert in de jaren tachtig. Maar dat verhaal heb ik hem ook al eindeloos vaak verteld. Queen, in de Groenoordhallen in Leiden. Van oordoppen hadden we toen nog nooit gehoord en ze speelden zo hard dat ik drie dagen daarna nog oorsuizingen had. Een paar jaar later deed ik een gehoortest en toen bleek dat ik in mijn rechteroor een bepaalde frequentie niet kan horen. Ik vertel altijd maar dat ik dat daar heb opgelopen. Geen idee of dat waar is, maar het maakt mijn gehoorgebrek wel een stuk interessanter, het was tenslotte niet de eerste de beste band die dit me heeft geleverd. Ik vertel het vaak als reactie op zijn Kralingenverhaal, dat is bijna een soort ritueel. Hij Kralingen, ik Queen. Ook nu refereer ik er even aan, maar Joop reageert er niet op.

'Het absurde is dat bands nog steeds zo hard spelen,' zeg ik.

'Ik waarschuw mijn kleinzoon daar voortdurend voor,' vertelt hij. 'Zeg dat hij oorbeschermers moet in doen als hij niet gek wil worden van tinnitus in z'n hoofd.'

'Die trekt zich vast veel aan van een opa die nog nooit op een popconcert is geweest.'

'Maar wel op Kralingen heeft gespeeld!'

'Dat geeft je inderdaad recht van spreken.'

Er valt een korte stilte.

'Zeg, ouwe rukker, zullen we eens naar die beurs gaan,' roept hij dan opeens overdreven uitgelaten. Ik knik. We staan op, rekenen af en trekken onze jassen aan.

'Heb jij ook een uitnodiging gehad voor die reünie van Texel?' vraag ik.

'Jazeker, ga jij erheen?'

'Denk 't wel. Jij?'

'Ik weet het nog niet. Was het leuk daar?'

'Weet je dat niet meer? Ik vond van wel. Het was gezellig.'

Joop was toen al een tijdje met pensioen na zijn jaren

bij het ministerie en had zijn draai allang gevonden. Hij golfde, had zijn koor, tenniste en was actief in de lokale politiek.

Zelf was ik niet zo gelukkig op mijn werk en mijn pensionering voelde als een bevrijding. Decennialang was ik met veel plezier docent Nederlands die bekendstond als 'lesboer', hetgeen ik beschouwde als een geuzennaam. Lesgeven was het enige wat ik leuk vond aan het onderwijs. Maar er werd steeds meer van me verwacht op die school, ik moest meewerken aan allerlei zogenaamde vernieuwingen die in het verleden allang hadden bewezen ondeugdelijk te zijn. Wat was ik blij toen ik na mijn zomervakantie vijf jaar geleden niet meer terug hoefde, al miste ik in het begin de leerlingen wel. De eerste tijd kleurde vooral het gevoel bevrijd te zijn mijn bestaan als gepensioneerde, elke zelfgekozen activiteit zette ik af tegen de vroegere arbeidsverplichtingen. Als ik 's ochtends wakker werd en buiten het verkeerslawaai hoorde aanzwellen, dacht ik: nu gaan ze naar school, de leraren, de directie, de leerlingen en ik ga, vul maar in: de natuur in, naar een museum met Lisa, naar de film, naar de kringloopwinkel waar ik vrijwilligerswerk doe, rustig de krant lezen of wat dan ook. Dan maakte mijn hart een vreugdesprongetje.

Nu, vijf jaar later is mijn vroegere werk steeds verder weggezakt en deel gaan uitmaken van alles wat ooit mijn leven was en inmiddels geschiedenis is. Mijn bestaan is nu losgezongen van datzelfde verleden en het heeft best even geduurd voor ik voor de volle honderd procent intrinsiek van mijn pensioen ging genieten in plaats van het af te zetten tegen mijn vroegere werk. Vandaag is het allang geen niet-werken meer en gek genoeg is daardoor de glans er een beetje vanaf, want het is allemaal vanzelfsprekend geworden. Ik heb het daar weleens met Joop over gehad, maar die begreep niet zo goed waar ik het over had. Hij heeft altijd met veel plezier gewerkt op het ministerie en voor hem was het pensioen meteen een geheel opzichzelfstaande nieuwe levensfase die hij bovendien snel invulling wist te geven.

Ik ging naar die 'Wat te doen met je pensioen?'-cursus op Texel omdat ik diep in mijn hart toch een beetje bang was voor de plotselinge overgang. Mijn werk was niet alleen erg belangrijk voor me geweest, het had ook vrijwel al mijn tijd opgeëist. Lisa, die in dezelfde periode met pensioen ging, maar haar werk als logopediste al jaren aan het afbouwen was, had niet zoveel behoefte aan zo'n weekend en toen ik dat met Joop besprak, zei hij meteen: 'Dan gaan we er toch samen heen?' En dat deden we dus. We beschouwden het allebei een beetje als een avontuur, een gezellig weekendje op een mooi eiland, gezellig kletsen over het pensioen. Maar als ik mezelf vraag of ik er veel aan heb gehad, zou ik niet weten wat ik er heb geleerd of welke ideeën ik daar heb opgedaan. Maar gezellig was het zeker en het waren bijna allemaal interessante mensen. Ik had leuke gesprekken met Gerben over het schrijven van memoires, bij mij is het er niet van gekomen, ben benieuwd of hij het wel heeft gedaan. Coby, ze had bij Jeugdzorg gewerkt, meen ik, vond ik leuk en met Gemma, de vrouw van een van die twee vogelaars, kon ik goed opschieten. Die vogelaars waren meer met hun verrekijkers op pad dan dat ze meededen met de groepsgesprekken. Alleen die Douwe was soms een beetje dominant, maar ik heb begrepen dat hij inmiddels definitief is afgereisd naar Thailand. Dat scheelt weer. Tussen Joop en Douwe was het trouwens dikke mik. Op het irritante af.

'Douwe zal er wel niet bij zijn...' zeg ik.

'Douwe? Is dat die praatjesmaker?'

Ik had Douwe ooit een praatjesmaker genoemd en daar was Joop het toen absoluut niet mee eens.

'Vond ik wel, maar jij kon het goed met hem vinden.'

'Is dat zo? Kon ik het goed met hem vinden?'

'Maar je hebt toch ook zijn afscheidsmail gekregen, "Afscheidsbrief aan Nederland" heette het, één lange tirade wat er mis is aan Nederland en aan Belle, zijn toenmalige vrouw.'

'Is hij gescheiden van Belle? Ik weet daar echt niets van. Waarom vertelt niemand me nooit wat. Die mail zal ik ook wel niet gekregen hebben...'

'Jawel, joh! We hebben het er toen uitgebreid over gehad, over die mail. En weet je echt niet meer dat je zo'n lol had met Douwe?'

'Ik weet er helemaal niks meer van, Marcel. Echt niet. Ik herinner me vaag iets van de bungalows waar we in zaten. Maar als jij naar de reünie gaat, ga ik wel mee. We zaten toch in bungalows?'

Ik knik en we zwijgen. Ik ben in ieder geval niet de enige met gaatjes in het bewustzijn.

Buiten sluiten we aan bij een trage stoet naar de Jaarbeurs. Als dit het publiek is voor de 50PlusBeurs hadden ze het beter de 65PlusBeurs kunnen noemen, of misschien is 75Plus nog beter, maar door te doen of het voor iedereen boven de vijftig is, kun je je nog lekker jong voelen. Binnen is het beeld niet anders. De enigen die nog niet de pensioengerechtigde leeftijd hebben bereikt werken in de stands, de catering of geven een presentatie op een van de vele podia. Schoot het buiten al niet op, hier ligt het tempo echt moordend laag, schuifelen is de hoogst haalbare snelheid en dan nooit lang, meestal staan we na een tiental seconden al weer stil. Wat een verschil met onze wandelingen, meestal hebben we dan ook de beste gesprekken, nu komen we niet veel verder dan wat gekeuvel over het bejaarden-economisch-complex dat ons omringt. Het is vakantiebeurs en huishoudbeurs tegelijk, maar dan voor de doelgroep: luxe cruises over de hele planeet, alarmsystemen ter bestrijding én stimulering van het onveiligheidsgevoel, strijkijzers die niet op kleren inbranden mocht de bejaarde strijker even afgeleid zijn en vervolgens hebben vergeten waarmee hij of zij bezig was, alles tegen ouderdomskwalen, regulier en superalternatief, voorlichting over gezonde voeding naast de restauratieafdeling waar vooral vette happen en taart worden aangeboden en enthousiast genuttigd, nostalgie in de vorm van stands met kinderboeken of spelletjes uit de jaren vijftig, kunstgebitten van de toekomst, *supersize* jacuzzi's waar tientallen mensen gebiologeerd staren naar het bubbelen vlak voor hun oude neuzen, mantelzorgwoningen, dansdemonstraties, e-bikes natuurlijk, notarissen, een café rond het thema euthanasie en nog een heleboel meer. Voor veel van de stands vormen zich lange rijen, maar de langste staat voor de toiletten.

'Ik voel me eigenlijk te jong voor dit feestje,' zeg ik tegen Joop, maar die heeft op dat moment alleen oog voor campers die je voor vier weken kan huren tegen de prijs van drie. Ik volg hem zo'n camper in. Het is er nog krapper dan ik al vreesde.

'Vier weken met Heleen in zo'n ruime camper?' plaag ik hem, maar hij reageert er niet op, heeft alleen oog voor de vrouw die bij de campers hoort, een dame van rond de vijftig, met een opvallend volle boezem. Ze heeft beet bij Joop en hij luistert aandachtig naar haar promoverhaal over campervakanties. Hij stelt vragen en zij stopt hem allerlei brochures in handen. Ik houd het niet langer vol in de benauwde ruimte en wacht buiten op hem, waar ik weet te voorkomen dat twee studententypes die de alzheimerstand bemannen me aanspreken door ijverig met mijn telefoon in de weer te gaan.

Eindelijk komt Joop naar buiten met nog meer brochures in zijn handen dan daarvoor. Ze in zijn rugzakje proppend, kijkt hij me met grote ogen aan. 'Wat een tieten, hè!'

Hij roept het zo hard dat de alzheimerjongens verbaasd onze kant op kijken. Hij gaat dichter bij me staan en zegt met een vette knipoog: 'Sjonge jonge, daar wil ik best een reisje mee maken. Als jij mijn spullen vasthoudt, ga ik even met haar de camper in!'

Ik moet erom lachen, maar ben ook wel een beetje

geschokt. Niet om wat hij zegt, maar dát hij het zegt. Dat doet hij anders nooit. In ieder geval niet sinds de hbs, zover ik me herinner.

'Vieze ouwe kerel,' zeg ik en ik verwacht dat hij zal grijnzen, maar dat doet hij niet.

'Dat jouw piemel nou gekrompen is!' bijt hij me toe.

Zwijgend schuiven we verder tot achter in de hal. Daar is op een podium een modeshow bezig.

'Zullen we een kopje koffie halen en daar even gaan zitten?' stel ik voor. Dat vindt hij een goed idee. Als we met onze koffie plaats hebben genomen en voor ons op het podium model Sheila creaties showt die speciaal zijn ontworpen voor de 'rijpe' vrouw, waarbij dat 'rijp' niet zozeer lijkt te slaan op haar leeftijd als op haar postuur, zegt Joop: 'Ze vond het best stoer, dat van Kralingen.'

'Wie vond wat stoer?'

'Die vrouw met die tieten, van de campers, die jij niet mooi vond.'

'Heb ik dat gezegd?'

'Nou, je was in elk geval niet enthousiast.'

'En jij hebt haar je Kralingen-verhaal verteld...?'

'Ja, ik heb een keer gitaar gespeeld op Kralingen. Dat weet je toch wel?'

'O, ja is dat zo? Dat heb je me nog nóóit verteld.'

'Echt niet...?'

Hij kijkt me aan op een manier waardoor ik begin te twijfelen. Joop is altijd goed geweest in spelletjes, dus ik laat niets merken.

'Je bedoelt toch het popfestival in Kralingen eind jaren zestig?'

'1970.'

'Sorry, 1970. En daar heb jij opgetreden?'

Dan begint hij aan het verhaal dat hij me al sinds 1970 regelmatig heeft verteld, maar het is een nieuwe variant. Niks klein podiumpje, niks drie akkoorden, niks dronken en stonede mensen, hij heeft daar gewoon als invaller gespeeld bij een bekende band en als ik vraag naar de naam van de band zegt hij alleen maar: 'Een indertijd best bekende band.' Geen naam en alle relativerende details die de anekdote daarvoor grappig hadden gemaakt blijven achterwege.

'En dit heb jij die campermevrouw verteld? Kende zij die band? Of was ze toen nog niet geboren?'

'Wat maakt dat nou uit! Iedereen in Nederland kent Kralingen, zoals de hele wereld Woodstock kent. Dus als je daar hebt opgetreden...'

Hij maakt zijn zin niet af, maar grijnst tevreden.

Ik besluit het spel mee te spelen. 'Weet jij wel dat ik een beetje doof ben aan één oor?'

Hij kijkt me aan of hij het voor het eerst hoort.

'Dat is sinds ik heb gevochten met de drummer van Queen, die gaf me een klap op mijn oor.'

'Echt waar?!' Hij kijkt me nog verbaasder aan. 'Heb jij met de drummer van Queen gevochten?! Waarom heb je me dat nog nooit eerder verteld?! We kennen elkaar nou al zo lang, waarom weet ik dat niet?!'

Ik schrik want ik zie dat zijn verbazing oprecht is.

9.

Memoires

Je kunt ook 'nee' zeggen

Ik zag hoe haar ogen het café afzochten, grote bruine ogen in een levendig gezicht, niet op zoek naar een bekende, maar naar iets nieuws. Ik zag hoe ze zich omdraaide om een glas rode wijn te bestellen en hoe haar ogen daarna hun ontdekkingsreis voortzetten. Tot ze mij bereikten. Ik voelde dat ik bloosde en keek weg. Een ogenblik later zat ze aan mijn tafeltje.

'Hoi, ik ben Brenda.'

'Ik ben Gerben.'

'Ik vind dit een leuk café.' Ze schudde haar lange bruine haar naar achteren.

'Kom je hier wel vaker?' vroeg ik.

'Nee, ik ben hier nog nooit geweest. En het is de eerste keer dat ik in m'n eentje een café binnenga.'

Ze nam een slokje wijn.

'Dit is lekkere wijn.'

'Ik drink bijna nooit wijn. Ik vind het alleen maar lekker bij het eten.'

Een beetje misprijzend keek ze naar mijn glas. 'Ik hou niet zo van bier. Ook niet bij het eten. Kom jij hier vaak?'

'Af en toe.'

'Ik kom van een training.'

'O, wat leuk. Wat voor training?'

'Ken je Henk Jankers?'

'Nooit van gehoord.'

'Bij hem volg ik de training. Hij leert me voor mezelf op te komen.'

'Dat kan handig zijn.'

Ze keek me aan met grote ernstige kinderogen. 'Volgens Henk moet je doen wat je zelf wilt.'

'En dat trainen jullie.'

'Ja. Vanavond wilde ik helemaal alleen naar een café en dat heb ik nu gedaan.'

'Dus je bent nu eigenlijk huiswerk aan het maken.'

Ze lachte. 'Zo zou je het kunnen noemen.'

'Heb je nog meer huiswerk?'

'In dat café wilde ik een leuke man aanspreken.'

Mijn wangen begonnen hevig te gloeien.

'Ken je Henk Jankers echt niet?'

'Nog nooit van gehoord.'

Ze keek me onderzoekend aan. 'Hij is anders heel bekend.'

'Dan is hij aan mijn aandacht ontsnapt. Maar dat is geen prestatie, hoor, dat zegt meer over mij. Wat is er zo goed aan hem?'

'Een paar maanden geleden zou ik hier niet in mijn eentje hebben durven binnenstappen en jou aanspreken. Henk leert me mijn gevoel te volgen, anderen te trotseren en mijn remmingen te overwinnen.'

'Maar soms is het toch ook heel goed om gevoelens in te tomen, of om anderen de ruimte te geven,' zei ik na een korte aarzeling.

'O, maar dat vindt Henk ook, hoor. Waar het om gaat is dat je zélf keuzes maakt en daar consequenties aan verbindt. En het werkt natuurlijk naar twee kanten. Je moet de keuzes van anderen respecteren.'

Ik vond het een beetje tegenstrijdig klinken, maar knikte begrijpend.

'Misschien moet je een keer meegaan naar de training.'

'Ik zal daarover nadenken en je een eerlijk antwoord geven.'

Ze glimlachte. Mijn ogen maakten een snel rondje door het café. Er zaten nogal wat mannen alleen. Mij had ze uitgekozen.

'Heb je een vriendin?'

Ik moest iets wegslikken. 'Op dit moment niet.'

Haar ogen bestudeerden mijn gezicht tot ze bij mijn mond bleven steken.

'Heb je zin om een keer bij mij te komen eten?'

'Lijkt me leuk.'

Haar ogen bleven dralen in de buurt van mijn lippen.

'Morgen?'

Ik deed of ik in gedachten een volle agenda langsliep. 'Ik geloof dat ik wel kan.'

'Kom je om een uur of zes?'

Op een bierviltje schreef ze haar adres. Ze stond op, gaf me op elke wang een zoen en verliet het café, het wijnglas vol rode vlekken op mijn tafeltje achterlatend.

Ik nam nog een biertje en fantaseerde over het huiswerk dat Brenda zichzelf voor de volgende avond had gegeven.

Om vijf over zes belde ik bij Brenda aan. Ze ontving me in een strakke spijkerbroek en een smal T-shirtje dat de flanken van haar borsten vrijliet.

'Leuk dat je gekomen bent.'

'Ik help mensen altijd graag met hun huiswerk.'

Ze keek me een moment niet-begrijpend aan, toen glimlachte ze en ging ze me voor naar de huiskamer. Aan de tafel zat een jongen met zwart krulhaar.

'Dit is Huib, mijn vriend, we wonen hier samen,' zei Brenda.

Zonder op te staan gaf Huib mij een slap handje. Brenda vertrok naar de keuken.

Dit was toch wel het laatste waarop ik had gerekend. Er viel een stilte en om die te doorbreken stelde ik maar wat algemene vragen over het huis en de buurt, die Huib met woorden van een paar lettergrepen beantwoordde. Dan viel er weer een stilte. Tijdens zo'n stilte, toen ik even zonder munitie zat, stond Huib op en gaf me een flesje bier, maar juist op het moment dat ik die wilde opentrekken, kwam Brenda binnenlopen. 'Hij drinkt altijd wijn bij het eten!'

Huib keek me vragend aan. Ik knikte. Hij verdween in de keuken en kwam terug met een fles en twee glazen en schonk ons in. Ik prees de wijn, al vond ik hem nogal zurig.

'Ach Huib, wil jij dekken?' vroeg Brenda.

Huib zette traag zijn glas weg en stond op. Op mijn aanbod te helpen schudde hij zijn hoofd. Hij pakte drie borden uit een kastje en zette die op tafel.

Ik stond op om de kleine boekenkast te bekijken. Het bevatte veel werken over hogere zaken dan waar ik me doorgaans mee bezighield. Voor het eerst zag ik de naam Henk Jankers in druk. Durf te leven! heette het boek.

Brenda zette een pan spaghetti op tafel en we begonnen zwijgend slierten om onze vorken te draaien.

'Volg je ook de training bij Henk Jankers?' vroeg ik Huib toen de geluiden die horen bij het eten van spaghetti me als oorverdovend voorkwamen.

'Ja, Huib zit er ook bij,' antwoordde Brenda. 'Hij heeft er heel veel aan. Ons Huibje moet alleen nog leren eerlijk voor zijn gevoelens uit te komen en niet alles op te kroppen, niet-waar krullenbol?' Ze streek hem over zijn hoofd.

Huib knikte glimlachend terwijl hij een sliertje spaghetti naar binnen zoog. Het sliertje zwiepte tegen zijn wang en liet daar een paar rode spetters achter.

Opeens begreep ik het. Huib had geen zin om te praten en dus deed hij het ook niet. En Brenda spande zich niet in om het gesprek gaande te houden omdat ze het wel best vond zo. Ik kon nog veel leren van Henk Jankers.

We aten een bakje chocoladevla en Huib schonk mijn glas weer bij. Even overwoog ik te zeggen dat ik de wijn te zuur vond, maar ik merkte dat ik nog niet zover was in mijn eerlijkheid.

'Er komt zo meteen een programma op televisie over psychiatrie. Vind je het erg als ik daarnaar kijk?' vroeg Brenda me, terwijl Huib de tafel afruimde.

Ik zei dat ik het best vond.

'Anders moet je het zeggen, hoor.'

Het was een praatprogramma waarin de gespreksleider met omfloerste stem enkele gasten interviewde en met elkaar liet debatteren. Ik luisterde er met een half oor naar. Toen Huib klaar was in de keuken kwam hij erbij zitten. Zwijgend bekeken we het programma. Ik overwoog dat dit misschien het moment was om op te stappen. Het was nog vroeg, maar als ik mijn beslissing als soeverein presenteerde, zouden ze het vast waarderen, want dat was toch helemaal volgens de principes van Henk Jankers.

'Ik heb mijn gedachten helemaal niet bij het programma,' zei Brenda opeens, op een toon alsof iets haar erg dwars zat. Ze keek me aan. 'Ik zit er alleen maar aan te denken hoe het zou zijn om met je te vrijen.'

Het bloed schoot weer naar mijn gezicht, mijn ogen naar Huib. Die keek me minzaam aan.

'Wil jij ook met mij vrijen?' vroeg Brenda.

'Tja...' stamelde ik.

'Geneer je niet,' zei Huib.

'O, dat is het punt niet,' zei ik snel.

'Wat is het punt dan?'

Ik haalde met een nerveuze beweging mijn schouders op.

'Als jij het niet wilt, doe ik het niet, hoor lieverd,' zei Brenda tegen Huib.

'Het is jouw beslissing, Brenda. Als het dat is wat je wilt doen, moet je het doen.'

Brenda legde haar hand op mijn dij. 'Ga je mee?'

Ik denk dat mijn gegrinnik nogal schaapachtig klonk.

Ze stond op en pakte mijn hand. Vlak voor we de kamer verlieten, bleef ik staan. 'Vind je het echt niet erg, Huib?' vroeg ik. 'Je kunt ook "nee" zeggen, hoor.'

Het was eerlijk bedoeld, maar de vieze smaak die ik al in mijn mond had door de wijn werd er niet minder door.

'Nee,' zei Huib en hij keek weg.

'Huib is een schat,' zei Brenda en ze trok me mee naar de slaapkamer. De televisie en gerommel van Huib bleven de hele tijd storend aanwezig op de achtergrond.

Een paar dagen na mijn bezoek belde Brenda op met de vraag of ik zin had om te gaan fietsen. Tijdens het fietstochtje probeerde ik het gesprek voorzichtig op het etentje te brengen, want het zat me allemaal niet lekker.

'Hoe gaat het met Huib?'

'Goed. Hij begint steeds beter te leren zijn gevoelens te uiten.'

'Vond hij het echt geen probleem dat wij...'

Ze keek me uitdrukkingloos aan. 'We hadden het hem toch allebei gevraagd?'

'Nou ja, misschien wilde hij geen spelbreker zijn.'

Ze haalde haar schouders op. 'Hij had "nee" kunnen zeggen.'

Vanmorgen belde Huib mij uit mijn bed. Of ik wilde helpen een wasmachine op te halen. Daar had ik helemaal geen zin in, ik wist hoe loodzwaar die dingen waren. Maar toch zei ik 'ja' tegen Huib.

'Dat is leuk van je!' reageerde hij opgetogen. 'Iedereen zegt "nee"!'

Een uurtje later stond hij met een geleende bestelauto voor de deur. Het echtpaar waar de wasmachine moest worden opgehaald hielp mee het apparaat in de auto te tillen, maar zodra het in de bestelauto stond, verdwenen ze en bleven we met ons tweeën over. Bij het uitladen lieten we het apparaat bijna op de straatstenen vallen. Schuivend en draaiend werkten we het over het trottoir naar de voordeur en sjouwden het over de drempel, waarachter de trap zich in haar volle lengte omhoog strekte. We spraken af de wasmachine trede voor trede op te tillen en ons elke keer voldoende tijd te gunnen om nieuwe krachten te verzamelen.

Nog nooit had ik zo'n zware klus geklaard. Ik stond onder de wasmachine en het vergde het uiterste van mijn krachten het apparaat in balans te houden. Elke trede was een overwinning. Bij de laatste was ik de uitputting nabij. De machine hing schuin tegen de rand van de overloop, maar hoe ik ook duwde, het lukte me niet hem nog een centimeter hoger te krijgen. Denken ging niet meer. Alleen vloeken kon ik nog.

Huib trok wijdbeens voorovergebogen aan het apparaat. Zijn ademhaling versnelde onder de inspanning. De wasmachine verschoof een klein stukje naar boven. Het laatste loodje. Ik zette me schrap en duwde zoals ik nog nooit had geduwd. Het was of iets in mijn rug op springen stond.

'Weet je, ik vond het helemaal niet leuk wat je laatst deed,' klonk het toen aan de andere kant van de wasmachine. Schurend langs de muur van het trappenhuis schoof het loodzware apparaat een stukje omlaag.

'Het spijt me! Zullen we dat zo bespreken...'

'Met haar neuken waar ik bij ben! Op zo'n voorstel ga je toch niet in?!'

'Alsjeblieft, Huib...'

'Het is zo makkelijk misbruik van Brenda te maken.'

'Ze had het toch eerlijk aan jou gevraagd en ik toch ook...' De woorden kwamen geradbraakt uit mijn mond.

'Je had "nee" kunnen zeggen,' hijgde Huib.

De wasmachine zakte opnieuw een stukje in mijn richting.

'Ik had dit natuurlijk meteen duidelijk moeten maken, maar dat deed ik niet omdat Brenda erbij was, haar zelfvertrouwen is zo weer geknakt,' zei hij met samengeknepen stem.

En alsof hij plotseling over bovennatuurlijke krachten beschikte, trok hij de wasmachine in één ruk op de overloop.

'Sorry hoor, maar ik wil gewoon niet dat ze weer opgenomen wordt,' zei hij, en hij veegde het zweet van zijn voorhoofd. 'Wil je een pilsje?'

Marga klapte mijn laptop net iets te hard dicht. 'En dít heb jij meegemaakt?!'

Ik knikte.

'Mij heb je het anders nog nooit verteld...'

''t Was voor jouw tijd en volgens mij heb ik je het weleens verteld.'

'Ik weet dat ik dingen vergeet, maar zoiets... Ben je lang omgegaan met die Brenda?'

'Nee, na die wasmachine heb ik geen contact meer met haar of Huib gehad.'

'Was je haar tegengevallen?'

'Dat weet ik niet, maar ik denk dat ze me dat dan wel eerlijk zou hebben gezegd. We hebben gewoon geen contact meer gehad. Dat wilde ik ook niet meer.'

'Waarom niet? Je vond haar toch zo mooi?'

'Nou ja, mooi... Het was gewoon een beetje een pijnlijke toestand. Dat blijkt toch wel uit het verhaal? Wat vind je er trouwens van? Is het goed geschreven?'

'Omdat die Huib moeilijk deed?'

'Weet je, Marga, het is maar een herinnering van vroeger die ik geprobeerd heb op te schrijven zodat het voor anderen interessant is om te lezen.'

'Nou, heel interessant, hoor. Dat je op haar verzoek inging, trouwens! Waar die Huib bij zat!'

'Jaren zeventig hè, niets was te gek in die dagen!' probeerde ik luchtigjes.

'Tja, dat zal wel. Mijn zeventiger jaren zagen er anders uit.'

'Maar wat vind je nou van het verhaal op zich? Het is een eerste probeersel. Is het iets voor een groter publiek, denk je? Wat vind je van de stijl?'

'Moet een groter publiek dit lezen?! Dat wordt nog spannend, die memoires van jou! Vooral voor mij! Ik vind het wel apart dat je eerste fragment over zo'n vaag vriendinnetje van je gaat. Waarom begin je je memoires niet gewoon met je kindertijd?'

'Dit kwam gewoon het eerste in mij op...'

'Tjonge, Gerben, ga je eindelijk eens aan de slag met je memoires en het eerste wat dan in je opkomt is een rare dame die je voorstelt met haar te vrijen terwijl haar vriendje in de kamer ernaast zit. Hoe krijg je het voor mekaar?!'

'Het is een raar verhaal, dat weet ik ook wel, maar juist daarom vond ik het wel leuk om mee te beginnen.'

'Realiseer je je wel dat jij de meest onsympathieke persoon in dat verhaal bent? Die Brenda is tenminste nog eerlijk en de enige met enige diepgang is Huib. Jij niet, hoor, geen ruggengraat en dan heb ik het er niet over dat je die wasmachine nauwelijks omhoog kreeg.'

'Ik hoef niet per se de held te zijn in mijn memoires, dat maakt dat soort geschriften vaak juist zo onuitstaanbaar.'

'Ik zat me af te vragen, stel nou dat ik die Brenda was geweest en jij Huib? Zou het dan ook je eerste verhaaltje zijn geworden?'

'Misschien wel niet ...'

'Stel dat ik een man had uitgenodigd voor het eten en vroeg met mij te vrijen, terwijl jij daarbij zat...'

'Tjonge, wat wil je nou?! Dit gaat over een situatie van heel lang geleden en het gaat al helemaal niet over jou! Ik...'

'Dat weet ik ook wel,' onderbrak ze mij. 'Wat ik bedoel is: hoe zou je gereageerd hebben als jij in de rol van Huib had gezeten? Wat zou je gevonden hebben van die gast als hij gewoon met me mee zou zijn gegaan? Dan zou je hem toch een lul vinden, ik wil alleen maar zeggen dat je je als een lul hebt gedragen. Wil je dat graag? Een lul zijn in je eigen memoires?'

'Ach, waarom niet. Als ik me als een lul heb gedragen, wil ik daar eerlijk over zijn.'

'Je bent in dit verhaal in elk geval niet de Gerben die ik meende te kennen. Ik zie een oude man achter zijn laptop zitten zwijmelen over z'n vroegere avontuurtjes...'

Ach, mijn memoires. Ze achtervolgden me vanaf het moment dat ik besloot met pensioen te gaan. Eerst omdat ik ze wilde schrijven, daarna omdat ik ermee was begonnen. Het schrijven van die memoires was een van mijn belangrijkste voornemens toen ik vijf jaar geleden stopte met werken en Marga was de drijvende kracht erachter. Al maanden vóór mijn pensioen vroeg ze hoe ik mijn tijd dacht te gaan besteden en als ik daar geen duidelijk antwoord op wist te geven, kwam ze met allerlei suggesties. Zo zei ze een keer dat ze een postbode zochten in onze wijk. Of dat niks voor mij was? Verdiende ik ook nog een extraatje. Ik had helemaal geen zin om postbode te worden! Waarom zou ik? Waarom werd ze zelf geen postbode? Neuh, daar had ze geen behoefte aan, ze probeerde alleen maar met mij mee te denken over een leuke invulling van mijn komende pensioen. Ik zei dat ik dat zelf wel zou bedenken. Later suggereerde ze dat ik mijn memoires kon gaan schrijven. Als ik vroeg waarom ik dat zou doen, antwoordde ze iets vaags over mijn boeiende leven, maar ik vermoed dat als het niet lukte mij het huis uit te krijgen als postbode of wat dan ook, ze me op die manier in ieder geval weer veilig hoopte op te bergen op mijn kamer, zoals tijdens mijn werkende leven, toen ik 's avonds vaak nog van alles moest regelen. Maar het maakte wel iets los bij me, schrijven heb ik altijd graag gedaan, vroeger is er weleens een verhaal van me gepubliceerd in een literair tijdschrift, maar door mijn drukke baan is er verder nooit veel van terechtgekomen. Dus om mijn memoires te gaan schrijven was misschien niet eens zo'n gek idee, niet omdat ik zelf vond dat ik zo'n boeiend leven achter de rug had (wat is er zo boeiend aan een werkzaam leven in de leiding van een groothandel in diervoeding?), maar vooral omdat schrijven over mijn leven de mogelijkheid bood herinneringen te verdiepen en zodoende de voorbijrazende tijd een beetje af te remmen.

Marga zag op tegen mijn pensionering, dat was duidelijk, ze was bang dat ik me zou gaan vervelen, wat dan ten koste van haar zou gaan. Zelf zag ik dat absoluut niet zo, maar het was wel vanuit die gedachte dat ik ermee akkoord ging dat ze ons aanmeldde voor een lang weekend voor aanstaande gepensioneerden op Texel.

Misschien moet ik eerst even vertellen dat wij een nogal gedateerde taakverdeling hadden in ons huwelijk: Marga huisvrouw en ik kostwinner. Niet uit traditie, het was haar bewuste keuze. Opgeleid als onderwijzeres, wilde ze na de geboorte van onze zoon de eerste jaren fulltime moeder zijn en toen later onze dochter kwam, verlengde ze dat. Ze hield lange tijd vol dat ze terug wilde naar het onderwijs, maar in de praktijk waren er voortdurend redenen om die terugkeer uit te stellen. Na verloop van tijd vervluchtigden de voornemens en op een dag zei ze dat ze al te lang uit het onderwijs weg was, dat ze er niet meer terug kon keren.

Haar keuze leverde in het begin wel discussies op met enkele van haar feministisch ingestelde vriendinnen, maar na verloop van tijd verflauwde dat, al ben ik het gevoel nooit kwijtgeraakt dat die vriendinnen het mij in stilte verweten. Helaas in stilte, anders had ik hen kunnen uitleggen dat ik er helemaal geen voorstander van was dat Marga thuisbleef. Ik had het idee dat ze daarmee veel van haar talenten ongebruikt liet, maar als ik dat tegen haar zei, antwoordde ze steevast dat dat dan jammer was, ze was veel te gelukkig in haar positie als huisvrouw en moeder. Dat zou ze als onderwijzeres nooit kunnen zijn, meende ze. Ik geloofde wel dat dit waar was, merkte echter ook dat ze soms heel gefixeerd raakte op huishoudelijke kleinigheidjes. Maar financieel konden we het prima redden en als zij dit graag wilde, wie was ik dan om haar hierbij te dwarsbomen. Ons huis was altijd vol vriendjes en vriendinnetjes van de kinderen, soms leek het of ze een complete crèche bestierde en toen ze in de puberteit kwamen werd dat een jeugdsoos. Nadat de kinderen uit huis waren, brak een rustigere periode aan waarin ze zich op vrijwilligerswerk stortte en toen er kleinkinderen kwamen was er weer van alles te doen.

Ons huis was haar koninkrijkje en omdat ik door mijn werk weinig thuis was of boven op mijn kamer zat te werken, liet ik het dagelijks bestuur van dat koninkrijkje graag aan haar over. Maar toen mijn pensionering zich begon aan te kondigen en ik daar steeds enthousiaster over werd, voelde ik steeds meer haar reserves ten aanzien van mijn grotere aanwezigheid in dat koninkrijkje van haar. Ze hoopte tijdens dat weekend op Texel lotgenoten te ontmoeten en helder te krijgen hoe ze het beste met zo'n indringer om kon gaan.

Zoals gezegd keek ik uit naar dat pensioen, al had ik nog geen idee hoe ik het vorm zou gaan geven. Dat kwam vanzelf wel, dacht ik. Eerst wilde ik uitrusten en inderdaad veel tijd thuis doorbrengen. Dus daar had ze wel een punt. Als mensen me vroegen wat ik dan thuis zou gaan doen, zei ik dat ik wilde lezen, films en series bekijken en mijn memoires schrijven. Ook op Texel verkondigde ik dat laatste en omdat er op die 'Wat te doen met je pensioen?'-bijeenkomst mensen waren met dezelfde plannen, kreeg dat voornemen een steviger fundament. Douwe bijvoorbeeld, de man achter het weekend, vertelde er heel enthousiast over. Ik herinner me dat hij een lange cruise wilde maken, dat deden hij en zijn vrouw vaak, en dan met 'uitzicht op de uitgestrekte zee zijn herinneringen aan het papier toevertrouwen'. Zo zei hij het letterlijk en dat sprak me enorm aan. Ook ik zou een boek over mijn leven gaan schrijven. En terwijl ik mijzelf regelmatig afvroeg of dat leven er wel interessant genoeg voor was, bespeurde ik bij hem op dat punt geen enkele twijfel. Zijn leven als 'vrije jongen' was per definitie voor iedereen interessant, daar leek hij heel zeker van te zijn. Misschien is dat ook wel de juiste houding als je je eigen leven aan de openbaarheid prijs gaat geven. Ik vraag me af of hij die memoires daadwerkelijk heeft geschreven. Behalve een lange brief een paar jaar geleden toen hij naar Thailand ging emigreren, hebben we niets meer van hem vernomen en als ik zijn naam googel krijg ik geen hits. Het zou wel jammer zijn als hij niet op de reünie is.

Overigens vertelde Marga later dat ze tijdens dat weekend niet veel wijzer was geworden over hoe om te gaan met een man die plotseling zijn plek in het huis kwam opeisen, want geen van de andere deelnemers zat in een vergelijkbare positie. Maar ze deed wel ideeën op voor mij. Als iemand een pensioenplannetje opperde, zat ze naar me te knikken of zei ze: 'Is dat niks voor jou, Gerben?'

Texel neemt trouwens een speciale plaats bij ons in, want op Texel hebben we elkaar ontmoet. Bijna een halve eeuw geleden, in popboerderij Sarasani, tijdens een optreden van de groep Kayak. Zij liep daar knetterstoned rond. Ik geloof daarom ook niet dat haar zeventiger jaren vóór ze mij ontmoette er zo anders uitzagen dan de mijne, maar goed, in die discussie heb ik niet zoveel zin meer. Tijdens het pensioenweekend ontdekten we dat de voormalige popboerderij op wandelafstand lag en tijdens een pauze zijn we er langsgegaan. In onze herinnering was Sarasani een oude boerenschuur in een rommelige maar kleurrijke omgeving, vol muziek, dansende en vrijende mensen, gehuld in dampen van verschaald bier en cannabis, maar wat we aantroffen was een saaie loods aan een nogal drukke weg in een winderig, steriel graslandschapje. Als er niet een bordje met SARASANI aan de gevel had gehangen, zouden we niet geloofd hebben dat dit de plek was waar onze liefde wortel schoot. Het is me vaker overkomen bij bezoekjes aan plekken die een rol hebben gespeeld in mijn persoonlijk verleden. Losgetrokken uit de context van dat verleden zijn het doorgaans nietszeggende en zelfs teleurstellende plekken. Zo ook Sarasani.

Ik weet niet of het daardoor kwam, maar we kregen daar zelfs even woorden over hoe het was begonnen tussen ons. Volgens Marga gebeurde het tijdens een optreden van The Cats, maar ik wist zeker dat dit niet zo was. Ik was namelijk speciaal naar Sarasani gegaan omdat Kayak daar optrad en hun nummer 'Lyrics' heeft in mijn herinnering altijd het begin van onze liefde muzikaal omlijst, al beweert Marga dat ze dat nummer helemaal niet kent. Toen ik het haar laatst liet horen op Spotify keek ze me glazig aan. Voor haar is het 'One Way Wind' van die Volendamse Cats. We zijn later inderdaad een keer samen naar The Cats geweest omdat Marga dat graag wilde, zelf had ik niet zoveel met die band, om het mild te zeggen.

Het is niet het enige waarover we het niet eens zijn. Als ik zeg dat het tussen ons liefde op het eerste gezicht was, meent Marga dat dit alleen voor mij het geval was, bij haar was het pas langzaam opgebloeid. Ik herinner me dat anders, maar we doen het er maar mee. Toen ik daar op die winderige plek mijn openingszin van onze eerste ontmoeting herhaalde, keek ze me verbaasd aan, ze wist daar niets meer van. Volgens haar verzon ik het ter plekke.

Dat ik er nu zo mee bezig ben komt doordat er een mailtje binnenkwam over een reünie van dat 'Wat te doen met je pensioen?'. Wanneer is nog niet bekend, maar ik moest meteen weer denken aan de begintijd van mijn pensionering, aan mijn memoires en de reactie van Marga erop. Op de reünie zullen ze wel vragen hoe het ermee staat. Moet ik ze dan vertellen dat ik er kort na Texel aan ben begonnen, maar dat het niet zo goed viel bij Marga?

Ik weet nog precies hoe fijn het voelde toen ik achter mijn laptop kroop en begon met schrijven. Het ging eigenlijk veel eenvoudiger dan ik had gedacht. En nog altijd borrelen de verhalen regelmatig in me op. Gisteren nog, ik zat op een bankje in het park en ik weet niet meer wat de aanleiding was, maar opeens was ik in gedachten in een Frankrijk van lang geleden, tijdens een vakantie met de kinderen. Ik zag mezelf op de trap van de dorpskerk zitten, kijkend naar het monument voor al die voor het vaderland gestorven soldaten. Een klein wit poesje kwam aanlopen en begon me kopjes te geven tot het opeens alert naar iets op een lagere trede staarde, een uitval deed en terugkeerde met een hagedisje in de bek. Het beestje spartelde hevig tegen en de poes liet het los. Maar toen het hagedisje probeerde weg te rennen, werd het bliksemsnel opnieuw gegrepen. Zo ontwikkelde zich een kat-hagedisspel dat minutenlang duurde. Het hagedisje verloor daarbij zijn staart en raakte zichtbaar afgemat. Al die tijd zat ik te overwegen in te grijpen. Als ik de kat een paar tellen vasthield, kon de hagedis ontsnappen. Maar ik deed het niet, in een vaag besef dat ik de natuur zijn gang moest laten gaan. Ten slotte greep de kat het beestje weer en begon het langzaam vanaf het staartstompje weg te kauwen. Botjes kraakten en met het bekje opengesperd verdween het hagedisje met kleine schokjes in de muil van de kat. Op het eind was alleen het kopje over, dat met een laatste gekraak werd verorberd.

Er wordt wel beweerd dat in je laatste seconden je leven aan je voorbijtrekt. Bij mij is dat allang begonnen, want ik zie de hele tijd vergeten momenten uit dat leven voorbijkomen, zoals deze scène met de kat. Op dezelfde manier kwam die toestand met Brenda en Huib indertijd omhoog uit het slib ergens op de bodem van mijn geheugen. Tot het moment dat ik het ging schrijven was ik het feitelijk vergeten, maar via de onnavolgbare kronkelwegen van mijn onderbewuste belandde het in een bestandje op mijn laptop. Zo werkt dat bij mij. En al beschreef het misschien niet de meest cruciale gebeurtenis in mijn leven, ik was er wel tevreden over. Maar Marga's reactie was toen dus niet direct bemoedigend. Om haar niet meer voor het hoofd te stoten, begon ik daarna met een fragment dat zich afspeelde in mijn kindertijd en waarin verschillende aspecten van mijn jeugd samenkwamen. Ze kende die geschiedenis, dus hoefde ze niet meer te struikelen over onbekende zaken in mijn leven.

Het verliefde jongetje

Ik ben negen jaar en verliefd. Op Willeke. Ik wil liever niet dat mijn vriendjes het weten, want al is Willeke heel mooi, ze is ook heel kattig. Meestal snauwt ze tegen jongens. Ze vindt jongens stom. Ook mij vindt ze stom. Misschien vindt ze vooral mij stom. Ik kan er niets aan doen, maar toch moet ik de hele dag aan haar denken. Als ze me aankijkt voel ik het bloed naar mijn gezicht stijgen. Het lijkt wel of ze me betoverd heeft! Als ik 's nachts even wakker ben, glipt ze meteen mijn gedachten binnen. Kon ik mijn dromen beter onthouden, dan zou ik haar daar ook vinden, dat weet ik zeker.

In de klas zit ze een eindje voor me. Steeds weer wordt mijn blik haar kant uit gezogen. Of ik wil of niet. Ze zit altijd een beetje scheef in de bank. Vaak draagt ze haar haar in een staartje. Soms ook in twee staartjes. Het mooist vind ik het als ze het los heeft hangen.

Als de meester aan het woord is vergeet ik vaak alles om me heen, dan bestaat alleen Willeke. En ikzelf, natuurlijk. Dan zou ik willen dat ik daar eeuwig zo kon zitten, vlak bij Willeke. Maar altijd is er wel iemand die de vrede verstoort, een vriendje die me aanstoot, of de meester die zegt dat ik niet moet zitten dromen.

Willeke woont in dezelfde wijk als ik. Ik woon in een flat en zij in een rijtjeshuis. De wijk is nog lang niet klaar. Achter het huis van Willeke begint de woestenij: een zandvlakte vol flats en rijtjeshuizen in aanbouw met daartussen grote stapels bouwmateriaal. De wijk doet denken aan de foto's die mijn moeder heeft van de oorlog. Van het bombardement. Alleen ziet het er ordelijker uit dan op die foto's. Bovendien worden er nu huizen gebouwd in plaats van kapotgemaakt. Een omgekeerde oorlog.

Mijn moeder zegt altijd dat ik blij moet zijn dat ik de oorlog niet heb meegemaakt. Want in de oorlog hebben mijn ouders hun huis verloren. En ook mijn zusje is gestorven in de oorlog. Het huis is gebombardeerd, mijn zusje is ziek geworden en omdat er geen medicijnen waren is zij doodgegaan. Zelf heb ik mijn zusje nooit gekend. De oorlog was al jaren voorbij toen ik werd geboren. Mijn zusje heette Agnes. Er is maar één foto van Agnes. Die staat op het dressoir in de kamer. Op die foto kijkt een meisje met sluik haar ernstig in de camera.

Eens per maand, op zondagmiddag, gaan we met de trein naar Het Graf. Mijn vader heeft een zwart pak aan en mijn moeder draagt een zwarte jurk. Op haar hoofd heeft ze een hoed met zo'n gaasje aan de voorkant, waardoor ik haar gezicht niet goed kan zien. Maar ik weet dat ze heel droevig kijkt. Zelf draag ik ook nette kleren en mijn moeder heeft mijn haar met veel water en nog wat spul midden op mijn hoofd in een kaarsrechte scheiding gekamd. Het voelt alsof er twee natte lapjes op mijn hoofd liggen.

Onderweg naar Het Graf lopen we heel lang over grind. Dat is zwaar lopen. Het lijkt wel of het grind mijn voeten vastzuigt. Mijn vader bromt dan dat ik niet zo'n lawaai moet maken. Maar ik kan er niets aan doen. Het grind is een moeras van harde gladde stenen.

Bij Het Graf blijven we heel lang staan. Van mijn vader

hoor ik alleen de ademhaling. Na een tijdje begint mijn moeder te snikken. Dan weet ik dat we bijna weer terug zullen gaan. Zelf probeer ik mij voor te stellen hoe het er onder de grafsteen uitziet. Ik weet dat er een kist ligt met mijn zusje erin. Maar ik zie niet het meisje van de foto in de kist liggen. Ik zie een schedel en botten. En een plukje haar. Het is er donker. Zo donker als donker maar zijn kan. En stil. Doodstil. Ik ben dolblij met elk geluidje dat de versteende stilte op het kerkhof verstoort, voetstappen op het grind, een tikkend roodborstje, een krassende kraai. Daarna gaan we de kerk in. Ook daar is het stil. Maar als zonnestralen, gefilterd door het kleurige glas in lood, de beelden, schilderijen en het bruine hout van de banken strelen, denk ik dat de plek waar mijn zusje nu verkeert misschien wel heel mooi is.

Slechts één keer heb ik om haar gehuild. Dat was toen mijn vriendjes me pestten. Ik wist niet hoe een meisje er onder haar kleren uitzag, zeiden ze, want ik had geen zus.

'Ik heb wel een zus!' had ik geroepen.

'Hoe ziet ze er dan uit?'

Ik dacht aan het graf met de schedel, de botten en het plukje haar. 'Mijn zusje is dood!' Stomverbaasd zagen mijn vriendjes dat ik vervolgens in huilen uitbarstte. Zelf wist ik niet of dat was om mijn zusje of omdat ik mijzelf zo zielig vond.

Ik vind het bezoek aan Het Graf niet leuk. Maar heel erg is het ook niet. Sommige van mijn vriendjes moeten elke zondag naar de kerk. Ik hoef maar eens per maand naar Het Graf. En het rijden in de trein is leuk. Er is ook eens per jaar een avond waarop de mensen twee minuten de doden herdenken. Wij herdenken dan Agnes. Mijn moeder huilt dan.

Op een woensdagmiddag maken mijn vriendjes en ik trom-

mels van oude verfbussen. Met stukjes hout en stukken steen slaan we erop. Ik ben de tambour-maître. Ik laat mijn muziekkorps langs het huis van Willeke marcheren. Ze zit in de kamer met een boos gezicht. Haar moeder zit naast haar en moet lachen.

De volgende ochtend op school staan Willekes vriendinnen om haar heen te smoezen. Als ik langsloop, kijkt ze vernietigend naar me. Haar vriendinnen roepen jennerig: 'Gerben is verliefd op Willeke!' Het liefst wil ik wegrennen, zo schaam ik mij. Maar nu het zo luid wordt uitgesproken, wordt het ook echter. Willeke en ik horen nu officieel bij elkaar.

Tegen sinterklaas worden er lootjes getrokken in de klas. Met veel moeite – het kost me zakgeld en speelgoed – slaag ik erin het briefje met haar naam te bemachtigen. Iedereen weet nu dat ik haar heb. Met weinig meisjesachtige hanenpoten staat er 'Willeke' op het snippertje. Ik koester het als een relikwie, leg het onder mijn kussen en haal het voortdurend tevoorschijn om ernaar te kijken. Het briefje is mijn paspoort naar haar hart. En alleen ik mag een cadeau voor haar kopen en een gedicht voor haar maken. Maar als de euforie over het bezit van het papiertje een beetje is gezakt, begint de vraag te schrijnen: wat moet ik kopen? En: wat moet ik schrijven? Ik, die geen zus heeft om te vragen wat meisjes leuk vinden. Ten einde raad besluit ik haar het woord LIEF in kleine chocoladeletters te geven. Maar in de winkel hebben ze de 'L' niet meer en daarom kies ik in een opwelling voor STUK, het woord dat mijn vriendjes gebruiken voor de meisjes die zij leuk vinden. Het kost me mijn laatste zakgeld. De chocoladeletters pak ik stuk voor stuk in, zodoende krijgt ze vier cadeautjes van me, alleen bij de 'S' doe ik een gedichtje. Over de 'stille Piet, die graag lieve meisjes ziet'. Met knalrood hoofd heb ik het opgeschreven, de pen gloeide toen de woorden eruit stroomden. Maar als Willeke tijdens de viering eerst de 'T' krijgt, realiseer ik me pas dat de volgorde niet de juiste hoeft te zijn. 'Lekker!' roept ze uit als ze de 'U' uitpakt. Dan volgt de 'K' en haar gezicht betrekt. Iedereen probeert te raden welk woord de letters moeten vormen. 'KUT?' klinkt het door het lokaal, op ongelovige toon uitgesproken door het kleinste jongetje van de klas. Dan raakt de klas door het dolle heen, schreeuwt het woord uit tot de stemmen hees zijn en de meester boos. Alle blikken zijn op mij gericht. Als ten slotte de verlossende 'S' komt en Willeke die gauw bij de andere letters wil leggen, hoor ik mijzelf piepen: 'Volgens mij zit er een gedicht bij!'

Ze leest het gedicht voor. Hoe mooi zinnen als 'Lief is goed, lief is zoet' en 'letters uit een hart gestolen' uit haar mond ook klinken, in de benauwdheid van het volle lokaal raakt ieder gegniffel me als een puntig voorwerp. En als ze de zin 'De stille Piet die graag lieve meisjes ziet' heeft uitgesproken en mij aankijkt, barst hoongelach los. 'Een gluurpiet!' roept iemand. En niemand bedenkt STUK als lettercombinatie, het kleinste jongetje komt niet verder dan 'KUTS?' Maar alle hoon en spot veroorzaken uiteindelijk slechts oppervlakkige schrammen. Wat mij echt diep treft, is Willekes blik. Verachting lees ik in haar prachtige ogen, diepe verachting. Mijn paspoort is definitief ongeldig.

Maanden verstrijken, maar mijn liefde vermindert niet. Een trouwe minnaar ben ik, die zich de tijd zijn liefde niet laat ontstelen. Nog steeds is in de klas mijn blik op haar gericht, nog steeds speel ik het liefst in de woestenij achter haar huis, die steeds minder kenmerken van een woestenij vertoont als de ene stapel bouwmateriaal na de andere wordt omgezet in nieuwe huizen. Met de fiets die ik voor mijn verjaardag heb gekregen, rijd ik vaak langs Willekes huis. Meestal is ze niet in de kamer, maar als ze er zit, spurt ik als een idioot door, met een kop die als een stoplicht op rood springt. Nog altijd laat zij geen gelegenheid voorbijgaan te tonen dat ze mij stom vindt. Dat mijn vriendjes mij ermee plagen ben ik wel gewend, dat beschouw ik als een ritueel. Maar aan haar snibbige opmerkingen wen ik nooit. Toch blijf ik langsfietsen, steeds sneller, hoe langer hoe meer in verwarring gebracht door mijn eigen gedrag.

Op een mooie lenteavond als ik wil gaan fietsen vind ik mijn moeder met betraande ogen aan de keukentafel. Mijn moeder roept me na: 'Het is Dodenherdenking vandaag! Zorg dat je op tijd terug bent. En vergeet je zusje niet!' Verbolgen fiets ik de straat uit. Hoe haalt ze het in haar hoofd dit te zeggen? Alsof zij met haar snikken en tranen mij ooit de kans geeft mijn zusje te vergeten!

Overal klinkt vogelgezang en in de verte luiden klokken. Als ik terug naar huis langs Willeke rijd, zie ik de hele familie in de kamer zitten. Allemaal kijken ze naar buiten. Mijn hoofd springt weer op rood en ik wil snel doorfietsen, als opeens de straatverlichting aanfloept, het klokgelui ophoudt en al het verkeer tot stilstand komt. Ik kan op het nippertje voorkomen dat ik tegen de fietser voor me aan knal. Een snelle blik opzij leert dat de hele familie voor het raam naar me staat te lachen. Alleen Willeke niet.

Het dilemma is verscheurend: stilstaan of doorrijden. Ik blijf staan, verlamd door onmacht, kijk strak voor me uit en hoor de stem van mijn moeder: vergeet je zusje niet! Het vogelgezang dat gewoon doorgaat, klinkt me als ijselijk hoongelach in de oren.

Ik zie Marga nog op de bank zitten met de print van het tweede fragment. Ik deed of ik de krant las en gluurde intussen stiekem naar haar gezicht om haar reactie in te schatten, maar dat bleef volmaakt in de plooi. Ik zei eerder al dat Marga nu en dan te gefixeerd was op haar taak als huisvrouw. Onderdeel van die taak was mij aan te kleden. Ik bedoel daarmee dat we mijn kleren altijd samen kochten, onder haar supervisie. Met dikke nadruk op het laatste. In zo'n kledingwinkel kreeg ze iets angstwekkend frikkerigs over zich. Als ik een broek of trui leuk vond, wist ze altijd redenen te bedenken waarom die niet deugde; de stof was niet goed, het zou moeilijkheden opleveren in de was of ze vond dat het me gewoon voor geen meter stond. Regelmatig suggereerde ze dan dat ik geen smaak had. Maar de kleren die zij vervolgens voor mij uitkoos vond ik dan vaak weer niet zo leuk. En het duurde eindeloos, alles werd van alle kanten kritisch bekeken, als persoon telde ik doodeenvoudig niet meer mee, ik was een pop, een Barbie of Ken die aangekleed moest worden. Toegegeven, ze vroeg meestal wel wat ik ervan vond, maar mijn antwoord had geen enkele invloed op haar uiteindelijke beslissing en als ik bezwaar maakte, leverde dat heel veel druk op waarbij alle argumenten voor haar keuze eindeloos werden herhaald, net zolang tot ik bezweek. Ik moet bekennen dat ik meestal vrij makkelijk toegaf, dat ik het algauw best vond, want eigenlijk kon het me niet zoveel schelen. Waar ik me vooral aan ergerde was het proces en de omslachtigheid ervan, niet eens zozeer aan het resultaat. Het was nou eenmaal haar terrein in onze taakverdeling, net zoals zij elke dag bepaalde wat de pot schafte. Als zij zich ging bemoeien met de financiën of de auto, pikte ik dat ook niet. Dus schikte ik me doorgaans naar haar nukken, paste eindeloos broeken, truien en jassen, onderging gelaten haar kritische blikken bij de ontelbare kledingstukken die ik moest showen en rekende braaf haar uiteindelijke keuzes af.

Maar na mijn pensionering kwam onze taakverdeling ter discussie te staan. Dat deed ze overigens zelf als eerste door te zeggen dat ik, nu ik zoveel tijd doorbracht in het huis, ook wel een handje kon uitsteken bij het schoonmaken. Dat vond ik heel redelijk en we verdeelden het huis in tweeën, ik was voortaan verantwoordelijk voor de hygiënische toestand op onze bovenverdieping. Maar in de praktijk verliep dat niet zo soepel, want ze had continu commentaar op de kwaliteit van mijn poetswerk, vond overal door mij vergeten stofnesten en deed het niet zelden demonstratief nog eens dunnetjes over. Dat ik ook wilde leren koken vond ze moeilijk en al gebeurde het in het begin niet vaak, de resultaten konden zelden haar goedkeuring wegdragen. Maar voor mij was het belangrijkste dat ik van de aankleedpartijen af zou komen. Dus toen ze op een dag vaststelde dat ik nodig aan nieuwe kleren toe was, zei ik tegen haar dat ik dat zelf wel zou regelen. Ze staarde me aan, schudde haar hoofd, maar zweeg er verder over. Wel schafte ze die week ongevraagd sokken en onderbroeken voor me aan.

De dag dat ik haar de print met het tweede verhaal in handen drukte, was ik thuisgekomen met een nieuwe broek, drie overhemden en een trui. Aan haar blik zag ik meteen al dat het niet goed was. Goedkope troep, volgens haar. De broek zou na een paar wasbeurten zijn verkleurd, de trui gekrompen en de overhemden uit de vorm. Ik haalde mijn schouders op, voor mij stond vast dat ik het nooit meer samen met haar zou doen, want waar we voorheen uren bezig waren in verschillende winkels, was ik nu in een halfuurtje klaar geweest in één zaak. Een filiaal van een grote winkelketen die volgens haar slecht spul verkocht. Om het gesprek op een ander onderwerp te brengen, vertelde ik haar over het nieuwe fragment van de memoires en printte het voor haar uit.

Daar zat ze dus mee in de bank. Het duurde eindeloos, soms bladerde ze weer terug en één keer leek ze helemaal opnieuw te beginnen. Daarna staarde ze een tijdje peinzend voor zich uit, vouwde afwezig de velletjes samen en ik meende iets zachts over haar gezicht te zien trekken toen ze me eindelijk aankeek.

'Wel een ontroerend verhaal,' verzuchtte ze.

'Beter dan de vorige?' vroeg ik, misschien iets te hoopvol.

'Ik kan me herinneren dat je me dit weleens hebt verteld over Willeke, maar je bent wel erg bezig met je ouwe liefdes, hè? Of vergis ik me?'

'Ik moet toch ergens beginnen. Dit is pas het tweede fragment.'

'Je gaat nog wel over andere zaken schrijven?'

'Tuurlijk. Maar dit verhaal gaat toch over veel meer dan een verliefdheid, in feite gaat het over een kinderlijke obsessie, en ook over mijn thuissituatie vroeger, over mijn zusje en over hoe mijn ouders daarmee omgingen.'

'Dat is zo. Maar, dat heb ik je al eerder gezegd, misschien moet je je afvragen hoe je als persoon wilt overkomen via die memoires. Want stel dat ze worden uitgegeven, hoe wil je dan dat je lezers jou zien? En hoe ze je ouders zien?'

'Ik schrijf gewoon op hoe ik het ervaren heb als kind. Dat bij ons thuis overal de schaduw van Agnes overheen viel.'

'Maar wil je dat?'

'Hoezo wil je dat?! Ik schrijf mijn herinneringen op, mijn ervaringen, mijn leven. Dat is toch het hele idee van memoires? En uitgegeven worden ze heus niet. Het is meer voor familie en vrienden. Voor de kleinkinderen!'

'O, wat ben je opeens bescheiden! Kortgeleden op Texel hoorde ik je nog luid verkondigen dat je een uitgever wilde zoeken en het desnoods in eigen beheer wilde uitgeven om het dan zo wijd mogelijk te verspreiden. Maar al lezen alleen je kleinkinderen het, dan nog blijft de vraag staan wat voor beeld je wilt schetsen van jezelf en van je ouders...'

Ik zuchtte.

'...het is op zich een mooi verhaal hoor, maar het doet je ouders geen recht. Hoe denk je dat zij het zouden vinden als ze nog leefden?'

'Mijn ouders lazen niet.'

'Even serieus, Gerben. Vind je echt dat je je ouders recht doet over hun verdriet?'

'Nee, natuurlijk niet, maar het is wel hoe ik het heb ervaren.'

'Dat is heel legitiem. De vraag is of anderen dat zo nodig moeten weten...'

'Als ze mij willen leren kennen, dan wel...'

'En je spot ook wel een beetje met de Dodenherdenking. Moet dat? Waarom schrijf je niet over je werk? Of over je gezin... Als het toch alleen voor de kleinkinderen is...'

'Dat komt heus nog wel.'

'Maar hoe ga je er dan over schrijven? Na deze twee verhalen heb ik zo mijn twijfels. Snap je dat?'

'Maar wat wil je dan?!'

'Ik wil gewoon een beetje trots op je zijn! Op wat je schrijft.'

Aldus stierf mijn voornemen herinneringen te verwerken in verhalen al heel kort na mijn pensionering een stille dood. Ik deed nog een paar halfslachtige pogingen, maar merkte dat ik er waarschijnlijk niet in zou slagen mijn leven in teksten te gieten die Marga zouden bevallen, dus ik liet haar die niet meer lezen. Het was toch al zo'n moeilijke tijd. Mijn aanwezigheid in huis riep inderdaad de spanningen op die ze zo had gevreesd. Ik bracht meer tijd dan ik eigenlijk wilde door op mijn werkkamer, want als ik me door het huis bewoog voelde ik algauw dat ik haar voor de voeten liep. Als zij in de keuken bezig was, moest ik het niet in mijn hoofd halen juist dan een boterham te gaan smeren. Het liefst had ik de hele dag muziek aanstaan, of ik nou boven op mijn kamer bezig was of beneden in de huiskamer zat, terwijl zij de voorkeur gaf aan stilte. Daarnaast was mijn emancipatie op gebied van schoonmaken, koken en kleding kopen een aanslag op wat jarenlang een wezenlijk onderdeel van haar identiteit was geweest. En dan kwam ik ook nog eens aan met verhalen waarop ze niet trots kon zijn, waarmee ze dan mij weer op mijn ziel trapte, hetgeen ik waarschijnlijk niet verborgen heb weten te houden. Nee, het was niet de leukste fase van ons huwelijksleven.

Ik wil gewoon een beetje trots op je zijn! Haar woorden bleven door mijn hoofd spoken. Ik had daar nooit zo bij stilgestaan, maar was ze dan ooit trots op me geweest? Op mij als persoon? Op mijn functie bij het diervoederbedrijf? Was ze er trots op lekker voor mij te koken en mij netjes aan te kleden? Waarschijnlijk was dat zo, ze vertoonde zich graag met me, dat wist ik wel. En ik vertoonde mij ook graag met haar, ik was er trots op dat ze mijn vrouw was. We hielden van elkaar, je kunt gerust stellen dat we een misschien wat oppervlakkige, maar ook liefdevolle en stabiele relatie hadden. Dat ze zo aandrong op het schrijven van mijn memoires stoelde behalve op de wens om mij op mijn werkkamer te houden misschien ook wel op de hoop dat ik verhalen zou schrijven waarin er voor ons beiden een mooie rol was weggelegd, een beetje zoals ons huwelijk tot dan toe was verlopen. In plaats daarvan schreef ik over vroegere avontuurtjes, gaf ik frustraties uit mijn jeugd de ruimte en voelde ik mij aangevallen als ze kritisch reageerde op dat inkijkje in mijn herinneringen, in mijn leven zoals ik dat had ervaren. Ik begon me af te vragen of ik dat werkelijk zo ervaren had of dat ik gewoon probeerde er een mooi verhaal van te maken.

Dat was vijf jaar geleden. Ik durf te stellen dat we inmiddels een nieuw evenwicht gevonden hebben. Marga is meer bezigheden buitenshuis gaan zoeken: tennis, een koor, een leesclubje en andere sociale activiteiten. Ik werd vrijwilliger in een museum, nam zitting in het bestuur van de sportvereniging waar Marga tennist en ontdekte de genoegens van tekenen en schilderen. Daarnaast doen we regelmatig dingen samen: fietsen, wandelen, musea, reisjes naar het buitenland, weekendjes weg, uiteten. Bij veel van die activiteiten is een wijntje een vanzelfsprekendheid. Dat deden we vroeger veel minder. We zijn behoorlijk wat kilootjes aangekomen door het goede leven, ook in dat opzicht hebben we een nieuw evenwicht gevonden, haha!

Mijn emancipatie is inmiddels wel voltooid, denk ik. Ik maak beter schoon in haar ogen, ze ziet er nu het voordeel van in dat ik af en toe kook en over mijn kleding hoor ik haar niet meer. Er is eigenlijk nog maar één harde grens: de was. De was is en blijft haar terrein, daartoe acht ze mij totaal incompetent. Prima, ik respecteer dat en beschouw de was als het heilige der heilige van Marga's huishouding, het komt niet in me op me daarmee te bemoeien.

En we zijn ook meer gaan praten. De wijntjes helpen daar een handje bij. We vertellen elkaar veel meer dan vroeger en we zijn vooral eerlijker over hoe we dingen in het verleden hebben ervaren. Volgens onze dochter hebben we eindelijk met elkaar leren praten, al vind ik dat eerlijk gezegd een beetje overdreven.

Laatst zei Marga: 'Misschien moet je toch eens verdergaan met die memoires waar je kort na je pensionering aan begon, ik geloof dat ik ze nu wel beter begrijp en ze waren best goed geschreven.'

'Weet je zeker dat je ze nu aankunt?'

'Nee, maar ik ben wel nieuwsgierig.'

Die memoires zijn nooit echt uit mijn gedachten geweest, al heb ik niets meer opgeschreven. Na haar eerste reacties besloot ik om ze niet meer te delen, niet met haar, de kleinkinderen of een anoniem publiek. Ik zou ze voor mezelf bewaren, koesteren in mijn hoofd, in míjn heilige der heilige.

Maar nadat ze dat laatst zei, kwam de oude kriebel terug. Vandaag ben ik de oude fragmenten gaan lezen en meteen weer begonnen met schrijven. Het fragment is nog lang niet af, maar het begin is er. Hopelijk kan Marga het nu wel waarderen. En als ze tijdens de reünie op Texel vragen hoe ik mijn tijd tegenwoordig besteed, zeg ik gewoon weer: 'Ik schrijf mijn memoires.'

Lyriek in de boerenschuur

Ze viel me meteen op in het groepje meisjes waarmee ze stond te dollen. Klein, halflang blond haar, levendige ogen. Ik wist meteen dat het van levensbelang was dat ik dit meisje beter zou leren kennen. Dat klinkt misschien een beetje overdreven, maar zo voelde ik het werkelijk. Als ik haar dat vandaag zou vertellen zal ze waarschijnlijk zeggen: hoe vaak heb je dat bij andere meisjes gedacht? Mijn antwoord is kort en simpel: nooit. Toen ik daar met mijn vrienden tussen de blowende, drinkende en zoenende mensen stond, in een walm van tabaks- en cannabisrook, wist ik dat ik op een kruispunt in mijn leven was beland. Ik was daar om mijn favoriete Nederlandse band Kayak te zien optreden, maar toen ik haar zag, schoof Kayak als vanzelf naar het tweede plan. In de rij voor de ingang kwam ze met haar vriendinnen vlak voor ons te staan. Ze keek me aan en ik meende dat we intens oogcontact hadden (al zegt ze nu dat ze zich daar niets van herinnert), ik nam een snelle hijs van de joint die mijn vrienden me voorhielden, het werkte meteen, maar terwijl ik nog koortsachtig zocht naar een goede openingszin, glipte ze met haar groepje al naar binnen en tegen de tijd dat wij daar waren, was ze opgegaan in het rokerige duister van de overvolle schuur. De mannen van Kayak waren druk in de weer met het stemmen van hun instrumenten en het testen van de geluidsapparatuur. Nadat ik een tijdje had lopen zoeken, zag ik dat haar vriendinnen zich verdrongen rond het podium, maar zij was daar om een of andere reden niet bij. Later zou ik weten dat ze als enige van het vriendinnengroepje geen fan was van de band. Voor haar waren het The Cats.

Omdat ik haar nergens zag, voelde ik een soort paniek opkomen. Stel dat ik haar niet meer terug zou vinden, wat moest ik dan? Want ik was er steeds meer van overtuigd dat als ik die avond niet zou handelen, mijn leven er totaal anders uit zou komen te zien. Het was of een soort voorzienigheid mij stevig van achteren bij de schouders had gegrepen en continu voortduwde door de samengepakte menigte. Vanbuiten leek Sarasani niet zo groot, vanbinnen was het een reusachtige hal. Ik weet niet hoelang ik heb gezocht, maar het kwam me voor dat het uren duurde. Natuurlijk was het veel korter, want al die tijd hoorde ik de band stemmen en testen. Juist op het moment dat ik besloot te proberen het podium te bereiken om haar vriendinnen aan te spreken, zag ik haar. Ze stond tegen een pilaar geleund en rookte een joint. Als een gek werkte ik me door de dicht op elkaar staande lichamen heen naar haar toe. Ze zag me worstelen en bleef naar me kijken, alsof ze mij verwachtte, intussen transformeerde haar blik naar een glimlach, een glimlach die net zo lang duurde als mijn gevecht om haar te bereiken. En toen stond ik voor haar.

'Als ik jou nu niet aanspreek, krijg ik daar de rest van mijn leven spijt van!' zei ik, al voelde het alsof niet ikzelf maar die voorzienigheid mij deze woorden deed uitspreken. Op datzelfde moment knalden de inleidende drumslagen van het nummer 'Lyrics' keihard de schuur in. We schrokken daar allebei zo van dat we elkaar vastgrepen. Ik denk dat mijn openingszin al was overstemd voor die haar oren bereikte en achteraf is dat misschien maar goed ook. En woorden waren inmiddels toch al overbodig…

10.

De hel, dat zijn de anderen

Nee, kinderen heb ik niet, wel exen. Aan exen geen gebrek. Vijf jaar geleden had ik nog een man, Thomas heet hij, en hij is de man met wie ik het langst samen ben geweest. Ruim tweeëntwintig jaar. Dat ik nu aan hem moet denken komt niet door de hitte in de sauna waarin ik me bevind, maar omdat hij me een mail doorstuurde. Over een reünie. Een reünie van de pensioencursus in een bungalowpark, toevallig vlak bij het hotel waar ik in de sauna zit. Thomas had kinderen én exen, een zoon bij de ene en een dochter bij een andere ex. Omdat mijn vruchtbaarheid wel zo'n beetje was verdord toen ik hem ontmoette, heb ik daar geen grut aan kunnen toevoegen.

Zijn kinderen hadden we om het weekend op bezoek, soms was dat leuk, maar meestal bestond het uit het managen van pubergedrag. Overigens heb ik er geen spijt van zelf nooit kinderen te hebben gebaard, want ik geloof niet dat ik zo geschikt ben als ouder. Dat merkte ik tijdens dat weekendstiefmoederschap, al kan daar tegenin worden gebracht dat het anders is als kinderen van jezelf zijn of als je ze vanaf hun geboorte kent en niet pas kennismaakt als ze zich in de ergste fase van de puberteit bevinden. Met Thomas was ik dus het langst samen en als ik terugkijk op die relatie, komt die me steeds merkwaardiger voor. Dat geldt overigens voor al mijn relaties en dat zegt natuurlijk wel iets over mij, misschien wel vóóral over mij. Daarnaast ben ik een kei in het met terugwerkende kracht inkleuren van het verleden met mijn kennis van nu. Dit neemt niet weg dat ik rare kwibussen heb gehad als partners. Het is dus misschien maar goed dat er nooit nakomelingen uit mijn relaties zijn voortgekomen, want vrijwel altijd waren het rampzalige genencombinaties.

De laatste jaren is me steeds duidelijker geworden dat ik het gelukkigst ben in mijn eentje. Veel te lang heb ik mezelf voor de voeten gelopen met de aanname dat je pas gelukkig kunt zijn met een partner. Toegegeven, ik heb in relaties gelukkige perioden gekend, ook met Thomas, zo tussen de weekendbezoekjes van zijn kinderen door, maar pas nu heb ik het soort evenwicht hervonden dat ik sinds mijn kindertijd kwijt was geraakt. Je zou dat kunnen duiden als een eerste symptoom van kindsheid, maar persoonlijk geloof ik niet dat het zo zit. Ik vind het vooral jammer dat het zo lang heeft geduurd voordat ik daar achter kwam. Maar hoe hoger op de ladder van de leeftijd, hoe weidser de vergezichten, zeg ik dan maar, al zie ik ook veel bewijzen van het tegendeel.

Ik had het al veel eerder kunnen weten, want toen ik

nog hele dagen werkte op het lab voelde ik me eigenlijk het best op de momenten dat ik voor mezelf bezig was. En dat was ik gelukkig vaak, soms hele dagen. Proeven doen, rapporten schrijven, tussendoor even overleggen met collega's, publiceren. Als kind kon ik mijzelf ook heel goed vermaken in mijn uppie. Ik geloof dat mijn ouders zich daar weleens zorgen over maakten. En hoewel ik me zeer zelden eenzaam voelde, ging ik toch steeds weer op zoek naar een vriendje, me er diep in mijn hart van bewust dat dit mij veel energie zou kosten en niet per se gelukkiger maakte. In feite deed ik niets anders dan me conformeren aan een geldende norm en onderdrukte ik mijn diep gevoelde behoefte te leven als een einzelgänger. Sartre zei al: 'De hel, dat zijn de anderen', en hoewel de hel misschien een beetje sterk is uitgedrukt, zit er voor mij zeker een kern van waarheid in. Ik kan er niets aan doen, maar nu ik aan Sartre en dat citaat denk, zie ik meteen het gezicht van Willibrord voor me, een andere ex, een van de eersten.

Met Willibrord was ik als jong meisje in Parijs. Waarom hij mijn vriendje werd, begrijp ik achteraf nog steeds niet. Maar goed, dat heb ik dus wel vaker met mijn exen. Ik was nog nooit in Parijs geweest, zelfs nog nooit in het buitenland en keek mijn ogen uit. Intussen kletste Willibrord aan één stuk door en wat hij had te melden was niet altijd even interessant, om het eufemistisch te zeggen. Een paar maanden daarvoor had ik hem ontmoet in een café. In het begin vond ik zijn encyclopedische verhandelingen over filosofie niet zozeer interessant als wel charmant. Willibrord had een feilloos geheugen voor citaten, ze stroomden uit zijn mond alsof hij ze voorlas uit een boek. Vooral Sartre en Camus hadden veel gezegd dat hij de moeite van het continu opdreunen waard vond. Citaten als: 'Loop niet voor me uit, wellicht volg ik je niet; loop niet achter me, wellicht leid ik je niet. Loop naast me en wees mijn vriend.' Die was van Camus, of: 'Op elke straathoek kan het gevoel van absurditeit elke man in het gezicht slaan', ook van Camus en natuurlijk dat 'De hel, dat zijn de anderen' van Sartre.

Als ik Willibrord mocht geloven hadden Sartre en zijn existentialistische vriendjes over elk café waar we langs kwamen wel iets belangrijks gezegd. Mensen die zoveel cafés kennen, kunnen niet nuchter zijn, dacht ik toen. Ik had nog nooit iets van Sartre of Camus gelezen, maar door Willibrord kreeg ik een grondige hekel aan hen. Foto's van het hoofd van Sartre had ik weleens gezien en dat maakte het niet beter.

We gingen zo'n café binnen waar Jean-Paul volgens Willibrord ook altijd kwam, op de Boulevard Saint-Michel, die Willibrord consequent 'San Misj' noemde, als een door de wol geverfde Parijzenaar. Maar het begrip *en salle* kende hij niet, zodat we rustig aan een tafeltje voor het raam gingen zitten en veel te veel betaalden voor de wijntjes die anderen voor twee derde van de prijs staande aan de bar nuttigden. Maar we raakten er wel in gesprek met twee veteranen uit de studentenopstand van '68, enkele jaren daarvoor. Willibrord confronteerde ze meteen met in opvallend slecht Frans uitgesproken citaten van Jean-Paul en Albert, maar ze keken hem aan of hij ze oneerbare voorstellen deed. Volgens mij lag het niet zozeer aan de uitspraak, ze hadden gewoon nog nooit van Sartre en Camus gehoord. Ze spraken over het voor Willibrord heilige jaar *soixante-huit* als voetbalhooligans over een geslaagde wedstrijd. Het meest politieke verhaal dat ze wisten te vertellen was dat ze een in een boom gevluchte agent naar beneden hadden geschud, de man brak beide benen en nog een paar botten, maar het was het minst gewelddadige waarmee ze op de proppen kwamen. Ze vroegen of we hasj wilden kopen en toen we daar op ingingen, werden ze nerveus en mompelden ze angstig iets over *fliques*. Dat waren nu opeens levensgevaarlijke monsters in plaats van appeltjes die je uit bomen kon schudden. Schichtig verkochten ze ons buiten een paar gram van het spul en om te laten zien hoe wij Nederlanders omgingen met stuff, wandelden we naar de Notre-Dame, staken daar onze joint aan waar anderen een kaarsje ontstaken en rookten hem demonstratief op terwijl we de kathedraal bewonderden. We twijfelden algauw of de jongens echt hasj aan ons hadden verkocht. Het rook er wel naar, maar het rook nog meer naar paardenstront. Ook het effect was wat je van paardenstront kunt verwachten, we werden er alleen maar misselijk van.

Een andere obsessie van Willibrord was zijn opleiding. Of liever, zijn gebrek daaraan. Hij had 'alleen maar mulo'. Dat benadrukte hij voortdurend toen we weer eens over de 'San Misj' liepen. Daarom was zijn Frans zo slecht. Hij zei het alsof ik hem had verweten dat hij de taal belabberd sprak, al had ik er geen woord over gezegd.

'Jij met je hbs hebt het veel makkelijker. Het viel me

eigenlijk tegen, dat Frans van jou, Jeanet. Ik dacht dat ze daar op de hbs veel tijd aan besteedden.'

Ik legde hem uit dat ik op de hbs nooit veel had uitgevoerd, dat de school me nogal verveelde en hij verweet me heftig dat ik een verwend meisje was, duidelijk afkomstig uit een heel andere klasse dan hij. Hij had dolgraag op de hbs gezeten, maar in dat arbeidersmilieu waaruit hij afkomstig was, was dat domweg verboden. Mulo vonden ze al overbodig. Kennis was arrogantie!

'Ik wist niet dat zoveel aan Sartre deden op de mulo,' zei ik, om ervanaf te zijn. Ik had de godganse dag zijn gelul aangehoord en wilde eigenlijk het liefst terug naar het hostel. Maar dat viel helemaal verkeerd. Hij was autodidact! Had zich dat allemaal zelf geleerd! De handicap van zijn sociale erfenis had hem geen andere keuze geboden. Ik zei dat ik niet begreep waar hij zich zo druk over maakte, hij had nu toch de kennis die hij zo graag wilde? Maar daar ging het niet om! Hij had geen waardevol diploma. En zonder waardevol diploma geen erkenning. Hij begon voorbeelden op te sommen van mensen die zichzelf in de avonduren hadden geschoold en veel meer wisten dan die zogenaamde professionals met hun ingelijste papiertjes aan de wand. Wil je nou zo'n diploma of niet, vroeg ik. Daar had hij geen tijd voor, zei hij. Hij had een baan bij de bank. Overdag werken en 's avonds allerlei cursussen. Dat moest van de bank. Maar op cursussen haalde je toch diploma's? Dat was zo, maar die waren alleen maar geldig binnen het bedrijf. Als je eenmaal in hun systeem zat, kwam je er nooit meer uit.

Alweer een hele tijd geleden heb ik hem opnieuw ontmoet, zo'n veertig jaar nadat we elkaar voor het laatst hadden gezien, onze verkering hield niet lang stand na het Parijse uitje. De tijd had die verkering in mijn hoofd gereduceerd tot vage beelden met uitzondering van de zojuist beschreven Parijse herinneringen, die op een of andere manier aan dat verweringsproces waren ontsnapt, al riepen ze niet langer gevoelens van ergernis op, hoogstens een meewarig lachje.

Willibrord had me via internet opgespoord, stuurde een mail waarin hij te kennen gaf dat het hem leuk leek mij weer eens te ontmoeten. Net als ik woonde hij nog altijd in Groningen en we spraken af in een café in het centrum. Ik vroeg me af of ik hem zou herkennen als hij voor me stond, maar toen ik het café betrad, zag ik hem onmiddellijk. Nog magerder dan vroeger, een verweerde huid zoals boeren vroeger hadden toen ze nog de hele dag buiten werkten en niet in de cabines van tractoren en machines of in grote productiehallen. Van zijn lange zwarte haren resteerden slechts wat witte slierten. Hij keek op van het boek waarin hij zat te lezen, zette zijn leesbril af, monsterde me van top tot teen en zei: 'Je bent niets veranderd, Jeanet!'

Ik hoorde mezelf hetzelfde tegen hem zeggen, waardoor de waarde van zijn constatering op slag vervluchtigde. En verder? Ach, de versleten herinnering werd acuut opgefrist en mijn ergernis hing al spoedig als een dikke walm rond ons samenzijn. Ik was weer helemaal terug in een café aan de 'San Misj'. Het boek waarin hij had zitten lezen, was zijn eigen proefschrift. 'Dr. Willibrord Vergunst' stond er met koeienletters op. 'Over het absolute van het relatieve' was de titel, of 'Over het relatieve van het absolute', daar wil ik vanaf wezen. Op luide toon (hij praatte geaffecteerder dan vroeger) deed hij mij, en passant de rest van de gasten in het café, uit de doeken hoe hij zich 'het mulo-milieu had ontworsteld' en nu hoogleraar in de wijsbegeerte was. Vervolgens nam hij zijn dissertatie vrijwel hoofdstuk voor hoofdstuk door. Pas daarna lukte het me iets over mezelf aan hem te slijten. Hij luisterde er nauwelijks naar. Ik vroeg hem of hij getrouwd was, of hij kinderen had. Resoluut verklaarde hij dat hij al in een vroeg stadium had geconstateerd niet geschikt te zijn om met anderen samen te leven.

'*L'enfer, c'est les autres*. Sartre,' zei hij minzaam.

De uitspraak van zijn Frans was zijn mulo-milieu nog niet ontstegen, maar wat dat citaat betreft toonde hij betere zelfkennis dan ik, dat moet ik hem nageven. Bij mij heeft het veel langer geduurd voor ik deze waarheid ontdekte.

Willibrord is niet mijn ergste ex, want dat is Wout. Met stip. Ook Wout heb ik na meerdere decennia opnieuw ontmoet, die stond een tijd geleden opeens bij me voor de deur. Ik had die dag vreselijk last van mijn darmen en lag voor pampus op de bank na een zware toiletsessie. Iets waarschuwde me niet open te doen, maar nieuwsgierigheid deed me toch aan het touw van de voordeur trekken. Zware voetstappen op de trap. En toen was hij boven en stond hij voor me, groot en rood: Wout. Dezelfde Wout als vroeger, slechts een beetje zichtbaar ouder. Ik kan niet ontkennen dat hij er zelfs iets knapper op was geworden.

'Ik moest in Groningen zijn en toevallig ook nog in deze buurt, ik had gehoord dat jij tegenwoordig hier woont, dus ik dacht: ach, laat ik eens bij Jeanet aanwippen.'

Ongevraagd beende hij langs mij het halletje in en meteen maar door naar de huiskamer. 'Leuke woning, Jeanet!'

Irritatie welde spontaan op toen ik zijn opgeruimde toon herkende, de jaren krompen ineen. Hij liet zich midden op de bank vallen. Ik vroeg of hij koffie wilde, dat wilde hij natuurlijk en ik had meteen weer spijt van mijn gastvrijheid. Vanuit de keuken hoorde ik zijn snuivende ademhaling. Toen we even later tegenover elkaar zaten, hij met koffie en ik met thee, krabde hij zich uitgebreid in zijn rode haar (dat de kleur nu aan een spoeling ontleende, zag ik) en ving aan met een klaagzang over de Hollandse kleinheid, de Hollandse drukte en natuurlijk over het Hollandse weer. Na al die jaren als 'freelance correspondent in warme continenten' kostte het hem altijd vreselijk veel moeite aan Holland te wennen als hij even terug was en hij snapte niet dat er mensen waren die vrijwillig kozen voor een leven in dit land. Ik kreeg een déjà-vu van die Douwe op Texel, die ooit een ellenlange mail met vergelijkbare inhoud rondstuurde.

Met Wout was ik in Bolivia en Peru geweest. We kenden elkaar al een tijdje en ook met hem beging ik de fout op reis te gaan. En veel langer dan met Willibrord in Parijs. Maanden zaten we in de Andes, onze relatie heeft de herinnering aan die op zich prachtige reis behoorlijk besmet. Ik zie hem in de mijnstad Potosí de hotelkamer nog binnenstormen met het bericht dat hij belangrijke contacten had gelegd met een revolutionaire beweging. Hij had zich voorgedaan als een verslaggever van een groot Nederlands dagblad en nog diezelfde avond zou hij twee mannen interviewen op een geheime locatie. Want journalist worden was de grote droom van Wout. Bijkans hysterisch kwam hij terug van zijn historische ontmoeting. Het was een fántástísch! interview geweest! De mannen hadden hem zelfs dynamietstaven getoond die ze van de mijn hadden gestolen uit naam van het Boliviaanse volk. Ik denk dat hij al krantenkoppen voor zich zag, zijn naam er vetgedrukt onder.

De volgende dag brachten we een bezoekje aan de tinmijn en raakten bij toeval verzeild op een illegale vergadering van de mijnwerkers. Wout was door het dolle heen. Een verboden vergadering! Zijn fototoestel flitste onophoudelijk en zijn kleine cassetterecorder zwaaide van de ene spreker naar de andere. Op de terugweg werden we aangehouden door de militaire politie en moesten we mee naar het bureau. We kregen te horen dat de mijn militair terrein was en dat daar dus niet gefotografeerd mocht worden. De filmpjes werden uit onze camera's gehaald. Terwijl we op het politiebureau zaten, doorzochten agenten onze hotelkamer en namen filmrolletjes en bandjes van Wout mee. Ook het bandje met het interview.

Na uren wachten kwam een officier ons halen voor ondervraging. Ik moest het eerst mee. Of ik op de vergadering foto's had gemaakt? Ik schudde mijn hoofd. Wie waren de twee geïnterviewde mijnwerkers? Ik zei dat ik ze niet kende. De man herhaalde de vraag, luider en dreigender. Ik zei opnieuw dat ik van niets wist. Ik kende de verhalen over de ondervragingstechnieken van de Boliviaanse politie en vroeg me af wat zijn volgende stap zou zijn. Maar zonder dat er verder iets gebeurde, mocht ik gaan.

Toen was Wout aan de beurt. Van de heldhaftige reporter was weinig over. Met samengeknepen billen liep hij voor de officier uit de verhoorkamer in. Ik hoorde de officier één keer brullen. Vrijwel meteen kwam Wout hevig transpirerend weer naar buiten, gevolgd door de officier, die me met een grijns het filmrolletje teruggaf dat eerder die dag uit mijn fototoestel was gehaald. Voor het eerst zei Wout een hele avond niets, behalve dat hij het raar vond dat ik mijn filmrolletje terug had gekregen en hij niet. Dat had mijzelf ook verbaasd. De volgende dag lazen we in de lokale krant dat twee terroristen waren gearresteerd. Ik heb me achteraf vaak afgevraagd waarom we bij elkaar bleven, want als een verzuurd echtpaar reisden we verder, tot hij mij dumpte in plaats van ik hem.

Het gesprek verliep stroef toen hij bij mij thuis op de bank zat. Mijn darmen speelden opnieuw op en ik trok me terug op het toilet. Ik had ook diarree toen ik hem voor het laatst zag. Als ik probeerde rechtop te staan sloeg ik meteen weer dubbel van de kramp.

Zo zaten we ook vast in een primitief hotelletje in een Boliviaanse provinciestad. Na twee dagen, ik werd steeds zieker en slapper, kwam Wout op de rand van mijn bed zitten en legde me uit dat hij echt niet langer kon blijven. Ik moest daar begrip voor hebben. Hij wilde doorreizen naar Peru waar 'spannende dingen' gebeurden die hij als journalist niet kon missen. Hij pakte zijn rugzak, wenste me beterschap en verdween. Op zich vond ik dat niet erg maar ik heb het mezelf nooit vergeven dat ik hem de kans heb gegeven dat te doen in plaats van zelf het initiatief te nemen. En feitelijk liet hij mij gewoon in de steek terwijl ik doodziek was.

Toen ik terugkwam van het toilet stond Wout in mijn boekenkast te snuffelen.

'Wat ik eigenlijk wilde vragen, zou ik jouw foto's van Bolivia mogen lenen, Jeanet?'

Was toevallig in de buurt!

'Ik ben namelijk een boek aan het schrijven over mijn reizen en ik heb zelf geen foto's van het eerste deel van de reis in Zuid-Amerika. Je weet wel, ze hebben toen mijn filmpjes in beslag genomen, na dat akkefietje in Potosí. Ik kan me herinneren dat die officier jou je rolletje teruggaf, Jeanet.'

Akkefietje!

Ik stotterde: 'Als je goede foto's wilt hebben uit Bolivia moet je niet bij mij zijn. Dan kun je beter naar Amnesty International gaan. Daar hebben ze vast nog wel een paar mooie portretten van vermiste personen voor je!'

Hij staarde me niet-begrijpend aan en zei toen op belerende toon: 'Nééjoh, het gaat om eigen materiaal, om foto's van dingen waar ik zelf bij was! Jij hebt toch foto's van die vergadering bij de mijn. Ik dacht, misschien sta ik wel op een van die foto's.'

Reken maar! Zijn twee meter lange gestalte domineerde bijna alle plaatjes, maakte de kleinere Bolivianen tot figuranten.

'Die foto's zijn mislukt,' zei ik.

'Wat jammer. Heb je geen andere foto's waar ik op sta? Kijk, het gaat erom dat ik een paar plaatjes heb voor dat boek waaraan de lezer kan zien dat ik *on the spot* was.'

'Ben je bang dat ze je anders niet geloven?'

Koeltjes verklaarde hij dat het daar niet om ging. 'Veel reisschrijvers plaatsen foto's van zichzelf in hun boeken. Dat wil de lezer.'

'Als ik jou was, zou ik dat niet doen. Je rotkop zou de lezers weleens af kunnen schrikken! Als jij met je melige grijns ergens bij staat valt meteen elke spanning weg!'

Hij grinnikte en maakte een bezwerend gebaar.

'Denk eens na, Wout, je hebt er vast nog wel wat anderen bijgelapt behalve die twee mijnwerkers. Denk eens goed na! Je maakt me niet wijs dat je niet meer slachtoffers hebt gemaakt in al die landen waar jij met je snotneus hebt lopen wroeten in zaken die je verstand te boven gaan. Het kan niet zo moeilijk zijn om daar fotomateriaal over te verzamelen.'

Zijn bril was een stukje naar voren gezakt en hij staarde me onnozel aan. Haastig slurpte hij zijn koffiekopje leeg.

'Nou dan ga ik maar, als je toch geen foto's voor me hebt.'

'Stapels foto's heb ik! Maar ze zijn allemaal mislukt door die overjarige puberkop van jou!'

Snel pakte hij zijn jas en liep naar de deur. Ik trapte die achter hem dicht en stond te trillen op mijn benen. Nog veel meer had ik hem willen toeschreeuwen, het liefst had ik die zelfgenoegzame bek van hem in elkaar getimmerd. Ik liep naar het raam en zag hem de straat oversteken, schichtig over zijn schouder blikkend. De drang het raam te openen en hem verder uit te schelden was onweerstaanbaar, maar ik wist me te beheersen en volstond met het opsteken van mijn middelvinger. Ik voelde me opgelucht. Eindelijk, eindelijk had ik die klootzak een beetje de waarheid gezegd!

Lang kon ik niet bij het raam blijven staan. De krampen dwongen me opnieuw naar de wc. De dag was verkeerd begonnen en ik wist zeker dat het die dag niet meer goed zou komen. Ik voelde me ellendiger dan ooit en ik merk nu hier in de sauna dat ik nog steeds niet goed in staat ben het verhaal voor mijzelf eerlijk te recapituleren, zo kolossaal is mijn frustratie nog. Het laatste deel van dat verhaal, vanaf het moment dat hij me om de foto's vroeg, hoort namelijk thuis in de categorie: dingen die ik had willen zeggen.

In werkelijkheid heb ik mijn fotoalbum van die reis gepakt, hem gewoon de foto's gegeven en toen is hij vertrokken. Op straat zwaaide hij nog een keer naar me.

Tja, mijn exen. Er zijn er ook wel waar ik met minder rancune aan terugdenk, hoor. En met sommigen had ik ook wel iets van een seksuele klik, maar niet met Willibrord en Wout. Met Thomas wel. In het begin. Ik legde al eerder uit dat ik zo bezig ben met die exen omdat Thomas me dat mailtje doorstuurde over een reünie van de Texelbijeenkomst voor aanstaande gepensioneerden, vijf jaar geleden. Zou hij echt denken dat ik daarheen wil? Als je het origineel al niks vond, ga je toch niet naar de herhaling? En zou hij echt denken dat ik daarheen wil na alles wat er sindsdien is gebeurd? En dat dan ook nog met hem erbij?! Wel toevallig dat de mail juist binnenkomt nu ik vlak bij dat bungalowpark in de sauna zit te zweten, maar ik heb niet bewust voor dit hotel gekozen, het was gewoon een gunstige aanbieding.

Thomas mocht op kosten van zijn werkgever naar dat lange weekend als voorbereiding op zijn pensioen en mocht mij als zijn partner meenemen. Ik had er weinig zin in, maar wilde ook geen spelbreker zijn. In tegenstelling tot Thomas zag ik helemaal niet zo op tegen mijn pensioen, ik heb me nog nooit in mijn leven verveeld, dus waarom zou ik dat wel doen als ik gepensioneerd zou zijn. Ik moest gewoon iets vinden waar ik me volledig op kon storten, een boek schrijven over een onderwerp dat me interesseert, daar research voor doen of desnoods vogels kijken zoals een paar van die types tijdens dat weekend. Zolang ik maar iets heb waar ik me met hart en ziel op kan concentreren, net zoals ik dat tijdens mijn werkzame leven deed. Thomas voelde dat anders, die was ook altijd opgegaan in zijn werk, maar op een heel andere manier dan ik. Waar het voor mij op een prettige manier aan het obsessieve grensde, was het voor hem vooral een niet al te vervelende bezigheidstherapie. We hadden al wat plannetjes gemaakt, waarbij we veel samen zouden doen, om te beginnen een lange reis of langdurige vestiging in een warm land. Maar goed, ik ging dus mee naar Texel, ik vond het wel best, zo van: baat het niet, dan schaadt het niet.

Gisteravond wandelde ik even langs de bungalows, nou, dat was voor mij meer dan genoeg reünie. Ze stonden nu leeg, daarom kon ik ongestoord naar binnen gluren. Maar hoe leeg ze ook waren, de ruimten vulden zich onmiddellijk met herinneringen. Ik zag ons weer in een kring zitten met thema's als wat we belangrijk vonden in ons leven, onze persoonlijke waarden dus, over gezondheid en veranderende financiën. Daar werd dan eindeloos over gepraat, en als we er niet uit kwamen, had Douwe wel een antwoord. Ja, Douwe had overal antwoord op. Mijn god, wat heb ik me geërgerd daar op Texel. Volgens Thomas was ik de enige, want de anderen waren er allemaal erg over te spreken. Ik wil dat best geloven, hoewel die twee vogelaars er regelmatig tussenuit knepen. En ik heb mijn ergernis voor me gehouden, ik denk dat ik de meeste deelnemers nauwelijks opgevallen ben. En toen ik die zaterdagavond na het eten even wegvluchtte naar de Slufter, heeft volgens mij niemand dat gemerkt. Behalve Thomas dan, want die was daar pissig over. Belle, de vrouw van Douwe, probeerde me er regelmatig bij te betrekken, maar ontdekte al spoedig dat dit weinig zin had.

Ik geloof dat het nuttig kan zijn je goed voor te bereiden op je pensioen, maar waar ik me vooral aan ergerde was het amateurisme van dat 'Wat te doen met je pensioen?'-gedoe. Het staat kennelijk iedereen vrij zoiets te organiseren, de bekende parasitaire wildgroei rond subsidiepotten. Een van de thema's was 'Frustraties op het werk'. Waarom we daarover moesten praten als voorbereiding op het pensioen was me een raadsel. Ik heb het Belle en Douwe allebei gevraagd, maar een duidelijk antwoord kreeg ik daar niet op. Belle verwees me naar Douwe en die kletste iets over valkuilen die je ook als gepensioneerde te wachten konden staan. Was het dan niet beter daarover te praten? Hij haalde zijn schouders op, emmerde nog iets over 'lering trekken uit je werkervaringen', blablabla. Vond me een beetje lastig, geloof ik. Maar gaat het pensioen helderder schijnen als je je werk terugbrengt tot de frustraties? Wat als je je werk gewoon leuk vond? Ik ging niet met pensioen omdat ik mijn werk zat was, maar vooral omdat Thomas dat wel was en bovendien met pensioen moest. Ik had natuurlijk gewoon door kunnen werken, maar zover was ik toen nog niet.

Tijdens genoemde bijeenkomt wist ik niet wat ik moest zeggen. Natuurlijk, er waren minder leuke momenten en zeker ook minder leuke collega's, maar ik had geen zin dat te gaan benadrukken. Waarom zou ik? Heldere frustraties ten aanzien van mijn werk had ik niet. Dus hield ik mijn mond. Thomas niet. Die kwam met een oude frustratie op de proppen. Ik had hem daar al een tijdje niet over gehoord, maar dat betekende niet dat hij het ook verwerkt had, zo bleek.

Ooit, jaren geleden hadden een paar vrouwen op zijn

werk bij de provincie een etentje georganiseerd voor alleen het vrouwelijke deel van het personeel. Dat was Thomas al in het verkeerde keelgat geschoten. Niet omdat non-binairen of weet ik veel wie uitgesloten waren, nee, gewoon omdat hij daar niet welkom was.

'Dat moeten wij mannen eens wagen!' tierde hij. Ik antwoordde dat hij dat gewoon moest doen, maar nee, hij wilde zich niet verlagen tot het niveau van die 'wijven'. Maar het werd nog erger. Die 'wijven', een stuk of zestig in getal, haalden het tijdens dat etentje in hun hoofd om een top tien van mannelijke collega's samen te stellen. Ik kon me daar wel iets bij voorstellen, zeker bij de lol die je daarbij kunt hebben. Lekker melig. Toen Thomas dat vernam, explodeerde hij bijkans van woede. Opnieuw: 'Dat moeten wij mannen eens wagen!' Waar hij wel een punt had, natuurlijk, maar ik kon me niet aan de indruk onttrekken dat de werkelijke reden van zijn razernij was dat hij had vernomen niet in die top tien te staan. Want hij bleef maar doorzeuren wie er wél in stonden, 'alleen maar nitwits', vooral de nummer één was een nitwit, een watje dat er niet uitzag! Ik vroeg wat het criterium bij de verkiezing was geweest, misschien niet uiterlijk maar vrouwvriendelijkheid of zoiets? Dat kon hem niet schelen, het was principieel verkeerd! Ik heb het maar niet gezegd, maar als je zo'n top tien principieel fout vindt, wind je je toch niet op over wie erin staat? Ik weet zeker dat als hij nummer één was geweest, hij dat glimmend had rondgebazuind.

Maar goed, dat verhaal vertelde hij op Texel dus aan de groep. En, jawel, iedereen, ook de vrouwen, begreep zijn frustratie. Eindelijk vond hij daar op Texel het begrip waar hij al zo lang naar snakte en dat ik hem nooit heb kunnen geven.

Dat lange weekend op Texel had de voorbereiding op ons pensioen moeten zijn, maar werd de inleiding op onze scheiding. Dat begon al op de terugweg in de auto. Thomas verweet me mijn 'asociale' gedrag en dat vond ik niet terecht. Ik was meegegaan omdat hij dat zo graag wilde, had me uiterst gereserveerd opgesteld, terwijl ik het allemaal slap geouwehoer vond. Als ik me echt 'asociaal' zou hebben gedragen, zou ik daar wel hebben laten blijken wat ik ervan vond, dan zou ik die Douwe en Belle wel even de waarheid hebben gezegd. Wat een amateurisme! Voor veel geld een beetje vrijblijvend babbelen en open deuren intrappen! Hij beweerde er veel aan gehad te hebben, maar toen ik hem vroeg wat dan precies wist hij dat niet onder woorden te brengen. Dat was niet allemaal zo concreet, beweerde hij.

'Misschien dat je eindelijk steun kreeg voor het feit dat je niet in de top tien was gekozen door je vrouwelijke collega's?' vroeg ik.

Misschien had ik dat niet moeten zeggen, want hij ontplofte. De hele terugweg ruzieden we en eenmaal thuis ging het gewoon door. Drie volle dagen, waarbij we apart aten en sliepen. Dat was uniek. We hadden wel vaker ruzie gehad, maar nooit zo lang. Onze wederzijdse ergernis over het weekend bleek het vonkje dat ertoe leidde dat het hele bouwwerk van onze relatie tot de grond toe afbrandde. Maar het was vernietiging en loutering tegelijk, althans voor mij, want aan het eind van die drie dagen had ik een aantal conclusies getrokken. Ten eerste dat ik inderdaad asociale trekjes heb, in de zin dat het uitgebreid delen van ervaringen op het gebied van waarden, gezondheid of wat dan ook bij mij niet werkt, integendeel, het roept vooral irritatie op. Dat was geen nieuwe ontdekking, ik wist dat allang, maar hield het altijd ergens onder de oppervlakte, omdat ik dacht dat het niet normaal was. De tweede conclusie was dat de plannen die Thomas en ik hadden voor ons pensioen, dat van die lange reis of vestiging in een warm land, waar ik niet eens zo diep in mijn hart altijd al tegen op had gezien, wat mij betreft definitief van de baan waren. Toen ik dat eenmaal had besloten, voelde ik een enorme opluchting. Na deze conclusies en bijbehorende besluiten was het maar een kleine stap naar de beëindiging van onze relatie.

Dat was dus vijf jaar geleden. Als ik denk aan het pensioenweekend, wordt die in eerste instantie aan het gezicht onttrokken door de ruzie en alles wat er daarna gebeurde. Want toen ik een tijdje later op mezelf woonde en probeerde mijn pensioen vorm te geven, belandde ik alsnog in dat beruchte zwarte gat waarover zo vaak werd gesproken tijdens het weekend. Als ik daarvoor mensen erover hoorde praten, moest ik altijd denken aan een sombere winterdag waarop je tot niets komt, maar ook weet dat die dag voorbijgaat. Het bleek veel erger te zijn, als ik er nu aan terugdenk zie ik het kunstwerk voor me dat ik jaren geleden bezocht in Tate Modern in Londen. Daar stond een container die vanbinnen was behandeld met een soort verf die het licht volledig absorbeerde. Je hoefde er maar een klein stukje in te lopen en het was al pikdonker, niet alleen het licht werd volledig opgezogen, zelf leek je ook te verdwijnen in de duisternis. Zo voelde het tijdens mijn pensioendepressie. Een zwart gat in de meest letterlijke zin van het woord. In die totale duisternis heerste slechts wanhoop en ik wist niets beters te bedenken dan de hele dag in bed te blijven liggen. Zoiets had ik nooit eerder ervaren. Werk was altijd zo vanzelfsprekend voor me geweest en toen dat opeens wegviel, voelde het alsof er een levenspartner wegviel, het bezorgde me een verdriet dat het verbreken van een relatie nooit teweeg heeft kunnen brengen, ja, de enige ex waar ik echt diep om heb gerouwd, was mijn werk, hoe gek dat misschien ook klinkt. Vooraf had ik gedacht dat ik gewoon iets moest vinden waar ik met veel plezier mee bezig kon gaan, dat boek of vogels kijken, maar toen het eenmaal zover was had ik daar helemaal geen zin in. Er was niets wat me interesseerde, ik lag in bed flessen wijn te legen tot ik weer in slaap viel, ik verwaarloosde mijzelf volledig. Maar net zoals liefdesverdriet slijt met de tijd, werd dit gemis ook steeds kleiner en op een gegeven moment kwam ik overeind, kocht een e-bike en begon als een gek te fietsen, raakte een tijdje verslaafd aan film en theater, leerde mijzelf eindelijk spelen op de piano die ik al bijna een leven lang als meubelstuk in de huiskamer heb staan en als vanzelf kwam de zon op en verdreef de duisternis. En nu, vijf jaar verder? Ik doe freelancewerk als laboratoriumonderzoeker, schrijf artikelen voor tijdschriften op mijn vakgebied, fiets nog steeds rond, ga regelmatig naar film en theater, lees meer dan ik ooit gedaan heb en regelmatig ga ik er even tussenuit, zoals nu op Texel. Daarnaast breng ik veel tijd door in de sauna.

Maar voor vandaag ben ik klaar met de sauna. En ook met mijn exen en alles wat ik zojuist heb zitten herinneren. Ik zal Thomas wel even antwoorden dat ik niet geïnteresseerd ben in die reünie. Ik ga me opfrissen, een hapje eten en gauw nog even naar de Slufter voor het donker wordt. Ik kende de Slufter als een soort pretpark. Meestal is het er filelopen. Er wordt altijd in superlatieven over dit natuurgebied geschreven en dat is ook terecht, maar de natuurervaringen worden behoorlijk verdund door de drukte. Die zaterdagavond tijdens het weekend dat ik er even tussenuit was geknepen naar de Slufter was een ware ontdekking. Wat was het er stil, wat een rust! Althans wat mensen betreft. Ik was er alleen, alleen met de wind, de zee en de vogels. De toeristen zaten te schransen en te zuipen in overvolle restaurants in De Koog en Den Burg. De natuur is kennelijk alleen voor overdag, 's avonds heeft men wel wat beters te doen. Die ontdekking is het enige positieve wat ik aan dat weekend heb overgehouden.

En nu loop ik er weer. In de verte zie ik nog een paar mensen lopen. Verder niemand. Wat een pracht, wat een ruimte, wat een lichtspel van avondzon op water, duin, moeras en wad. Het klopt, de Slufter is een van de mooiste, misschien wel het mooiste natuurgebied van Nederland. Maar dan moet half Nederland (en Duitsland) er wel wegblijven. De hel, dat zijn de anderen, zei

Sartre. En iedereen krijgt de exen die hij of zij verdient, dat zeg ik. Ben ik een *grumpy old woman*? Zou zomaar kunnen. Jammer voor de anderen.

11.

In 't voorbijgaan

In een open motorbootje dwars door een tropische regenbui, waardoor alles om me heen water is, vaar ik naar een eiland nabij de Thaise stad Krabi, waar enkele uren na aankomst de lucht strak blauw trekt en ik ontdek in een omgeving te zijn beland waar natuur en toeristenindustrie vruchtbaar samenwerken bij de bevestiging van clichés: witte, door overhangende kokospalmen beschaduwde stranden, een helderblauwe zee, een decor van in nevelen gehulde groene bergen en om de vijftig meter palmhutjes waar koude drankjes verkrijgbaar zijn. Alleen de muskieten, de open riolen en de naar pis riekende grotten bewijzen dat het zich bevinden in een cliché niet hetzelfde is als het kijken naar een tweedimensionale afbeelding ervan.

Toch kom ik spoedig tot mezelf op het eiland, lezend, etend en drinkend. Nu en dan trek ik wellustig vellen van mijn huid, heerlijk dat tintelende gevoel als de nieuwe huid voor het eerst in contact komt met de frisse lucht!

De vanzelfsprekende rust maakt het bestaan van een andere wereld ongeloofwaardig. Hier, waar hippie en trendy vreedzaam samenleven, lijkt het of iedereen slachtoffer is van een collectieve traagheid. De enigen die zich haasten zijn de strandkrabbetjes met ogen op steeltjes, die driftig over het zand rennen, als stripfiguren met zonnebrillen op razendsnelle fietsjes.

Maar de benauwde nacht onder de klamboe in de bamboehut is vol zenuwachtig getsjirp, gekwaak, getik en gefluit. Nu en dan valt er met een zware plof een kokosnoot op de grond.

Het eiland heeft iets weg van een gigantische stamkroeg. Men kent elkaar weliswaar niet, maar gesprekken komen vlot tot stand. Dat heeft met de lange avonden te maken, vermoed ik, en met het koude bier, natuurlijk. En met het feit dat niemand vroeg op hoeft om te werken, behalve de Thai dan, de obers en de eenzame agent die sloom zijn ronde doet in het toeristenparadijsje, zwaar bewapend: handboeien, bajonet, een pistool achteloos in zijn cowboyholster.

Het schijnt dat jaren geleden zeerovers nu en dan een gemakkelijke buit zochten in het idyllische baaitje, tenminste, dat beweert Bobbejaan uit Goirle, met wie ik op een avond in gesprek raak aan de bar, terwijl de geluiden van de tropennacht worden overstemd door een generator en de muziek waaraan die stroom levert.

Bobbejaan is met pensioen en zit al drie maanden op het eiland. Hij zegt verslaafd te zijn aan Thailand en wil er tot zijn dood toe blijven. Dat moet ook wel, voegt hij eraan toe, want van alleen de AOW kan hij in Nederland niet leven. Voorheen was hij fotograaf, gespecialiseerd in het maken van bruidsreportages. Hij trekt veel op met Ron uit Velzen, een gezette kale man, die voor zijn pensioen 'een hoge functie' had bij de Plantsoendienst van zijn gemeente. Hij klaagt voortdurend over zijn vroegere werk, je zou bijna denken dat hij nog niet met pensioen is. Bobbejaan reageert dan zurig dat Ron niet zo moet zeuren, hij dankt immers een goed pensioen aan 'die hoge functie' van vroeger.

'Wat deed jij voor de kost?' vraagt Ron me, er als vanzelfsprekend van uitgaand dat ik ook pensionado ben. Dat ben ik ook, maar ik heb geen zin ze dat te vertellen.

'Ik ben technisch medewerker op een scheermesjesfabriek,' antwoord ik.

Beide heren gniffelen en bestellen nog een fles bier.

'Zeker de mesjes slijpen op een steentje,' grapt Bobbejaan.

'Haha! Heel leuk!' zeg ik en ik leg hen uit dat ik de machines in de fabriek onderhoud en dat dit werk mij goed bevalt en me over een paar jaar een goed pensioen oplevert.

Het is of ze niet precies weten wat ze aan moeten met iemand die haar werk met plezier doet. En dan zeker het werk dat ik doe. Of ze vinden het geen beroep voor een vrouw, dat kan natuurlijk ook. Nu heb ik nog nooit een scheermesjesfabriek vanbinnen gezien, in werkelijkheid was ik persfotograaf, gespecialiseerd in oorlogsgebieden. Maar dat gaat ze niet aan.

'Nee, het echte werk is dat van persfotograaf!' verzucht Bobbejaan dan.

Mijn mond valt open van verbazing. Maar de opmerking is niet voor mij bestemd.

'Ja!' roept Ron uit. 'Dat waren nog eens tijden!'

Dan blijkt dat beide heren elkaar kennen uit een eerder beroepsleven, waarin ook zij met de camera rampen oorlogsgebieden afrenden.

'Weet je nog van die stuwdam in Italië?' zegt Bobbejaan met dikke tong.

'Ja, en die aardbeving in Iran!'

'En in Bosnië...'

'Die keer in Kosovo!'

De voorbeelden volgen elkaar in steeds hoger tempo op, de heren raken opgewonden. Naast elkaar gezeten, fles bier in de hand, zwepen ze elkaar onbeheerst op tot een welhaast hysterisch hoogtepunt. Andere bezoekers draaien zich om. Het is of een dijk doorbreekt, eerst een klein stroompje dat een bres slaat, dan steeds breder wordt en uiteindelijk de hele dijk meesleurt. Steeds meer 'weet je nog!' en 'die keer!', steeds luider uitgeschreeuwd tot de voorbeelden op zijn of krachteloos door voortdurend hergebruik. Snotterend staren beide mannen voor zich uit, in trance, tranen van dronken opwinding in de ogen. Het lijkt of ze ineens tien jaar ouder zijn. Mij zien ze allang niet meer, de blik naar binnen gekeerd, herbeleven ze hun avonturen. Ik zou nu natuurlijk kunnen zeggen dat ik ook zo'n leven achter me heb, maar waarschijnlijk zullen ze dat niet geloven, zeker niet na mijn verhaal over de scheermesjesfabriek, afgezien daarvan zal ik nooit zo over mijn beroepsverleden praten. Niet dat ik het afkeur, ik kijk er gewoon anders tegen aan. Het was spannend, gevaarlijk, de omstandigheden vrijwel altijd deprimerend, al herinner ik me ook leuke momenten. Ik kijk er zeker niet negatief op terug, maar mijn god, wat ben ik blij dat ik nu met pensioen ben. Alsof ik voor het eerst van mijn leven echt kan ontspannen.

Voorzichtig sta ik op en sluip de duisternis in naar mijn hut. Ik wil juist naar binnen gaan als iets langs mijn rug schuurt en vlak achter me explodeert met een vochtige plof: een kokosnoot van enkele kilo's. Ik voel lauwe spetters op mijn blote kuiten. Een paar centimeter en hij had mijn schedel verbrijzeld. Na alle gevaarlijke situaties in het verleden uiteindelijk op zo'n manier omkomen...

Ik hoor Bobbejaan al tegen Ron schetteren: 'Zeg, heb je het gehoord? Dat mens van de scheermesjesfabriek heeft een kokosnoot op haar kop gekregen. Hartstikke dood. Wat een triest leven! Wat een domme dood!'

En ze zouden in hysterisch gelach uitbarsten.

Van het eiland reis ik naar Hua Hin dat een gespleten indruk maakt. Je waant je in een bedrijvige oosterse vissersplaats en opeens sta je tussen de luxe hotels, restaurants, souvenirshops en bordelen. Een eindje verderop is een strand. De toeristenbuurt is rechtstreeks te bereiken vanaf het station en je kunt als je wilt het vissersgedeelte geheel ontlopen.

Toch kun je niet echt zeggen dat de stad volledig gespleten is, want haar dubbelzinnigheid zet zich subtiel voort in het toeristengetto: een groot deel van de bezoekers bestaat uit oudere witte mannen met jonge Thaise meisjes. De *farangs* lijken allemaal op elkaar: gezet, licht kalend, onregelmatig verbrand en gekleed in felgekleurde, ruime shorts. Het verliefde gedrag van hun vriendinnetjes maakt een onverwachte jeugdigheid in hen los.

In de lobby van mijn hotel ontmoet ik Douwe. Douwe is op vakantie in Hua Hin, samen met zijn Thaise vrouw. Hij is rond de zeventig en zij eind twintig, schat ik. In de lobby van het hotel raken we in gesprek, waarbij Douwe zich opstelt als Thailandkenner. Feitje na feitje somt hij op. Als ik hem vraag hoe het komt dat hij zoveel over het land weet, vertelt hij dat hij kort na zijn pensionering een cruise maakte in Zuidoost-Azië en zo Thailand ontdekte. 'Ik was meteen verliefd, op het land en op háár!'

De jonge vrouw kijkt glimlachend op.

Douwe had het helemaal gehad met Nederland, vertelt hij. Alles wat hij bezat had hij verkocht: huis, auto, werkelijk alles. Hij zegt er niets over, maar ik zie ook een echtgenote staan tussen de aan de kant gezette spullen. Nu woont hij bij 'haar', in een dorpje vijfhonderd kilometer van Hua Hin, waar hij een huis heeft laten bouwen en waar nooit een toerist komt. 'Ik dacht dat mijn leven bijna was afgelopen en ontdekte vervolgens het paradijs! Op het Thaise platteland! Ben je op het platteland geweest? Op het platteland leer je het echte Thailand kennen!'

Later die dag kom ik hem opnieuw tegen. Vlak voor de ingang van het hotel staat hij te gebaren tegen de vrouw. Als ik dichterbij kom, hoor ik hem een mengelmoesje spreken van Engelse en Nederlandse woorden en heel af en toe een woord dat ik niet versta. Waar ze het precies over hebben, kan ik niet achterhalen, maar ze kijken allebei nogal strak. Zodra hij mij ziet, begint hij tegen me te praten.

'Thais is de moeilijkste taal van de wereld.'

Op mijn vraag of hij die taal spreekt, haalt hij zijn schouders op: 'Ach, ik doe mijn best. Zíj spreekt niets anders.'

Hij werpt een schuine blik op de vrouw. 'Maar we begrijpen elkaar.'

'Het lijkt me wel fijn hier te wonen,' zeg ik. 'Nooit meer kou, altijd lekker eten!'

Hij kijkt me geringschattend aan.

'Lekker eten! Ik reis soms zestig kilometer om een bruinbrood te halen. En kaas? Ze hebben alleen van die kleffe Australische troep. Maar zij doet haar best om zo veel mogelijk aardappelen, vlees en groente voor me te koken. *Farangfood* noemen ze dat hier.'

Hij maakt een snelle hoofdbeweging in de richting van de vrouw, die verveeld peutert aan een gouden ring aan haar vingers.

'Op het platteland leer je het echte Thailand kennen,' zegt hij weer, maar de toon is nu heel anders dan de eerste keer. ''s Avonds eten ze hun zoveelste portie rijst en dan heb je het gehad voor die dag. Haar hele familie komt geld bij me lenen, ja, wat moet je... Maar terugbetalen... ho maar.'

Zijn vrouw, in haar rode jurk vol goudbeslag, kijkt afwezig voor zich uit. Als er een pauze in het gesprek valt, glimlacht ze naar me.

'Dan zeggen ze wel dat dit het land van de glimlach is,

maar er is ontzettend veel geweld, elke dag staat de krant vol met moorden, en als ze een ongeluk veroorzaken en iemand is gewond dan rijden ze er nog een keer overheen, dat scheelt een schadeclaim, want niemand is verzekerd, natuurlijk...'

De toon van de deskundige is verdwenen. Hij wil zijn hart luchten. Ik bedenk hoe hij over Nederland moet hebben gesproken voor hij in Thailand ging wonen.

Aan het eind van de middag zit ik op het balkon. Behalve het ruisen van de zee is af en toe het geloei van een brommer in de verte te horen. Zwaluwen zwieren voor de zon langs die bijna is ondergegaan. De eerste vleermuizen, aflossers voor de nacht, duiken zwijgend tussen hen door.

Op het balkon naast mij hoor ik gedempte stemmen, van een man en een vrouw. Ik herken de stem van Douwe, hoor hem met ingehouden heftigheid zijn zinnen herhalen. Er zit iets smekends in zijn toon. De hoge vrouwenstem klinkt beslist. Een poosje is het stil. Dan hoor ik Douwe op het balkon naast me snikken. Korte tijd later zie ik de vrouw een koffer het hotel uit slepen en in een taxi stappen.

Het is inmiddels donker geworden, maar de zwaluwen zijn nog steeds actief, als kwetterende motten vliegen ze rond een straatlantaarn.

12.

Onder gepensioneerden

Ik krijg net een appje binnen als Trumpje opeens met zijn maffe kapsel boven mijn pas geknipte heg hangt. Trumpje is de laatste tijd weer op oorlogspad. Vandaag houdt hij een preek die erop neerkomt dat je als bezitter van een volkstuin liefde moet voelen voor je tuintje en voor alles wat daarin leeft en groeit. Als die liefde ontbreekt, wordt het nooit wat met zo'n tuintje. Als hij klaar is, laat hij een veelbetekenende stilte volgen, alsof hij me de gelegenheid wil geven mijn eigen conclusie te trekken uit zijn tirade, al is er duidelijk voor hem maar één conclusie mogelijk, namelijk dat die liefde bij mij ontbreekt. Omdat ik hem vragend blijf aankijken, voelt hij zich gedwongen die conclusie zelf te verwoorden, maar daardoor raakt de opbouw ernaartoe een beetje uit balans en dat lijkt hij zelf ook te voelen.

'Ik vraag me af of jij die liefde wel voelt, Clara,' zegt hij ten slotte, maar het komt er veel bedeesder uit dan hij misschien gewild had.

'Maak je geen zorgen, als ik die liefde niet zou voelen, had ik geen tuintje genomen,' zeg ik en ik richt me op mijn telefoon.

Maar Trumpje is net een daas, zo'n hardnekkig steekinsect dat als je hem weg mept het telkens opnieuw blijft proberen.

'Ik zie je anders maar weinig in je tuin de laatste tijd.'

Daar heeft hij helaas een punt, want door complicaties in Barends ziekte ben ik de afgelopen weken veel met hem bezig geweest. Maar ik heb geen zin Trumpje dat te vertellen.

'Soms zijn er andere dingen die voorrang moeten krijgen,' zeg ik daarom maar.

'Dat bedoel ik nou, je tuin heeft geen prioriteit.'

Dan val ik ondanks mijn voornemen dat niet te doen toch tegen hem uit. 'Beste meneer de bemoeial,' (bijna had ik 'Trumpje' gezegd), 'soms gebeuren er zaken in je leven die je verhinderen je eigen prioriteiten te stellen!'

'Zoals koffiedrinken met de anderen?' reageert hij vilein en hij verdwijnt weer achter de heg, alsof hij van een verhoginkje is afgestapt. En misschien is dat ook wel zo. Maar ik sta perplex. Hoe durft hij me te verwijten dat ik soms samen met een paar tuinvrienden een werkdag begin met koffie en taart?! Zou hij er soms achter zijn gekomen dat we dan vaak over hem roddelen? Nou, dat is dan jammer, het is zijn eigen schuld dat hij bijna altijd bovenaan onze agenda staat en dit is weer een mooi verhaal om overmorgen te vertellen op de koffieafspraak. Gelukkig is de situatie bij Barend iets gestabiliseerd en heb ik weer meer tijd voor de tuin.

Het berichtje is een appje van Coby. We hadden vorige week een afspraak om iets te gaan drinken hier in de stad, maar die kon niet doorgaan vanwege de toestand met Barend. We hebben inmiddels een nieuwe afspraak gemaakt, volgende week woensdag. Coby wilde niet wachten op de reünie, maar al eerder iets afspreken. Dat vind ik erg leuk en ik verheug me er werkelijk op. We sturen elkaar nu regelmatig appjes, zo vertelde ze me dat ze enorm had opgezien tegen haar zeventigste verjaardag en had besloten die niet te vieren, tegen de zin van haar man, dochters en kleinkinderen. Achteraf had ze daar toch spijt van. Ze vroeg of ik de zeventig al was gepasseerd – nou, dat is inmiddels alweer zo'n twee jaar geleden – en hoe ik dat had ervaren. Tja, dacht ik, hoe had ik dat ervaren... zeventig... uiteindelijk is het maar een getal, je wordt ouder... het is gewoon niet anders. We hebben het op de tuin gevierd, Barend was er ook bij en het was heel gezellig. Ik geloof dat Trumpje er achteraf commentaar op had, iets over dat volkstuinen geen feestterrein zijn, maar dat heeft hij nooit direct tegen mij gezegd. Het interesseert me ook niet. Hij doet maar. Coby vraagt nu of ik zin heb om volgende week samen met haar naar het Catharijneconvent te gaan. Daar wil ze graag heen als ze toch in Utrecht is. Ik app terug dat het prima is.

Inmiddels is het ruim een maand geleden dat ik de mails met het reünievoorstel verstuurde en van de meeste deelnemers heb ik een reactie gekregen. Gerard is geen vrijgezel meer, hij heeft op zijn oude dag zijn grote liefde ontmoet en woont met haar in Hamburg. Ze zijn samen veel op reis, maar als hij een keer toch in Nederland moet zijn, lijkt het hem leuk om op de reünie te komen. 'Prik maar een datum, dan zie ik dan wel of ik kom,' schreef hij. Op hem reken ik maar niet.

Stef, de vogelaar die zo precies wist hoe hij zijn pensioen ging invullen, namelijk nog meer naar vogels kijken, ze tellen, ringen en alles wat je verder met vogels kunt doen, liet weten alleen geïnteresseerd te zijn als we minstens een weekend naar Texel gaan en Tim, die andere vogelaar, ook aanwezig is. Van Hetty, Stefs vrouw, weet ik dat ze komt. En dat geldt ook voor Tim, dus Stef zal er wel zijn.

Tim was trouwens de eerste die reageerde. Hij vertelde dat zijn vrouw Gemma enkele jaren geleden bij een verkeersongeluk is omgekomen en dat trof me echt diep. Dat vond ik zo'n leuke vrouw! Tim was een beetje bang dat er op zo'n reünie alleen maar juichende verhalen verteld zouden worden. Ik vertelde hem over Barend en zijn spierziekte en het leek wel of we allebei opgelucht waren niet de enige te zijn die rampspoed was overkomen. Dat is natuurlijk een beetje raar, want dan lijkt het bijna of we elkaars ellende nodig hebben. Maar goed, Tim komt dus en hij kan bijna altijd.

Bastiaan belde me op om te vertellen dat hij niet aanwezig zal zijn. Hij had niet het idee dat hij een band had opgebouwd met ons, tijdens dat weekend. Dat was niet onze schuld, zo legde hij uit, maar omdat hij als twintiger een ingewikkelde relatie had gehad met Belle, de vrouw van Douwe. Daardoor had het weekend voor hem volledig in het teken gestaan van de hernieuwde kennismaking. Daar keek ik wel van op! Maar verder ging het heel goed met hem, zei hij. Hij genoot volop van het pensioen waar hij vijf jaar geleden zo tegen opzag. Dat herinner ik me wel, ja, dat hij alleen maar beren op de weg zag, maar ik heb niets gemerkt van spanningen tussen hem en Belle. Belle reageerde daarentegen enthousiast op de mail. Ze wilde graag weten wie al hadden toegezegd te komen en over iedereen wist ze nog wel iets te vertellen. Dat Bastiaan niet zou komen vond ze jammer, schreef ze. Ik durfde niet verder te vragen.

Van Sjaak en Laura uit Amsterdam kreeg ik een lange mail waarin ze vertelden over hun kleinkinderen en over hun kalme pensioenleventje. Ze verheugden zich op de verhalen van de anderen. Dan heb je nog die twee vrienden, Joop en Marcel. Van Joop kreeg ik een reactie die ik niet helemaal kon plaatsen, het enige wat ik ervan begreep is dat hij alleen zou komen als Marcel ook ging. Die laatste vond een reünie een goed idee, maar liet weten veel weekenden bezet te zijn. Voor hem hoefde het sowieso niet een heel weekend te duren. Een etentje leek hem voldoende.

Gerben en Marga willen zeker komen. Gerben meldde nog dat hij de komende tijd zijn memoires gaat schrijven. Voor zover ik me herinner, was hij dat vijf jaar geleden ook al van plan. Van Thomas kreeg ik een korte mail waarin hij vertelde dat Jeanet en hij zijn gescheiden en ik niet op hem moest rekenen bij een reünie. 'Ik ben al zoveel onder gepensioneerden,' schreef hij met een dikke knipoog-smiley. En van Jeanet heb ik helemaal niets gehoord.

Ten slotte nog iets over Douwe. Een vriend van ons kent een vrouw die een reis door Thailand maakte en daarover blogjes verstuurde. In een van die blogjes ontmoet ze een bejaarde Douwe die alle Nederlandse schepen achter zich heeft verbrand en met een jonge Thaise ergens in de rimboe woont. Toen die vriend dat las, moest hij meteen aan mij denken, aan wat ik had verteld over de Douwe op Texel. Hij stuurde het door en ja, dat zou heel goed 'onze' Douwe kunnen zijn. Ik heb er contact over opgenomen met Belle en die wist te vertellen dat Douwe weer terug is in Nederland, dat hij Thailand definitief heeft verlaten. Ze voegde er nog aan toe dat ze zich afvroeg of zijn Thaise ex en haar familie 'ook een "Afscheidsbrief aan Thailand" hebben mogen ontvangen'. Maar ze heeft wel weer contact met hem en liet doorschemeren dat hij overweegt naar de reünie te komen. Dat zou ik erg leuk vinden. Maar misschien durft hij wel niet meer, na de brief en het mislukte avontuur in Thailand. Voor hetzelfde geld haalt hij daar zijn schouders over op, zo van: 'Ach die brief. Iedereen neemt die zo serieus. Dat was een momentopname. Dat snappen mensen niet. Thailand was leuk, maar ik had er gewoon genoeg van. Ook als gepensioneerde moet je door kunnen gaan met het maken van nieuwe starts, zoals ik mijn hele leven al heb gedaan.' Jaja, ik hoor het hem zeggen! Dat was precies wat ik zo charmant en inspirerend aan hem vond. Ik zou het echt heel leuk vinden als hij kwam, maar tot nu toe heb ik niets van hem gehoord.

Nu alleen nog de datum en dan benoem ik meteen

het grootste probleem, want ik heb er al drie datumprikkers tegenaan gegooid. Een weekend gaat de komende vier maanden niet lukken, dat is wel duidelijk, twee doordeweekse dagen ook niet, misschien moet ik kijken of één dag mogelijk is en desnoods anders maar alleen een etentje. Daarvoor gaan we natuurlijk niet speciaal naar Texel en dat zou ik wel jammer vinden. Ik had me er echt op verheugd om daar weer lekker een paar dagen uit te waaien met de anderen. Barend zegt dat ik dat ook met een paar mensen kan doen, met Coby bijvoorbeeld, en Tim, Belle, Marga en Gerben. Gelukkig heb ik volgende week de afspraak met Coby, dus zinloos is mijn initiatief in elk geval niet geweest. Ik zal het met haar bespreken.

Het verbaast me wel een beetje dat het zo moeizaam gaat, we zijn helemaal niet met zoveel en terwijl ik dit bedenk, hoor ik weer de woorden van Trumpje over prioriteiten en vraag ik me af of ze wel echt geïnteresseerd zijn in de reünie. Of zou het gewoon kloppen wat ik vaak om me heen hoor, namelijk dat niemand zo'n volle agenda heeft als een gepensioneerde...?